역사소설

황 제

제국의 부활

❷

文 榮

평민사

역사소설

황 제

THE EMPEROR

2

황 제

❷

차례

49

상소

후원을 거닐던 민왕후가 잠시 걸음을 멈추고 고종을 향하여 말했다.

"전하, 드릴 말씀이 있사옵니다."

"말씀해 보세요."

민왕후가 세 오라버니와 회동한 이야기는 이미 들어서 알고 있는 터였고 이제는 그 후속 이야기를 들어야 할 때이다.

"면암을 한양으로 올리시옵소서."

"면암을 한양으로 올리라…"

"예. 그리 하시면 모든 일이 잘 풀리실 것이옵고 전하께서 생각하시는 대로 진행될 것이옵니다."

"면암이 그런 일을 해낼 것이라고 어떻게 단정을 지을 수 있겠소?"

"이는 면암 혼자서 하는 일이 아니옵니다."

"혼자서 하는 일이 아니라니요?"

상소를 올린다고 대원군이 알아서 척척 물러나리라는 예상은 가능성이 매우 낮은 일이었다. 그렇게 가능성이 낮은 일을 추진한다는 것은 현실 정치에서는 있을 수 없는 일이다. 계획이 완벽해도 실패로 끝나는 일이 비일비재(非一非再)하지 않은가?

"대비마마께서 뒤에 계시옵니다."

"대비마마께서요?"

고종이 깜짝 놀라 주변을 두리번거렸다. 내시부 무사와 궁녀들이 따르고 있었을 뿐 후원에는 아무도 없었다. 놀라운 일이었다. 어떻게 조대비께서 그런 일에 연루되시다니… 조대비가 누구신가? 바로 아버지 대원군과 함께 자신을 왕위에 올려놓은 당신 아니신가?

"조대비께서 연로하시지만 할 일은 해 내시겠다고 확약하시었습니다. 대사성 조성하, 조영하 모두 조대비의 조카 아니옵니까? 그들이 전하를 확실히 밀어 줄 것입니다."

고종의 몸이 부들부들 떨렸다. 이젠 말로만 나누던 일들이 사실로 되어가고 있는 것이다. 무서운 생각이 들었다. 그렇다고 마냥 섭정을 계속 끌 수만은 없었다. 이미 얼마나 많은 백성이 조정의 한순간의 결정으로 인하여 죽어나갔는가? 이런 일은 막아야 하는 것이 군왕의 도리 아닌가?

"그래, 이제 어떻게 하면 좋겠소?"

"우선 유배되어 있는 면암을 한양으로 부르시옵소서. 승지 발령은 그 이후이옵니다."

"알았소. 내 편전에서 주청을 드리오리다."

청나라에 동지사로 다녀왔던 박규수의 말에 따르면 청의 어린 황제도 섭정에서 벗어나 친정체제로 들어갔다는 것이다. 또 중국이 세계의 중심이 아니라는 말도 했다고 한다. 뭔가 변화가 필요한 시기였다. 그리고 친정으로 말한다면 자신은 벌써 이를 실행하고도 남을 나이였다. 그러나 백성들 사이에서 효자로 소문난 자신의 입장도 있어서 감히 실행에 옮길 엄두를 못 냈던 것인데 영리한 민왕후가 자신의 속내를 다 읽고 움직여 준 것이다. 이제 그 효력이 발생되어 구체적으로 실현되려는 참이었다. 최익현이 유배에서 벗어나 한양으로 되돌아왔다는 소식을 듣자 조성하와 민승호가 면암의 집으로 달려갔다.

"상감께서 면암을 승지로 발령내시는 이유가 무엇이라고 생각하시오?"

민승호가 최익현에게 묻자 면암은 거침없이 그의 속내를 털어놓기 시작했다.

"수삼 년 전, 대원위 합하는 조선의 정신을 연마하는 향리의 서원을 일시에 철폐하였소. 서원이란 본시 조선의 정신과 인본을 가르치는 곳이거늘 이를 아무런 대책 없이 하루아침에 없앤다는 것은 인본을 무시하는 폭거이자 분서갱유(焚書坑儒)에 버금가는 일이 아닐 수 없소이다. 서원이 잘못되었다면 이를 바로 잡을 대책을 마련하여야 하거늘 어찌 서원을 없앤단 말이오? 조선의 정신이 사라지면 누가 다시 일으켜 세우겠소? 거기에다 경복궁을 중건한다고 당백전까지 찍어내어 백성들에게 참을 수 없는 고통을 부여한 죄는 마땅히 중히 물어야 함에도 불구하고 아무도 이 일을 거론하는 자가 없으니 이제라도 상감께서 나를 불러 이 일을 맡기심은 지당한 일이오."

유배를 내려갈 때의 논지에서 조금도 벗어나지 않는 논리였다. 모든 잘못이 대원군과 그를 지지하고 있는 의정부 육조 대신들에

게 있으니 그 죄를 엄히 물어 국정을 바로 잡아야 한다는 이야기였
다. 최익현의 속내를 충분히 알아들은 두 사람은 이제 행동을 해야
할 시점이 다가왔음을 느꼈다.

"됐소. 곧 상감으로부터 승지의 발령이 날 것이니 면암께서는 심
사숙고(深思熟考)하여 대비해 주시오."

상소문을 쓰라는 신호였다. 직접 '상소문을 쓰시오'라고 말하
지는 않았으나 이 정도 이야기라면 바로 쓰라는 얘기 아닌가? 이윽
고 면암에게 동부승지의 교지가 내려졌다.

다음 날, 기다렸다는 듯이 장문의 상소가 최익현으로부터 답지
하였다. 조정 현실을 신랄히 비판한 상소였다. 오 년 전의 상소보다
더욱 격렬했으나 대원군의 이름을 직접 거명하지는 않았다. 한마
디로 의정부 전체에 대한 탄핵이었다. 육조의 판서와 대신들은 경
악했다. 미국 함선도 물러가고 모든 것이 평화롭게 굴러가던 나날
이었다. 그런데 상소문의 제목이 해괴했다. '동부승지를 사직하는
상소'였다. 임명되자마자 사직이라니…

"이 자가 동부승지의 직을 받을 수 없다는 이유가 몹시 불경하기
짝이 없습니다."

"이건 승지의 직을 받지 못 하겠다는 이유서가 아니라 대원위 합
하와 조정을 흔들려고 하는 경거망동입니다."

"예전에 당백전 통용 금지를 주청하여 유배를 갔던 자 아니오?"

그러나 최익현의 상소를 본 고종은 최익현을 극구 칭찬하며 '충
성된 마음으로 임금의 잘못을 깨우치는 자'라고 하며 그를 호조참
판으로 전격 승진시켰다. 대원군은 최익현의 상소의 잘못된 점을
조목조목 논박하는 상소문을 좌의정 강노와 우의정 한계원을 시켜
올리게 하였다. 이어 영돈녕부사 홍순목의 연차상소가 올라왔으나

고종은 이렇다 할 반응을 보이지 않았다. 국가 재정의 파탄에 대하여는 대원군 그 자신이 책임을 질 수밖에 없었지만 모든 파탄의 이유는 국가 백년대계를 위한 경복궁 중건에 있었던 것이지 대원군 개인을 위한 것은 아니었다. 면암이 지적한 당백전의 발행과 그 부작용도 사실은 나랏일을 추진하다보니 무리수가 다른 것일 뿐 선공후사(先公後私), 사심이 있었던 것은 아니었다. 심판 즉, 이 자리에 없는 조대비의 의중이 중요해지는 순간이었다. 없는 사람이 있는 사람을 심판하는 격이었다. 편전에서의 격전을 치르고 돌아온 대원군이 운현궁 사랑채에 앉아 몸을 부르르 떨며 노기를 숨기지 않았다. 괴롭고 피곤한 일상이었다. 이 무슨 날벼락이란 말인가? 사태가 어떻게 진전될지는 알 수 없는 노릇이었으나 매우 불투명한 것만은 사실이었다. 그러나 그가 없이는 어느 누구도 국정을 이끌어 갈 수 없다는 사실만은 확실했다.

"면암… 이놈이 날 건드렸다?"

"면암이 그리 한 것은 그리 오래 가지 않을 것입니다. 사태가 진정되면 면암을 다시 귀양보내는 것이 순리이옵니다."

이호준이 곁에서 조언을 하며 그를 다독이고 있었다. 근자에 양자로 입양한 둘째 아들 이완용을 대원군에게 인사시키려고 데려왔지만 입도 뻥긋하지 못하고 그냥 다시 집으로 데려갔다. 분위기가 영 아니었다. 이미 민승호와 몇 차례 만난 적이 있는 이호준은 이번 사태가 그리 간단한 사태가 아니라는 것을 잘 알고 있던 터였다. 뒤에 조대비가 있다는 설이 돌고 있었다. 즉 조성하, 조영하가 가죽신이 탄내가 나도록 뛰고 있다는 것이 이를 증명하고 있는 것이다. 결론은… 대원군이 섭정을 끝내고 아들인 고종에게 정권을 물려주어야 모든 사태가 끝나는 일이라는 것은 명약관화(明若觀火)한 일이었

다. 그러나 어쨌든 면암이 국부인 대원군을 함부로 거론하여 잘, 잘
못을 운위했다는 사실은 결국 상감에게 누를 끼치는 일이다. 신하
로써 이는 죄를 물어 마땅한 불경한 행위였다. 죄를 묻는 절차가 진
행될 것이었다.

"사간원은 무얼 하고 있는 것이오?"

다시 사간원이 동원되는 찰나였다.

"사간원에서 오늘 있었던 상소에 대하여 지금쯤 거론이 되었을
것입니다. 상소문을 보고 결정을 할 것입니다."

"그렇소?"

퉁명스럽게 내뱉은 대원군이 등을 돌리고 앉았다. 사간원에서
면암의 상소에 대해 죄를 물으면 결국 그 내용에 대하여서도 하나
하나씩 사실 확인을 하여야 하는데 모든 사실은 결국 대원군이 한
일에 대한 책임소재를 묻고 있으므로 그 명암이 드러나지 않을 수
없는 일이었다. 국가 재정이 파탄난 것은 결국 대원군의 정치에 따
른 결과였으므로 어떤 형태로든 파탄의 책임을 지게 되는 방향으
로 일이 진행될 수도 있었다. 그렇게 되면 대원군의 입장이 공중에
붕 뜨게 된다. 그러나 지금은 면암의 상소에 대한 대책을 세우는 일
이 절박했다. 내일이면 사간원에서 면암에 대한 탄핵안이 도착할
것이었다. 결국 이 모든 사태를 수습할 인물은 조대비밖에 없었다.
가만히 자리에 앉아서 당할 수만은 없었다. 대원군이 밖에 있는 종
복에게 소리쳤다.

"대비전으로 가자!"

50

권당

대비전으로 가는 대원군의 마음은 온통 분노와 원망으로 가득찼다.

'조대비와 이번 일을 상의하고 생각을 한 뒤에 사태를 수습하자.'

가마꾼이 건춘문을 지나 동궁전 곁길로 들어섰다. 아직 동궁이 정하여지지 않았으니 동궁전은 주인이 없이 지키는 나졸들만 있을 뿐이었다. 어서 이 동궁전의 주인도 결정이 되고 후계자가 확실해지면 모든 것을 아들인 고종에게 물려주고 자신은 퇴임하여 한가롭게 좋다는 정자나 찾아다니며 안빈낙도(安貧樂道)하며 세상구경이나 하는 것이 소원이었지만 지금은 그럴 때는 아니었다. 해야 할 일이 산더미 같았다. 그리고 동궁전 지하에는 그 일을 가능하게 해줄 선대왕의 유지가 시퍼렇게 살아있지 않은가! 선대왕의 유지가 보관되어 있는 땅 속의 지하고가 있는 지점 위를 대강 추정해 보며 고개를 돌렸다. 그때, 동궁전 처마 끝에 노을이 빨갛게 걸려 있었다. 처마 끝 잡상들이 빨간 노을을 배경으로 근정전 지붕 위에서 뛰놀고 있었다. 삼장법사, 손오공, 저팔계… 그 다음이 뭐였더라? 곁에서 부지런히 따르는 종복에게 대원군이 물었다.

"저팔계 다음이 무엇이냐?"

"예? 예?"

"아, 저기 저 어처구니 잡상 말이다. 전에 장목수가 잘 나왔다고 자랑을 하면서 가져오지 않았느냐?"

"그랬습죠…"

"그래, 저팔계 다음에 있는 놈이 사화상이냐? 마화상이냐?"

"사오정… 사화상 아니겠습니까요?"

"그렇지? 사화상이나 사오정이나… 그 다음이… 이귀박, 이구룡이렸다!"

"예. 그런가 보옵니다. 저는 잘 모르겠는뎁쇼."

"흠. 아직 내 머리가 쓸 만하렸다!"

가마가 어느새 대비전 앞에 도착하자 대원군이 급한 몸짓으로 대비전에 들어가려고 일어났다. 상궁 하나가 그 모습을 보고 급히 나와 대원군에게 절하며 말했다.

"대비께서는 지금 전에 아니 계시옵니다."

"아니 계시다니? 무슨 이야기냐?"

대비가 대비전에 없다면 어디로 갔단 말인가?

"예. 대비께서는 어제 오후에 우이골 별장으로 납시셨사옵니다."

"무어라? 우이골 별장?"

특이한 일이었다. 대비가 이런 중차대한 시각에 별장으로 나가시다니… 이런 사태를 충분히 알고 있었을 터이고 상소문 문제도 처리하셔야할 막중한 시점에 어찌 별장으로 나가셨단 말인가? 허긴 대비도 요즘 몸이 많이 안 좋으시니 언제 어떻게 될 지도 모를 일이었다.

"대비께서는 언제 돌아오신다더냐?"

"소녀는 아는 바가 없사옵니다."

허긴 일개 상궁이 대비의 출입을 알 턱이 없었다. 더 이야기해 보았자 우이독경(牛耳讀經)이었다.

"돌아가자!"

바람을 맞고 돌아가는 기분이 썩 좋은 느낌은 아니었다. 뭔가 일이 잘 안 풀려 갈 때의 기분이랄까? 그런 기분이 들었다. 방금 전 지나쳐 갔던 동궁전 처마 끝 잡상 맨 앞자리에서 떡 버티고 앉아있던 삼장법사께서 벌떡 일어나더니 멀리서 그 옆을 지나가는 자신을 노려보다가 획! 뒤로 돌아 앉는 것이 보이는 것 같았다. 더 이상 삼장법사, 자신을 찾아올 필요가 없다는 듯, 뒤돌아 앉은 것이다. 섬뜩한 기분이 들었다. '법사님까지 어찌하여 저에게 이러시나이까? 이것이 무슨 불길한 일인가. 곁에서 땅만 바라보며 부지런히 걷고 있던 종복에게 대원군이 말했다.

"종복아! 너 오늘 밤 안으로 동궁전에 들어가서 철괴 오십… 아니 일백 점만 가지고 나오너라. 오늘 밤 안으로 말이다. 지금 이 길로 즉시 이장렴에게 연락하여서 실수 없도록 처리하고 자시 이전에 모든 일을 끝내야 한다. 알았느냐?"

"예!"

"자, 가거라!"

종복이 대답을 마치고 금위영 쪽으로 쏜살같이 달려 나갔다. 혹시나 하는 불안한 마음을 금괴 확보로라도 해소시키려는 것인가? 여하튼 안전한 것이 최고였다. 그리고 혹시 이 사태를 수습하는 데에는 어쩌면 상당한 분량의 금괴가 필요할 지도 모르는 일이었다. 지금껏 가지고 나왔던 분량 중 가장 많은 양의 금괴였다. 금괴를 철괴라 부른 것은 하나의 암호였다. 혹시라도 가마꾼이 들어 이를 외부에 알린다면 낭패였기 때문이다. 가마꾼의 부지런한 걸음으로 사랑채에 도착하자 이번에는 또 다른 사람들이 그를 기다리고 있었다. 유생 대표들이었다. 유건을 쓴 채로 사랑채에 들어와 앉아 몇 시간 째 대원군을 기다리고 있었다. 대표자로 보이는 유생 하나가 나섰다.

"대로영감! 급한 볼 일이 있어서 염치불고(廉恥不顧)하고 찾아뵈었습니다"

"성균관 유생들 아니시오?"

"그렇사옵니다. 저는 허유라 하옵니다."

"나를 찾아온 연유가 무엇이오? 그렇지 않아도 지금 몹시 골치가 아픈 일이 있어서 일일이 접객을 할 수가 없는 처지요."

"바로 그 때문에 찾아왔사옵니다."

"그 일 때문이라니?"

유생들이 가끔씩 술이나 한 잔 받아먹으려고 그의 사랑채를 들락거리는 경우가 있었으나 오늘의 방문은 뭔가 의도적인 느낌이 들었다.

"그래, 나를 찾아온 이유가 무엇이오?"

"면암의 상소문 때문이옵니다."

"상소문 이야기라면 사간원에서 잘 처결할 것인즉 어찌 성균관 유생들이 나선단 말이오?"

"예, 저희가 나서는 이유는 이 상소문에 어떤 음모가 숨어있기 때문입니다."

"음모라?"

"예. 이는 필시 상감의 부친이신 대원위 합하께 위해를 가하려고 움직이는 조직적 음모의 서막입니다."

곁에서 잠자코 듣고 있던 얌전하게 생긴 유생 하나가 나섰다.

"합하! 근자에 성균관의 대사성으로 들어오신 조성하 대감을 알고 계십니까?"

"잘 알지요. 알다마다요? 내가 은혜를 많이 입은 사람입니다."

"은혜를 많이 입은 분이라고요?"

말을 시작하던 얌전한 유생이 유생 대표 허유의 얼굴을 바라보며 당황해하고 있었다. 뭔가 나오려다 속에서 막히는 형국이었다. 빨리 이를 풀어줘야 알맹이가 나올 참이었다. 대원군이 손을 휘, 휘 저으며 수습을 시도했다.

"아, 뭐, 은혜라고까지야 할 것은 아니지만 그렇다고 친밀한 사이도 아니오. 뭔지는 모르지만 기탄없이 말해 보시오."

"말을 해도 되겠습니까?"

"말을 해 보시오. 내 비밀은 지켜드리리다."

안심하는 표정을 지으며 유생이 입을 열었다.

"이 모든 상소와 탄핵의 계획을 조성하, 조영하 두 대사성이 꾸민 일이라는 이야기가 있습니다."

"뭐요?"

대원군이 눈을 휘둥그레 뜨며 말하던 유생을 물끄러미 쳐다보았다. 또 조성하인가? 유생은 자신의 말이 먹혀들어갔다고 판단을 했는지 다시 신이 나서 말을 이어갔다.

“모두 치밀하게 짜여진 각본에 따라 움직이고 있다는 증거가 있습니다.”

“각본이라…”

“여기 이 유생이 보고 들은 바에 따르면 몇 달 전부터 조성하와 민승호가 하루가 멀다하게 만나서 그런 이야기를 하였다고 합니다.”

“민승호가?”

“그렇습니다. 면암의 상소에 보니 우리 성균관을 모독한 글이 있사온데 우리 성균관 유생들은 내일부터 권당을 단행하고 학교문을 닫을 작정이옵니다.”

“권당을 한다면… 그렇지요. 성균관에서 가만히 있어서는 안 되겠지요.”

우연히 나온 상소가 아닌 것 같다는 예감이 맞아 들어가는가? 놀랄 만한 이야기들이었다. 대원군의 호흡이 점점 거칠어지고 있었다. 그때 유생 대표 허유가 대원군에게 말했다.

“대로 나리! 놀라지 마십시오.”

그 말을 듣는 순간! 대원군의 온 신경이 파랗게 곤두서고 있었다. 그냥 말을 할 것이지 뭘 놀라지 말라고 예고까지 하는가? 놀라지 말라는 말까지 하니 더 겁이 난다. 어떤 이야기를 하려고 하기에 이렇게 뜸을 들이는가? 절대로 들어서는 안 되는 말이 나올 참이었다.

“이 모든 것 뒤에 조대비가 계시다 하옵니다!”

51

폭풍

폭풍전야였다. 모든 것이 치밀한 각본 아래 움직이고 있었는데 자신만 모르고 있었던 것이었다. 낙심천만이었다. 사간원의 탄핵도 사실은 자신의 정책실패를 연루시켜 부각시키기 위한 수순일지도 모른다는 생각이 들었다. 고립무원(孤立無援), 아무도 믿을 수 없었다. 도대체 누가 그런 엄청난 계획을 꾸몄단 말인가? 조대비는 분명 아니었다. 그 여자는 노인이다. 그리고 평소에도 가끔 우이정으로 출타하시곤 하였다. 그런 상시적 출타를 과연 이 사건과 연관을 시켜 생각할 수 있는가? 침소봉대(針小棒大)는 오히려 판단을 그르칠 수 있는 것이다. 그런데 이번에는 뭔가 안팎이 손발을 맞추고 움직이고 있다는 느낌을 지울 수 없었다.

'자! 그렇다면 이제 어떻게 한다?

갑자기 이름도 모르는 혹성에 혼자 떨어진 것 같은 느낌이 들었다.

'믿을 놈이 하나도 없구나…'

저도 모르게 나오는 중얼거림에 갑자기 어떤 생각이 번득 머리를 스치고 지나갔다. 영특하게 생긴 민왕후였다. 민왕후가 수삼 년 동안 민승호를 자주 만났고 자신이 극구 반대를 하였음에도 불구하고 조정 대신으로 추천되었는데 그 건을 상감께서 우정 앞장서셨던 것이다. 그리고 그의 민씨 형제들도 교태전으로 자주 불러들이고 있다는 소식을 김내관을 통하여 여러 차례 접한 것이 사실이다. 이들이 마음을 먹었다면 그동안 무슨 음모를 꾸미기에는 충분한 시간이었던 것만큼은 분명했다. 이제는 내 편을 찾아야 한다. 진짜 내 편을 말이다. 머릿속으로 생각을 해 보니 내 편다운 내 편이 없는 것 같았다. 지옥불에라도 가자면 함께 가 줄 수 있는 내 편이 필요했다. 물론 전국의 보부상이라든가 대궐 내시부의 주요 요직 그리고 금위영은 이장렴이 꽉 잡고 있는 바였다. 그러나 정작 조정 대신이라는 자들이 문제였다. 영의정을 비롯한 삼정승은 자신이 세운 사람들이고 안동 김씨들에게도 적절히 세력을 안배하여 의정부를 꾸몄으니 사실 따지고 보면 전부 내 사람이 아닌 사람이 없었다. 그러나 막상 정말, 진짜 내 사람일까? 하고 생각해 보니 방금 전에 들어왔던 유생들 빼고는 딱히 내 사람이라고 꼬집어낼 사람이 없었다. 설마 죽마고우(竹馬故友) 이호준이 저쪽 사람은 아닐 것이다. 허나 그도 요즘 민승호와 자주 만난다는 이야기가 보부상의 간자들을 통해 들어오는 터였다.

'믿을 놈이 정말 한 놈도 없구나…'

사면초가요 고립무원이었다. 저절로 탄식이 흘러나왔다. 그렇다면 앞으로 사태가 어떻게 진전될 것인가? 결국 자신이 퇴출될 수도 있다는 생각에까지 도달했다. 모골이 송연해지는 생각이었다. 퇴출된다면 상감은 누가 보좌를 하고 조선은 누가 반석 위에 올려놓는가? 동궁도 세워지지 않은 시점이다. 자신이 언제 평생 섭정을 한다고 했는가? 다 때와 시점이 되면 좋은 모습으로 물러날 것을 계산하고 있었는데… 그리고, 더욱 중요하고 중요한 문제는 동궁전에 묻혀있는 선대왕의 유지, 그 엄청난 유지는 어떻게 하란 말인가? 도저히 그대로 물러난다는 것은 말이 안 되는 일이요 선대왕의 유지를 이어 받은 자로서의 책임을 망각하는 크나큰 불충이었다. 선잠에서 깨어난 다음날 편전으로 부리나케 들어갔다. 다들 수근거리다 입을 닫는 모습이 모두다 자신의 욕을 하다가 입을 닫는 것 같았다. 사간원의 탄핵이 들어왔다.

"면암 최익현은 국부를 희롱하고…."

예상했던 논리대로 사간원의 탄핵이 장시간 이어졌다. 당연한 탄핵이었지만 반대편의 입장에서 즉, 음모를 꾸민 자들 입장에서 들으면 매우 순조로운 진행이었다. 이어 사헌부, 승정원에서도 상소문이 올라왔다. 면암 최익현이 자신의 죄를 깨닫고 스스로 물러나야 한다는 논리였다. 어떤 상소가 대원군의 편에서 올린 것인지 알 수가 없었다. 이윽고 유생들이 권당을 단행했다는 소식이 편전에 도달하자 고종이 불같이 성을 내며 말했다.

"학업에 열중하여야 할 유생들이 정치적인 이유로 권당을 실시하다니요? 이들을 모두 과거응시 자격을 정지시키고 또 면암을 탄핵한 대간과 조신들은 전부 파직시키도록 하시오."

자신의 아들 고종에게 이렇게 강고한 모습이 있었던가? 상감의 처단이 매우 추상같았다. 그러자 민왕후가 장령 홍시형을 사주하여 서원과 만동묘를 다시 세우고 호포제를 혁파하고 원납전을 폐지하며 백성을 수탈하는 일체의 행위를 중지시키는 '구폐칠조'를 상소케 하였다. 최익현의 상소문에 대한 후속조치였다. 다 자신의 정책과 이에 대한 부작용들에 대한 개선책이었다. 고종은 상소를 올린 홍시형을 가상히 여겨 부수찬에 임명하고 상소의 내용대로 즉시 시행토록 하였다. 완전히 최익현의 편을 들어주고 있었다. 그런데, 최익현이 또다시 상소를 올렸다. 이제는 대원군의 죄상을 직접 적시한 상소였다.

"전하께서 보령이 어리신 것을 이유로 정사를 마음대로 전횡하였으니 마땅히 탄핵을 받아 마땅할 것이다. 무릇 종친 된 자는 지위를 높이 받들고 녹을 후하게 주는 데에서 그칠 것이지 이렇게 국정에 관여하게 하여서는 아니 된다."

자신의 거세를 강력히 주장한 내용이었다. 듣고 있던 대원군의 얼굴이 벌겋게 달아올랐다. 등에서 진땀이 흘렀다. 과유불급이라 했던가? 최익현을 처벌해야한다는 상소가 빗발쳤다. 과격한 상소에 여론이 들고 일어났던 것이다. 사태가 급전직하(急轉直下)로 역전되는 순간이었다. 드디어 상감이 결정을 내렸다.
"최익현을 제주로 유배시켜라."
'역시 상감만이 자신의 충심을 알아주시는구나…' 하는 안도감이 저절로 밀려왔다. 부전자전(父傳子傳)이라 총명하신 상감이었다. 최익현은 의금부로 하옥되었고 곧 제주도로 유배를 가게 되어 사태는 어느 정도 진정되는 듯이 보였다. 이 정도에서 마무리된다면 고군분투(孤軍奮鬪)하던 대원군에게는 그나마 다행일 수 있었다. 조정은 다시 구성하면 되는 것이요 차후에는 최익현 같은 자는 접근하지 못하도록 하여 이런 사태를 미리미리 방지하여 재발하지 않도록 한다면 이번 사태를 반면교사(反面敎師)로 삼아 잘 할 자신이 있었다. 한마디로 손실만 있는 일은 아니었다.

‘그래. 내가 그동안 너무 방심하였다.’

장남 이재면이 끙끙 앓고 있는 대원군의 사랑채로 들어와 앉았다.

"아버님. 교태전의 내시부 승전색 몇 사람이 운현궁에 왔다 갔사옵니다."

"승전색이라면 상감의 전명을 전달하는 자들 아니냐? 그 자들이 웬 일로 찾아왔다더냐?"

"예. 다름이 아니옵고 아버님께서 아침에 어느 길로 편전에 드시는지 알려달라고 하여 함께 다녀왔사옵니다."

"그래? 그 자들이 그런 건 왜 알려달라고 하더냐?"

"이유는 잘 모르겠사옵니다만 특별한 일은 아닌 것 같사와 함께 다녀왔사옵니다."

알다가도 모를 일이었다. 요즘 하도 이상한 일들이 많이 생기더니 별 놈들이 다 운현궁을 출입하는 것이다. 출입을 통제할 필요가 있었다.

"앞으로는 문지기들에게 일러서 일일이 검속을 하도록 단단히 일러라."

"알겠습니다."

밤이 깊어가고 있었다. 추분이 지난 지 벌써 여러 날이라 해가 금방 꺼지고 있었다. 졸린 눈을 애써 참다가 자리에 누웠다. 꿈을 꾸게 되었다. 매번 꿈을 꿀 때마다 꿈을 꾸면서도 꿈을 꾸고 있다는 것을 잘 알 수 있었지만 막상 어떻게 하여야 하는지 그 자신도 알 수가 없었다. 꿈이나 생시나 비슷한 것인가? 여하튼 꿈속에서 자신이 포승줄을 가지고 자신을 묶고 있었다. 자승자박(自繩自縛)이었다. 안 묶이려는 의지가 강하면 강할수록 점점 더 자신을 꽁꽁 묶고

있었다. ‘내가 왜 이럴까?’ 하면서 포승줄을 풀려고 애썼으나 손이
말을 듣지 않았다. 하체를 다 묶은 손은 다시 상체를 묶고 있었다.
멀리서 못질하는 소리가 들렸다. 그 소리가 듣기 싫어 두 손을 들어
귀를 막으려고 하였으나 손이 포승줄에 묶여있는 바람에 귀를 막
을 수 없었다. 애만 쓰다 그냥 포기해버렸다. 요즘은 잠을 자주 설
친다. 잠을 설친다는 것은 정말 고역이다.

52

친정

급하게 처리하여야 할 일이 많은 것이 요즘의 정국이다. 잠을 설친 것은 설친 것이고 일은 일이다. 아침을 먹는 둥 마는 둥 하고 급히 가마에 올랐다. 편전이 열리기 전에 일찍 당도하여 어제의 후속 조치들을 시행하여야 일이 일단락되는 것이다. 이제 면암을 유배시켰으니 일파만파(一波萬波)로 번졌던 상소문 사태도 마무리에 접어들 것이다. 대궐로 향하는 공근문에 다다르자 마당을 쓸던 하인 몇 놈이 문 앞에서 서성대며 주위를 두리번거리고 있었다. 뭔가 일이 있는 모양이었다. 앞서가던 종복이 외쳤다.

"무슨 일이냐?"

하인 하나가 대원군 앞으로 헐레벌떡 뛰어오며 머리를 조아렸다.

"대감마님. 간밤에 어떤 자들이 여기 공근문에 못질을 하였사옵니다."

"뭐라? 못질을?"

종복이 허겁지겁 달려가서 문을 열어보려고 하였으나 문은 꿈쩍도 하지 않았다. 방금 전 하인이 하던 대로 종복도 역시 문 주위를 두리번거리고 있었다.

"도대체 무슨 일이냐?"

"예. 간밤에 어떤 자들이 와서 문에 못질을 한 것 같습니다요."

"감히 여기다 못질을?"

대원군이 가마에서 내려 살펴보니 그 말은 모두 사실인 것 같았다. 튼튼하게 못질을 한 것이었다.

"이놈아! 밖으로 나가서 살펴 보거라."

하인이 밖으로 나가려고 다른 문 쪽으로 달려가자 대원군이 소리쳤다.

"이놈아. 무동을 하고 담을 타서 나가보아라."

천종복이 엎드려 있는 하인의 등을 밟고 담을 타넘어 밖으로 나갔다. 담장 밖에서 뭐라고 소리를 질렀다. 필시 무슨 곡절이 있는 내용인데 잘 들리지 않았다.

"뭐라고?"

"대궐에서 사람이 나온 것 같사옵니다."

"그걸 어찌 알았단 말이냐?"

"아니 '금' 禁 자가 붙어있사옵니다. 궁궐 직인도 찍혀 있사옵니다."

"뭐라? '금' 자가…"

'금' 자가 왜 공근문 밖에 붙어있단 말인가? 그렇다면 어제 운현궁을 다녀갔던 승전색들이 왕명을 받아 밤에 일을 저지른 것이 분명했다. 그것은 상감이 내린 명령임이 거의 확실했다. 그래도 그렇다는 증거는 없었다. 그때 다른 문을 통하여 돌아들어온 종복이 숨을 헐떡이며 대원군에게 고했다.

"대감. 경근문도 금자가 붙어 있사옵니다."

경근문이라면 상감이 출입하는 문 아닌가? 그럼 상감의 출입도 금지한다는 일인데 이는 상감이 아니고는 그런 일을 할 위인이 없는 것이다. 상감이 직접 명을 내려 실행한 것이 확실했다. 상감께서? 어찌 상감께서 이런 조치를 취하셨는가? 이해가 되지 않는 일이었다. 직접 두 눈으로 확인을 해 보아야 했다. 대원군이 부지런히 걸어서 다른 문을 통하여 상감이 출입하는 경근문의 바깥에 당도하였다. 커다란 글씨로 '금' 자를 써 넣은 것이 대궐의 업무가 분명했다. 이것이 무슨 의미란 말인가? 지금이라도 당장 편전으로 뛰어가서 연유를 물어 볼 것인가? 이 사태를 어떻게 해석해야 할지 몰라 한동안 우두커니 서 있었다. 종복이 살며시 다가왔다. 뭔가 사태가 심상치 않게 돌아가고 있음을 느끼고 있는 눈치였다.

"가마꾼을 대령할깝쇼?"

아무런 말이 없던 대원군이 입을 열었다.

"아니다. 사랑채로 돌아가자."

사랑채로 힘없이 걸어 들어가는 대원군의 두 어깨가 축 처져 있었다. 그 날 고종은 마침내 친정을 선포했다. 친정선포 명령이 관가의 조보에 실려 전국 방방곡곡(坊坊曲曲)으로 실려 나갔다. 고종의 나이 21세, 마침내 고종의 친정이 시작된 것이다. 조신들이 모두 입을 모아 말했다.

"훌륭히 성인이 되신 상감께서 지혜와 덕으로 친정을 하시는 것은 지당하오신 분부이옵니다."

모두들 상감의 친정을 찬성하고 나섰다. 대원군의 편을 드는 사람은 한 명도 없었다. 곧이어 삼정승과 의정부의 대신이 새로 임명되었다.

"영의정에 이유원, 우의정에 박규수, 좌의정에 이최응을 임명하노라."

이유원과 박규수는 그렇다 치고 친형인 이최응이 좌의정에 임명되다니… 그럼 그동안 민씨 일파와 은밀히 내통하였단 말인가? 모든 일을 주도한 민승호는 병조판서에 제수되었고 주모자급인 조영하는 금위대장에 임명되었다. 따라서 이장렴은 해임되어 백수가 되었다. 백수가 된 이장렴이 붉으락푸르락한 얼굴로 사랑채로 들어왔다.

"합하나리! 이거 너무 억울해서 못살겠습니다요…."

악을 쓰며 흐느끼고 있었다. 어두귀면(魚頭鬼面) 같은 넙데데한 얼굴에서 눈물이 뚝뚝 떨어지고 있었다. 같이 온 장대목도 앞날을 걱정하며 한숨을 푹푹 쉬어대고 있었다. 이제 어떻게 하란 말인가? 천종복이 나섰다.

"나리. 이제 어찌하오리까? 가만히 앉아서 당할 수만은 없지 않겠습니까?"

당하지 않으면 어찌하란 말인가? 보부상 패거리들도 사랑채로 들어왔다. 이놈 저놈 꽤나 많은 사람들이 모여들었다. 무슨 잔치라도 난 것인가? 모두들 속수무책(束手無策)으로 한 걱정씩 하고 앉아 있었다. 걱정을 하면 무슨 일이 된단 말인가? 이제는 일단 현실을 받아들여야 하는 것이다. 상감이 성인이 되어 친정을 하시겠다는데 무슨 명목으로 다시 섭정으로 돌아가잔 말인가? 유생들이 다시 찾아왔다. 권당을 주모했던 대표 유생이 말했다.

"만인소를 올리겠나이다."

전국의 유생 일만 명의 상소를 받아 만인소를 만들어 올릴 것을 주장했다. 만인소를 올린들 사태를 되돌릴 수 있을 것인가? 지금은 때가 아니었다. 이제는 모든 것을 다시 한 번 정리하여 확실한 계기를 마련하여 화려한 복귀를 도모하여야 할 때였다. 그래서 민승호와 조영하, 조성하 등 손을 볼 놈들을 확실히 손을 봐야 할 것이었다. 천종복이 들릴락말락한 소리로 말했다.

"나리. 민승호란 자와 민왕후는 제가 알아서 처리하겠습니다."

뭘 알아서 처리한단 말이냐? 생각하는 것이 짧은 사람들이다. 사태를 좀 더 본질적으로 파악하여야 할 필요가 있었다. 저들이 장기적으로 음모를 꾸미고 계획을 세워서 일을 추진했던 것처럼 앞으로는 자신도 보다 치밀한 계획으로 사태를 대처하지 않으면 안 되었다. 괜히 조급증을 가지고 연목구어(緣木求魚)의 우를 범하다가는 동궁전 지하에 있는 선대왕의 유지가 날아갈 판이었다.

'그래 조급하게 생각하지 말자.'

생각이 여기까지 이르자 마음이 진정되었다. 사랑채에 든 자들이 한심해보였다. 걱정을 해주면 뭘 어떻게 하겠다는 것인가? 아무런 대책도 없으면서 말이다. 다들 자신들의 앞가림 걱정 때문에 모인 자들이었다. 이제 마음을 정리하여야 할 것이었다. 그리고 고종의 효심으로 치자면 조선에서 둘째 가라면 서러워할 그런 아들 아닌가! 이젠 아들을 믿어야 할 시점이었다.

"종복아. 내일 남연군 산소로 문안을 갈 것이다. 준비를 하거라."

"예?"

"뭘 생각하느냐? 내 아들은 효심이 극진한 아들이다. 사태가 진정되면 반드시 나를 부를 것이다. 내 아들은 내가 잘 안다. 걱정할 것 없다."

53
복구

고종의 친정이 시작되었다. 젊은 왕이다. 그의 뒤에는 영특한 민왕후가 있다. 고종을 지원하는 세력으로는 왕후의 민씨 형제들이 주축을 이뤘다. 민승호는 병조판서가 되어 병권을 장악했다. 민규호는 이조판서, 민겸호는 형조참판으로 발령이 났다. 출사한 지 육 년 만에 벼락출세를 한 것이다. 남들은 육 년이 되어도 제대로 된 직책을 받지 못하여 무위도식(無爲徒食)을 하는 선비들이 많았는데 역시 줄을 잘 잡아야 성공하는 것이 세상 이치다.

모든 것이 잘 정리되었다. 상소문 사태의 주역인 최익현은 제주도에 위리안치되었다. 그러나 모든 것은 형식적인 것이었고 곧 얼마 안 있어 복직되리라는 것은 조정의 모든 대신들이 다 알고 있었다. 이 모든 사태를 처음부터 주도한 것은 다름 아닌 민왕후였다. 스물두 살의 어린 나이였지만 처음부터 끝까지 전 과정을 계획하고 주도면밀하게 처리한 것이 어린 사람의 행동 같지 않았다. 모두들 민왕후를 존경하고 따르며 그의 하는 일에 대하여 반대하는 사람이 없었다. 물론 겉으로는 말이다.

　대원군의 복권을 주장하는 상소문이 전국에서 속속 답지하였다. 그러나 대세에 밀려 모두 무시되었다. 아버지를 내치는 것이 삼강오륜(三綱五倫)에 어긋나는 행위임을 주장하는 글들이 대부분이었다. 그런 삼강오륜 뒤에는 항상 권력 욕심이 숨어있었다. 즉, 올바른 것을 주장하는 명분을 내세워 자신들의 이익을 쟁취하고자 하는 논리 말이다. 결론은 대원군에게 다시 권력을 돌려주라는 것이다. 그런 용도의 삼강이며 오륜이 통할 리 있겠는가? 성현의 가르침이나 올바른 주의, 주장이 권력을 쟁취하기 위한 도구가 되는 순간, 그것은 이념이 되어 타락한 사상이 되고 만다. 타락한 사상을 동원하여 권세를 잡은 자가 올바르게 정치를 할 수 있겠는가? 그것이 고종의 판단이었다. 젊고 영리한 군왕이다. 지난 십 년간 아버지 밑에서 수습 국왕을 지내며 철저히 제왕학을 공부한 그였다. 그러나 고종도 나름대로의 고민은 있었다.

　"부인. 내가 좀 아버님께 너무 심한 것 같은 생각이 드는데 부인의 생각은 어떠하오?"

　후원을 거닐며 고종이 민왕후에게 넌지시 떠본다. 민왕후는 뭐라고 대답을 할 것인가? 궁금하다. 그리고 이것은 일종의 구두시험이다. 즉 민왕후의 영특함이 계속 존재하고 있는가, 아닌가를 시험하는 왕의 시험이다. 부부관계이기도 하지만 또 군신관계도 되는 것이다. 여기서 민왕후가 대답을 잘 하여야 한다. 예전에 한 번 잘했다고 평생 신뢰하는 것은 아니다. 긴장의 끈을 놓아서는 안 된다. 물론 잘 하시겠지만… 왕은 항상 자기 주변에 좋은 인재를 두어 자신이 조언을 받아야 할 필요가 있을 때 정확하게 조언을 받아야 할 필요가 있다. 적어도 고종이 지난 십 년간의 섭정을 보아오면서 느낀 점이다. 즉, 대원군의 주변에는 진정한 모사가 없었다. 전부 아부하는 사람뿐이었다. 그래서 편전회의를 하는 날이면 결과물이 나와야 함에도 불구하고 항상 결론이 흐지브지 혹은 재탕이었다. 이래서야 한 나라의 국정을 제대로 이끌어갈 수 있었을 것인가? 민왕후가 그런 고종의 속마음을 간파하고 대답하였다.

"전하. 대원군에게 그리 하심은 군왕으로서는 당연히 잘 한 일이오나 아들의 도리를 다하지 못한 것이옵니다. 지금이라도 경근문과 공근문의 빗장을 푸시어 자식으로의 도리를 다하시옵소서."

운현궁의 출입문에 빗장을 걸고 대못질을 한 것은 친정을 선포하기 위한 국왕으로서의 당연한 정치행위였다. 그러나 그것이 백성들에게 어떻게 비쳐지느냐 하는 것은 중요한 문제였다. 백성들이란 군왕의 속마음보다는 겉으로 드러나는 행동만 보고 판단을 하기 때문이다. 백성들 중에는 어리석은 자들도 많으며 또 그런 자들은 떠들기를 좋아한다. 그런 자들이 떠들고 다니면 저잣거리의 여론이 되는 것이다. 그리고 그것이 명분이 되어 유생들이 논리를 만들고 상소를 올린다, 만인보를 올린다, 하는 것 아닌가?

"그럼, 만약 대원군께서 등청을 하시면 어쩔 것이오?"

빗장을 푸는 행동을 계기로 대원군이 등청한다면 그것도 문제가 될 수 있었다. 궁궐 문지기가 들어오는 대원군의 가마를 어떻게 막을 것인가?

"등청하지 않으실 것이옵니다. 만약, 등청을 하시기로 마음먹으셨다면 아마 못질을 한 그 날 바로 등청을 하시었을 것입니다. 나머지 네 문에는 못질이 안 되어 있었고 또 여섯 대문 다 못질을 했다고 해도 들어오시려고 마음을 먹으셨다면 얼마든지 월담을 하여서라도 들어오실 수 있으셨을 것이옵니다. 조선은 그런 나라가 아닙니다. 이웃 왜나라는 한밤중에 깊이 잠든 성주를 죽이려고 칼잡이를 몰래 성주의 자는 방에 들어보내어 죽인다고 들었습니다. 조선은 그런 비겁한 저질국가가 아님을 전하께서 잘 아시지 않사옵니까?'

"허허허… 그런 얘기는 또 어디서 들으셨소?"

"예. 일본을 왕래하는 이동인이라 하는 스님께 들었사옵니다. 그런 비열한 행동이 무사도로 존경받는 것이 이웃에 있는 왜나라 이옵니다. 닌자의 나라와 선비의 나라는 비교대상이 아니옵니다."

"닌자의 나라라… "

그날 이후, 대궐 내시부의 승전색 몇몇이 다시 운현궁으로 돌아와 대문의 못들을 뽑고 문을 원상으로 회복시켰다. 사랑채에 모여 있던 이장렴과 천종복 그리고 장목수 등 핵심 인물들이 그 모습을 보고 혀를 끌끌 차며 말했다.

"쯧쯧쯧… 저자들이 하는 짓을 좀 보시오. 이거 원 속이 터져서 살겠소?"

"누구 병 주고 약 주는 거요?"

"허허… 약은 무슨 약? 남의 집 대문에 못질을 한 것을 도로 원상 복구(原狀復舊)시킨 것이 무슨 약을 준 것이오?"

"저것들을 확 그냥 쓸어버릴까요?"

성질 급하게 생긴 보부상 한 놈이 정말로 달려가려는 동작을 취하자 이장렴이 말렸다. 그놈도 속으로는 누군가가 말릴 줄 알고 있었을 것이다. 지나치게 튀는 사람… 조심하여야 한다.

"이보게. 너무 나서지 마시게. 다 대궐에서 보낸 자들 아니오?"

"대궐이고 뭐고 확 불을 싸질러 버릴까보다!"

보부상이 앉으며 내뱉는 말에 천종복이 귀를 쫑긋하고 세운다. 혹시 저놈이 저쪽에서 심어 놓은 간자는 아닐까?

"무슨 그리 불경한 말을 하는 게요? 괜히 대원위 합하의 귀에라도 들어가면 어쩌려고 그러시오?"

대원군을 모시고 예산의 남연군 묘소에 다녀왔던 천종복이 크게 소리를 질렀다. 천종복이 말을 이었다.

"대감께서 안 계시는 동안 불미스러운 일이 생기지 말아야 할 것이니 모두들 은인자중하며 때를 기다리시라는 분부시오. 이제들 모두 돌아가시오. 대감께서는 언제 운현궁으로 돌아오신다고 하는 기별이 없으셨으니 각자 알아서 잘 처신하기 바라오."

대원군은 운현궁으로 돌아오지 않았다. 남연군 묘소를 방문하고 다른 곳으로 발길을 돌렸다. 일종의 시위였다. 좌장 천종복의 말에 모두들 자리를 털고 일어섰다. 천종복이 의미 있는 눈짓을 장목수와 이장렴에게 보냈다. 세 사람은 사내들이 모두 물러간 사랑채에 다시 모여 앉았다. 천종복이 장목수에게 말했다.

"장목수. 물건은 준비가 되었소?"

장목수가 함께 가지고 온 보따리를 조심스럽게 펼치며 말했다. 보자기에서 검은 금속의 둥근 물체가 세 개가 나왔다.

"여기 이것이 폭탄이오. 그리고 여기 심지에 불을 붙이면 삼십 초 안에 폭약이 터져서 반경 열 자 이내의 모든 사람은 다 죽게 될 것이오."

폭탄을 조심스럽게 만지던 천종복이 장목수에게 말했다.

"물건은 확실한 것이오? 만약 실수라도 하게 되는 날에는 큰일이 아닐 수 없소. 대감께서 삼계동 산장에 나가 계실 때에 일을 뒤탈 없이 추진하여야 할 것이오."

"절대 실수가 없을 것이오. 이거 하나를 내일 낮에 남산 뒤편의 한강변에서 폭발 시험을 해봅시다. 내가 장소는 미리 봐 두었소."

"그렇소? 잘 하였소. 그럼 내일 폭파 시험을 하는 것으로 정합시다."

들고 있던 이장렴이 끼어들었다.

"언제 진짜로 하는 거요? 빨리 합시다. 쇠뿔도 단김에 빼라하지 않았소?"

"가만… 지금 동궁전의 번이 어떻게 돌아가고 있소?"

"번은 알 필요가 없소. 동궁전은 내 처남이 별장을 맡아 서고 있으니 언제라도 들어갈 수 있소이다."

"다행이구려. 나는 새로 온 금위대장이 모든 별장을 다 교체시키는 줄 알았소."

"다행히 내 처남은 그냥 동궁전 그 자리에 보직을 갖고 있소이다. 아직 업무파악이 안 돼서 그런지는 몰라도 아마 별장이 내 처남인 줄은 모를 거외다. 새 장가를 들고 얻은 처남이오."

"그렇소? 그거 참 잘 되었구려. 그럼 내일 시험을 마치는 대로 자시에 출발하는 것으로 처남에게 말해두시오. 내일 낮에 폭파 시험이 성공하면 밤에 결행하는 것이오. 아시겠소?"

"좋소!"

천종복이 천천히 입을 열며 말했다. 눈자위가 번득이는 그의 모습은 항상 보아왔던 순박하게 생긴 천종복이 아니었다.

"이제… 민왕후는 내일 이후로는 이 세상에 없는 사람이 될 것이오."

"그렇지요. 그렇게 되면 우리 대원위 대감께서 다시 등청하게 되실 것이니 이 모든 일이 잘 될 것이오."

"하하하."

세 사람의 웃음 소리가 대원군이 떠나고 없는 사랑채에서 울려 퍼졌다. 이제 민왕후의 목숨이 경각에 달리게 되었는데 민왕후는 어떻게 이 위기를 헤쳐 나갈 것인가?

54

폭발

자시가 되자 세 사람이 운현궁 사랑채에 모였다. 천종복이 보따리를 들고 일어섰다.

"자, 갑시다!"

멀리 건춘문이 보였다. 앞서가던 이장렴이 손짓을 하자 별장 하나가 뛰어나오더니 연신 이장렴에게 굽신거렸다. 처남이었다. 이장렴이 은병 하나를 처남에게 찔러 주자 입을 헤벌리며 세 사람에게도 연신 굽신거렸다. 건춘문을 통과하자 동궁전이 나왔다. 자선당이란 세 글자가 어둠속에서도 뚜렷이 보였다. 천종복이 가져갔던 보따리를 마당에 내려놓고 장목수에게 낮은 소리로 말했다.

"자, 여기서 기다리시오. 아마 십 분이면 모든 사태가 끝이 날 것이오."

천종복이 익숙한 솜씨로 동궁전의 마루를 뜯어낸 뒤, 횃불을 왼손에 들고 오른손으로 보따리를 어깨에 멘 채 돌계단을 밟고 안으로 내려갔다. 그 뒤를 따라 같은 방법으로 이장렴이 뒤를 따랐다. 암흑의 정적 속에서 긴 통로가 눈앞에 나타났다. 그 긴 통로를 두 사람이 급한 걸음으로 걷기 시작했다. 상대방의 거친 숨소리에 자신의 숨소리가 뒤섞이며 묘한 이중주를 내고 있었다. 빠른 걸음으로 걷던 두 사람이 금괴가 쌓여있는 지하고에 이르자 잠시 금괴 쪽으로 고개를 돌렸다. 든든한 마음이 절로 들었다. 그러나 긴장감으로 인하여 두 사람의 얼굴에는 땀이 흐르고 있었다. 밖은 쌀쌀했지만 지하 통로 안은 따듯했다. 광솔 횃불 타는 잦은 소리가 들리면서 소나무 탄내가 코로 들어왔다. 송진 냄새였다. 환기가 잘 안 되는 지하다.

"여기서부터는 발걸음을 조심해야겠소."

천종복이 낮은 소리로 말하자 이장렴이 고개를 끄덕이며 발소리를 낮췄다. 아까보다는 느렸지만 고양이 같은 걸음으로 한 발 한 발 어둠속을 향하여 나아갔다. 지금 가는 이 길은 사람으로는 처음으로 걸어가는 길이었다. 물론 공사를 할 때 아래쪽을 내려다보며 눈으로 몇 차례 확인했던 길이었다. 그러나 지금 걷고 있는 길은 그때의 눈으로 보던 그 길이 아니었다. 그때는 정말 자신들이 그 길을 따라 걸으리라고 생각을 한 적은 추호도 없었다. 그런데 그 길을 지금 걷고 있는 것이다. 한참을 걷다 보니 다시 돌계단이 나타났다. 아마 지상으로 통하는 계단일 것이다. 우선 횃불을 끄는 것이 순서였다. 횃불을 살며시 발로 비벼 끄자 칠흑 같은 암흑이 주위를 감쌌다. 전후좌우(前後左右)가 전혀 구분되지 않아 발이 허공에 뜬 느낌이 들었다. 잠시 전에 보았던 기억을 살려내서 더듬거리며 돌계단 쪽으로 발걸음을 옮겼다. 왼손으로는 보따리 하나씩 움켜쥔 채로 암흑 속으로 기어 올라갔다. 개천으로 통하는 문으로 연결되어 있었다. 물이 조금 고여 있을 뿐 개천은 말라 있었다. 밖으로 나온 것이다. 아주 어둡지는 않았다. 구름이 긴 날씨였다. 어둠들 사이로 전각들이 여러 채 보였다. 사방이 조용한 것이 아무도 안 살고 있는 빈집들인 것 같았다. 천종복이 이장렴에게 귓속말로 소곤거렸다.

"어느 전각이 민왕후가 잠을 자는 전각이오?"

경복궁을 지을 때 몇 번이나 보아왔던 이 장소가 마치 생전 처음 보는 것 같은 기분이 들었다. 이장렴이 고개를 갸우뚱거리며 미덥지 않은 포즈를 취했다. 천종복이 급하고 낮은 목소리로 다시 물었다.

"어느 전각이라니까요?"

다그침에 쫓긴 이장렴이 손가락으로 건물 하나를 지적하며 말했다.

"이거던가? 아마 이 전각이 맞을 것이오."

"정말이오? 실수하면 큰일이오!"

이런 밤중에 지하 통로를 따라 궁궐 깊숙이 들어와 보니 전혀 딴 세상이었다. 생전 처음 보는 전각들이었다. 그 전각이 그 전각 같았고 비슷비슷한 게 도무지 어디라고 감을 잡을 수가 없었다.

"이 전각이 맞을 것 같은데, 아니 저 전각일 수도 있을 것 같은데 어떡하면 좋겠소?"

"이런…"

욕을 할 수는 없었다. 충분히 있을 수 있는 일이니… 난감한 표정을 짓는 천종복의 얼굴이 어둠속에서도 느껴졌다.

"그럼 한 개씩 맡읍시다. 시간이 없소. 우선 전각에 기름을 붓고 불을 붙인 뒤 불이 확실하게 붙는다 싶으면 여기 심지에 불을 붙이고 뛰어 오기요. 먼저 일을 끝낸 사람이 상대방이 있는 곳으로 달려 오기요. 아시겠소?"

"그렇게 합시다."

천종복이 저쪽 전각으로 냅다 뛰어가자 이장렴이 기름을 전각의 나무판 위에다 붓기 시작했다. 부싯돌로 불을 내어 불쏘시개를 만들었다. 불쏘시개를 가지고 이리저리 다니며 기름 부은 곳에다가 불을 붙였다. 순조롭게 불이 붙어 올라오기 시작했다. 이제는 폭약의 심지에 불을 붙일 차례였다. 심지에 불을 붙이는 순간 손이 마구 떨려 심지에 불이 제대로 붙지 않았다.

"제길헐…"

이렇게 떨려보기는 생전 처음이었다. 손이 떨리는 것이 눈에 보이자 턱도 금방 떨려왔다. 그때 천종복이 허겁지겁 이장렴에게로 달려왔다.

"뭐하는 게요!"

천종복이 얼른 불쏘시개를 빼앗아 심지에 불을 붙였다. 익숙한 솜씨였다. 지지직! 낮은 소리를 내며 심지에 불이 붙어서 타들어가기 시작했다. 기름을 부어 놓은 나무판에서도 순조롭게 불이 붙기 시작했다. 저쪽에서 천종복이 붙여놓은 다른 전각의 불이 타오르는 것이 얼핏 보였다. 천종복이 가죽신을 신은 채로 재빨리 마루 위로 올라서서 폭약을 방 안으로 통하는 방문 입구에 갖다 놓고 되돌아왔다.

"갑시다."

숨이 턱에 닿도록 개천 입구로 달렸다. 폭약이 터질 시간이 된 것 같은데 아무런 소리가 나지 않았다. 실패한 것일까? 뒤를 돌아볼 시간이 없었다. 어둠속에서 개천 아래에 있는 입구를 찾아 내달려야 했다. 입구를 찾아서 돌계단으로 내려오자 사방이 캄캄했다. 횃불을 찾아야 했다. 얼른 불쏘시개에 불을 붙이고 땅바닥에 놓인 횃불 하나를 들어 불을 붙였다. 그때였다.

“쾅!”

엄청난 진동과 함께 폭음이 들렸다. 지하라서 그렇지 만약 지상에서 그 소리를 들었다면 엄청난 굉음이었을 것이라는 생각을 하며 천종복이 이장렴의 얼굴을 쳐다보았다. 이장렴의 미소 띤 얼굴이 보였다. 천종복이 이장렴에게 나직이 외쳤다.

“성공이오!”

잠시 후, 무슨 여인의 비명 같은 소리가 들리는 것 같았다. 이장렴이 자기 횃불 하나를 들고 불을 붙이려 하자 천종복이 외쳤다.

“그냥 뜁시다.”

천종복이 좁은 통로를 통해 앞서서 내달렸다. 횃불이 앞에 있었으므로 천종복의 발걸음은 빨랐으나 이장렴은 천종복의 그림자 때문에 통 앞이 보이지 않았다.

“좀 천천히 걸으시오.”

“아, 빨리 오라니까!”

신경질적으로 천종복이 내뱉었다. 인정사정없이 내달리는 천종복의 발걸음을 따라 잡으려니 온몸의 솔기가 일제히 곤두섰다. 누군가 이장렴을 뒤에서 붙잡고 늘어지는 것 같았다. 저승사자인가? 저들이 내달리는 이장렴의 옆까지 따라와서 이장렴의 손을 붙잡으려고 안간힘을 쓰는 것을 악을 쓰며 뿌리쳤다. 지하 통로 중간 지점에 금괴가 있다는 존재감은 전혀 들지 않았다. 한참을 달리자 반가운 돌층계가 나왔다. 동궁전으로 통하는 층계다. 이장렴이 초죽음이 된 얼굴로 곧 도착했다. 오른손 등에서 피가 흐르고 있었다. 돌벽에 부딪친 모양이었다. 급하게 돌계단을 오르자 장목수가 반가운 듯이 오른손을 들어 올리며 환영인사를 했다.

“성공이오. 폭약 터지는 소리를 들었소.”

"들었지요? 이제 곧 불길이 크게 번질 거요."

세 사람이 허겁지겁 건춘문에 도달하자 궁전 안쪽에서 불길이 타오르는 모습이 훤하게 보이기 시작했다. 빠른 발걸음으로 궁전을 빠져나온 세 사람은 부지런히 운현궁으로 발길을 옮겼다.

색출

궁궐 안에서 폭약이 터지고 불길이 솟으며 전각을 불태웠다는 소식이 해가 뜨기 전, 고종이 잠든 숙소로 전달되었다. 내시부 상선이 급보를 들고 고종의 침소로 아침 일찍 달려와서 부복하고 있었다. 부복하고 있던 상선에게 수시로 내시부 직원들이 들락거리며 후속 뉴스를 전달하고 있었다. 침소에서 고종이 일어나는 기침이 들리자 당직 상궁이 소식을 전하려고 내실로 요청을 하였다. 몇 시간 만에 드디어 소식을 전하게 된 것이다.

"아침부터 웬 소란이냐?"

상궁의 요청에 정신을 가다듬은 민왕후가 졸린 목소리로 대답했다.

"전하. 간밤에 왕비전에서 화재가 있었사옵니다."

"화재라니?"

"예. 자시경에 왕비전이 있는 순희당, 자경전, 자미당에서 화재가 있었사옵니다."

고의적인 방화라는 직감이 들었다. 민왕후가 몸을 부르르 떨며 소리쳤다.

"뭐야? 도대체 어떻게 된 일이냐? 소상히 일러라!"

왕후와 상선의 대화를 듣고 있던 고종도 그제서야 정신이 들었는지 옷매무새를 가다듬으며 일어나 자리에 앉았다.

"예. 자시가 조금 넘은 식경에 순희당에서 먼저 불길이 솟아올랐고 이어 자경전에서도 불길이 솟아올랐나이다. 불길이 맹렬하여 미처 잡지 못하여 전각 사백 간이 소실되었나이다."

전각이 사백 간이나 불에 타도록 모르고 있었다니… 전율이 몸을 스쳤다. 상선이 다시 입을 열었다.

"전하. 그런데 한 가지 이상한 일이 있어서 아뢰옵니다."

"이상한 일이라니?"

고종이 말을 받았다.

"예. 불길이 치솟기 전에 화약을 가득 담은 폭약이 터져서 방 안으로 폭발하였다 하옵니다."

"뭐라? 그게 정말이냐?"

"예. 방금 군기창에서 나온 병사들이 일러준 것이옵니다."

상선의 말에 몸을 부르르 떨던 민왕후가 고종의 얼굴을 바라보며 애처로운 얼굴로 말했다.

"전하! 이는 필시 누군가가 저를 죽이려고 불을 내고 폭탄을 던진 것이 분명하옵니다."

"허허, 부인 너무 속단 마시오. 폭발이라면 다른 이유도 많이 있을 수 있소."

"아니옵니다. 이는 필시 대원군 합하께서 뒤에 있을 것이라 판단되옵니다. 소인의 말을 경청하여 주시옵소서."

어느새, 민 왕후의 눈에서 눈물이 떨어지기 시작했다. 눈물을 흘리는 모습을 보니 너무나 애처로워 보였다. 자신을 위하여 대원군을 몰아내고 친정을 세우는 데 공을 세운 왕비가 이제는 목숨을 노리는 습격까지 당하다니… 있을 수 없는 일이었다. 그렇다고 대원군의 짓이라고 단정 지을 근거는 전혀 없지 않은가?

"내가 현장을 다녀보고 결론을 내릴 터이니 부인께서는 너무 상심마시오."

훌쩍거리는 부인을 뒤로 한 채 상선의 뒤를 따라 화재 현장으로 달려간 고종은 처참한 광경에 아연하지 않을 수 없었다. 전각 여러 채가 타다 남은 채 흉물스런 모습으로 아직까지 연기를 뿜어대고 있었다. 금위대장 조영하가 현장에 나와서 군졸들을 지휘하며 사태를 파악하고 있었다.

"폭발이 일어났다는 곳이 어디냐?"

"예. 여기 순희당에서 폭발이 일어났던 것이 확실합니다. 그리고 자경전에서 터지지 않은 폭탄을 수거하였사옵니다."

심지가 다 타서 없어진 폭탄 하나를 군졸이 꺼내어 보였다. 심지와 폭약 사이에서 뭔가 연결이 되지 않아 불발탄이 된 것이다. 누군가 일부러 방화를 한 것이 분명했다. 민왕후를 노린 것이다. 그렇다면 범인은 단 하나, 부친 대원군이다. 대원군 아니고는 이런 과감한 범죄를 저지를 사람은 없었다. 분명 대원군의 음모가 분명했다. 조사를 하지 않을 수 없었다. 고종이 뒤를 돌아보며 상선에게 명을 내렸다.

"대원군을 담당한 김내관을 지금 급히 운현궁으로 보내어 사태를 알아보도록 하라!"

상선이 김내관을 찾으러 내시부로 달려갔다. 뛴다. 뛰어야 할 일이다. 달려가는 상선의 뒷모습을 바라보면서 고종은 걱정이 몰려

오기 시작했다. 만약 부친이 진짜 범인으로 단정된다면 어떻게 할 것인가? 그것은 상상만 해도 끔찍한 일이었다. 국법으로는 사형에 해당하는 일이었다. 고종이 일차 사태를 파악하고 다시 민왕후가 기다리는 숙소로 돌아오자 민왕후가 고종의 얼굴을 빤히 바라보며 어떻게 말하는지를 기다리고 있었다. 대원군을 잡으러 군사를 보냈으니 걱정 말라는 말을 기대하고 있었을 것이다. 그러나 그건 아니다.

"폭발이 일어난 것은 사실이오. 내가 김내관을 운현궁으로 급히 보냈으니 곧 기별이 있을 것이오."

실망하는 눈빛이었다. 민왕후가 숙소로 돌아가겠다며 일어나자 고종이 왕후의 손을 붙잡으며 만류하였다. 숙소가 어디에 있는가? 이미 다 타버렸는데. 다시 그 자리에 털썩 주저앉은 민왕후가 눈물을 흘리며 훌쩍이기 시작했다. 그때 김내관이 내전으로 돌아왔다는 전갈이 들어왔다.

"김내관은 안으로 들라."

김내관은 땀으로 뒤범벅된 행색이었다. 돌아와 부복한 채 아직도 숨을 헐떡이며 말했다.

"전하. 대원군 합하는 운현궁에 없었사옵니다."

"없었다니? 그럼 어디에 있단 말이냐?"

민왕후가 의심스런 눈빛으로 김내관을 쏘아보았다.

"대원군 합하는 지난 번 공근문 사건 이후로 북문 밖 삼계동 정자로 출타하여 아직까지 돌아오시지 않고 있다 하옵니다."

민왕후가 고종을 향하여 외쳤다.

"이는 필시 모든 일을 지시해 놓고 멀리 피신해 있는 것이 분명하옵니다. 속히 의금부 관원을 보내서야 하옵니다."

허긴 나하고는 상관없다는 것을 보여주기 위하여 북문 밖으로 피신할 수도 있었다. 그러나 꼭 그런 것은 아니지 않은가? 괜히 증거도 나타나지 않은 일을 혹여라도 언급하거나 조사를 한다면 이는 엄청난 불효가 아닐 수 없었다. 반드시 은밀한 조사가 먼저 있어야 했다.

"김내관은 대원군을 잘 알고 계시지요?"

김내관이 상감과 대원군과의 연락을 몇 년째 맡고 있음을 잘 알고 있던 고종이 그에게 밀명을 내렸다.

"삼계동으로 찾아가서 최근에 대원군을 만난 자들을 모두 조사하여 오시오."

김내관이 절을 하고 나서 밖으로 나가자 민승호가 이내 알현을 청하였다.

"어서오시오. 처남. 얼마나 놀라셨소?"

"아니옵니다. 왕후께서 얼마나 놀라셨을까 하여 달려왔나이다."

오라비를 보자 다시 민왕후가 왈칵 울음을 쏟아내기 시작했다.

"왕후마마. 심려 마시옵소서. 범인은 반드시 색출하겠나이다. 이조판서 민규호와 형조판서 민치상에게도 급히 편전으로 들라 일러놓았습니다."

"범인은 감히 제 입으로 말씀드리기 어려우나 대감께서도 이미 잘 알고 계실 것이옵니다."

민왕후가 범인 지목에 대한 의견을 말하자 민승호가 말했다.

"폭탄이 어디서 만들어졌는지 조사하면 범인이 반드시 나올 것입니다. 범인을 꼭 잡아낼 터이니 너무 상심 마시옵소서."

울음을 잠시 그친 민왕후가 싸늘한 얼굴로 민승호에게 말했다.

"대감께서도 조심하시옵소서. 저를 노리는 자가 필시 대감도 노릴 것이옵니다. 이거 불안해서 어디 살겠사옵니까?"

결국 대원군이 자신과 민승호를 노리고 있다는 것을 민왕후가 입 밖으로 내놓았으나 그동안 그런 말이 밖으로 나오지 않았던 이유는… 누구나 다 아는 사실은 구태여 입 밖으로 내놓을 필요가 없었기 때문이었다. 고종이 왕후를 달래며 일어섰다.

"김내관이 돌아오면 윤곽이 드러날 것이니 너무 상심 마시오. 자 일어나 후원이나 걸읍시다."

56

연루

　"김내관이 어쩐 일이시오?"

　북문 밖 삼계동 산장에서 유유자적(悠悠自適) 쉬고 있던 대원군이 김내관을 보자 깜짝 놀라며 반가운 얼굴로 그를 맞았다. 고종이 친정을 선포하고 나서 대궐의 사람은 처음 만나는 것이다.

　"예. 대감께서 어떻게 지내시나 적적하실까 하여 찾아왔사옵니다."

　"허허. 이리 앉으시게나. 이젠 야인이니 어려워 할 것 없소이다."

　김내관을 방으로 안내하는 대원군의 행색이 예전 같지 않아보였다. 위풍당당(威風堂堂)했던 모습이 많이 사라진 오십대의 중 늙은 이의 얼굴이었다. 방 안으로 들어가 앉은 김내관이 날카로운 눈빛으로 방 안을 짧게 휘둘러보다가 이내 자리에 앉았다.

　"그래 상감께서는 잘 하고 계시오?"

　"예. 별 일 없사옵니다."

　"그렇소? 잘 되었구려. 이제 상감께서 친정을 하시니 잘 하실 것입니다. 얼마나 영특하신 분이신지 아마 김내관도 잘 아실 것이오.”

김내관이 가지고 온 보따리를 풀어 대원군에게 펼쳤다. 지필묵 한 세트였다. 함께 가져온 한지는 대궐에서만 쓰이는 최고급 한지 한 두루마리였다.

“합하 나리께서 난을 치신다는 말씀을 듣고 가져왔사옵니다.”

“허허. 고맙소. 마침 종이도 떨어져가는데 잘 되었구려. 찾아오는 사람도 없는 이 시골에 이런 귀한 선물을 일부러 가지고 오시다니 정말 고맙소.”

“어찌 찾아오는 사람이 없었겠소이까?”

“아니오. 여기 있다는 것을 아무에게도 알리지 않고 왔소. 그럴 기분도 아니고요. 어쨌거나 권세를 가졌던 자가 이제 그 권세를 잃었으니 누가 나를 찾아오겠소?”

“그래도 예전 사랑채에 가득 모였던 사람들이 얼마나 많았사옵니까? 그들 중에서 대감을 찾아오지 않았겠소이까?”

“허허… 세상 인심이 다 그런가 보오. 그 많던 사람들이 하나도 나를 찾아오지 않는구려. 아니, 그런데 그건 왜 묻소이까?”

“아, 아니오. 대감께서 하도 적적하다 하시길래 저라도 친구를 하여줄까 하고 생각 중이옵니다.”

김내관이 다시 방 안을 휘 둘러보며 대원군에게 말을 걸었다.

“저기 난을 치신 것이 요즈음 그린 것이 맞습니까?”

“그렇소. 왜? 한 장 가져가보시려오?”

“주신다면야 고맙겠습니다마는…”

대원군이 윗목에서 난 그림 한 장을 끄집어내어 김내관 앞에 놓았다.

“마음에 드실지는 모르겠으나 그런대로 잘 나온 것이 되어서 한

장 가지신다면 드리리다."

"허… 고맙습니다. 이거, 생각지 않은 선물을 받아도 되겠습니까?"

"그럼요. 내가 여기 내려온 지가 벌써 한 달이 다 되었는데 하루도 빠지지 않고 그렸더니 마음에 드는 그림이 몇 장이 나왔소이다. 저기 저 종이는 그리다가 만 것들입니다. 불쏘시개나 해야겠지요."

윗목에 수북이 쌓여있는 것이 무엇인가 했더니, 다름 아닌 대원군이 난을 치다가 맘에 들지 않아 물려 놓은 것들이었다. 석파란! 스승 추사가 그토록 칭찬했다는 난 그림이 뿌리가 다 드러나 있는 것으로 보아 궁궐에서 쫓겨난 뒤 마음의 갈등이 심했었던 것 같았다. 일단 사람이 다녀간 흔적이 보이지 않은 것만은 확실했다. 사람이 다녀갔다면 저렇게 많은 파지가 나올 틈이 없었을 것이다. 이런 거사를 위해서라면 몇 날 며칠을 계획하고 모의하고 토론을 하여야 했을 것이다. 그러려면 난을 칠 시간, 아니 그림 따위를 그릴 정신적 여유가 없었을 것이다. 난을 친다는 의미는 정신적 충격으로부터 벗어나기 위한 내적 몸부림으로 봐야 할 것이다. 정신적 충격 흡수기간 중이었다.

물론 마을 입구에 사는 주민들에게도 다 물어보았으나 산장에서 밥을 짓는 아낙들이 찬거리를 위해 출입하는 것 외에는 특별한 출입이 없었다. 산장의 늙은 영감 하나가 나무를 사서 지게에 짊어지고 몇 차례 올라간 것을 보았을 뿐, 남자들의 출입은 없었다. 한밤중에 혹시 올라갔을까? 그럴 리는 없었다. 만약 그랬다면 말이 새어나왔을 것이다. 이제 대원군이 아무도 안 만났다는 것은 확실해졌다. 김내관도 적이 안심이 되었다. 상감께서 걱정하시고 있는 바가 바로 대원군의 연루 여부 아닌가? 김내관이 방금 받은 석파란 그림 한 장을 접어 품에 넣으며 자리에서 일어났다.

"합하나리. 저는 그럼 이만 물러가옵니다."

"아니, 이거 오자마자 가다니 좀 있으시면 소찬이 나올 텐데요…"

"아니옵니다. 이제 곧 가봐야 할 것 같사옵니다."

대원군이 잠시 뜸을 들이고 나서 김내관에게 물었다.

"대궐에 무슨 일이라도 있는 게요?"

"아니옵니다. 나는 적적하실까봐 찾아뵌 것뿐이옵니다"

대원군이 대궐의 소식을 전혀 모르고 있는 것이 분명했다.

"그렇소? 그럼 상감께 안부나 전해주시오."

자리에서 일어난 김내관이 산장을 나와 빠른 걸음으로 왔던 길을 되돌아 북문에 이르렀을 때 천종복 일행과 마주쳤다.

"아니, 이거 김내관이 웬 일이시오? 혹시 삼계동 산장에 다녀오시는 길이시오?"

"그렇소만… 천서방은 어쩐 일이시오?"

"예. 간밤에 대궐에서 화재가 크게 일어났다고 하여 대감께 급히 전하려고 가는 것이오. 그런데 김내관도 그 이야기를 전하려 갔다 오신 것이오?"

"그렇소… 아니, 그게 아니라 상감께서 합하께 지필묵을 전달하라 하셨기에 내, 생각이 난 김에 급히 전달하고 오는 길이오."

"지필묵이오?"

"아, 예. 전달을 잘 하였으니 이제 가보겠소."

급한 걸음으로 내달려가는 김내관의 뒤를 바라보며 천종복이 이장렴에게 말했다.

"상감께서 급히 사람을 보내 우리 대감의 동정을 파악하려하신 것이 분명하오. 이제 어떻게 하면 좋겠소?"

"병조에서 필시 폭약에 대해서 조사가 있을 것이오. 만에 하나 대감께 혹시 불똥이 튄다면 이는 큰일이 아닐 수 없소. 장목수는 사태가 잠잠해질 때까지 잠시 몸을 숨기시는 것이 좋을 것 같소."

"아무래도 그게 좋겠소."

이장렴이 맞장구를 치자 장목수가 말했다.

"내, 이번 기회에 금강산 공사를 시작할까 보오."

"금강산 공사라니요?"

"그렇지 않아도 금강산 장안사에서 대대적인 보수공사를 원하였는바, 여러 사정으로 미루고 있었는데 마침 잘 되었소."

"금강산이요? 나도 가면 안 되오? 나도 백수인데…"

이장렴까지 나서자 천종복이 말리고 나섰다.

"이대장. 정신차리시오! 지금이 팔도유람이나 할 때요?"

천종복의 대갈일성에 이장렴의 목이 움츠려져 쫄아 들었다. 붕대를 살짝 감은 손이 아직도 성치 않은 모양이었다.

"거, 손은 괜찮소?"

방금 소리를 지른 것이 미안했는지 천종복이 위로의 말을 건넸다. 그러다가 뭔가 생각이 났다는 듯이 말했다.

"아, 참. 우리가 놓은 폭약 중에 하나가 터지지 않은 것 같은데, 이대장은 소리를 들었소?"

"아니오. 나는 한 번밖에 소리를 듣지 못했소."

"그럼, 장목수는 밖에 있었으니 잘 들었을 것 아니오?"

"내가 듣기로도 한 번밖에 듣지 못했소."

"그렇다면 하나는 불발이 되었다는 뜻인데… 혹시 일이 실패한 것 아니오?"

"그럴 리가 있겠소? 누각이 몇 채가 불이 탔다는데 거기서 헤쳐 나올 장사가 있었겠소? 분명 국상의 소식이 이, 삼일 내로 나올 것이오. 김내관이 급히 다녀간 것을 보면 알 수 있지 않겠소?"

"그럴까요?"

"분명 폭탄이 문제가 있었던 것 같소. 어디서 구한 것이오?"

"급히 구하느라 기폭장치가 달리지 않은 것을 구했소 마는, 폭발력은 우리 둘이 실험을 할 때 보지 않았소?"

장목수가 변명을 하자 천종복이 말했다.

"기폭장치가 달린 것을 구할 걸 그랬소. 너무 서두른 감이 있었소. 실패했다면 아마 바로 그것 때문일 것이오. 기왕지사(旣往之事) 다 지나간 일, 운명에 맡깁시다. 빨리 갑시다."

57

실패

대원군이 천종복의 보고를 받고 불같이 화를 내고 있었다.

"시키지도 않은 짓을 하고 다니다니 이런 경을 칠 놈들을 보았나?"

이렇게 화를 내는 것은 예상치 못했던 일이었다. 오히려 칭찬을 예상하고 오지 않았던가? 세 사람이 완전히 주눅이 들어 무릎을 꿇고 대원군 앞에 앉아 몇 시간째 고함을 쳐대는 대원군의 화통을 고스란히 당하고 있었다.

"이런 닭대가리만도 못한 위인들 같으니라구… 내가 너희들을 가까이 한 게 정말 후회가 막급하구나. 어찌 그런 일을 나에게 입도 뻥끗 하지 않고 감행했단 말이냐? 그러다가 지하 통로가 발각되면 너희 놈들이 책임을 질 것이냐? 정조대왕께서 통곡을 하실 일이다. 이런 싸가지 없는 놈들 같으니…"

평소에 하시지 않던 상말의 욕까지 서슴지 않고 내뱉는 것을 보면 뭔가 일이 잘못된 것만은 분명한 것 같았다. 대원군의 사기를 올리고 왕후를 제거하기 위한 거사를 오직 충심으로 실행하지 않았는가?

"너희들 생각대로 이 세상이 돌아갈 성 싶으냐?"

시간이 지나자 대원군의 화도 조금 풀렸는지 말투가 약간은 누그러졌다.

"그래 폭약은 어디서 구했느냐?"

"예. 보부상을 하던 조씨에게 구했습니다."

"병기창에서 나온 것이 아닌 것이 확실하렸다."

"병기창 물건은 아니옵니다. 서북지방의 광산에서 쓰는 물건이옵니다."

"그나마 다행이구나. 병조판서 민승호가 아마 너희들을 의심할 것이니 각별히 조심하렸다."

"예!"

"똑바로 앉거라!"

그제서야 세 사람은 꿇었던 무릎을 펴고 가부좌로 앉았다. 세 사람 모두 발이 저려 얼굴을 잠시 찡그리고 있자 대원군이 웃음을 터뜨렸다.

"허, 참. 어리석은 놈들 보게…"

"대감. 그런데 폭약 중에서 하나가 터지지 않았사온데 거사는 실패한 것이옵니까?"

"이놈아! 광산에서 쓰는 폭약 나부랭이에 기폭장치도 없었으니 될 일이냐? 그나마 한 개라도 터진 것이 가상하다. 어느 연놈이 그런 폭탄에 맞아 죽겠느냐? 코앞에서 터져도 죽을 확률이 적은 것이 폭약이거늘…"

"예?"

"내가 김내관이 급히 왔다가 가는 것을 보고 알았느니라. 너희들 거사가 실패했다는 걸 말이다?"

"아니, 그걸 어떻게 아셨사옵니까?"

"이놈아. 만약 너희 놈들 폭탄을 맞고 왕비가 죽었다면 김내관이 나를 찾아올 리가 있었겠느냐? 나에게 김내관을 보낸 당사자가 살아있다는 증거가 아니고 무엇이겠느냐? 이런 놈들 하고서라니…"

"그렇습니까?"

"이제 왕비는 절대로 어떻게 할 수 없게 되었다. 너희 놈들이 이번에 왕비의 충실한 신하 노릇을 단단히 하였구나. 닭대가리 같은 놈들…"

대원군이 노한 이유를 알 것 같았다. 한마디로 거사실패에 따르는 분노였다. 천종복이 미안한 마음으로 대원군에게 말을 건넸다.

"민승호를 해치울까요?"

대원군이 화를 벌컥 내며 자리에서 일어섰다.

"나가거라. 이놈들아! 어디서 감히 그런 불경한 말들을 꺼내고 다니느냐? 내 속히 너희 놈들을 꼴보기 싫어 양주골로 옮겨야 하겠느니라!"

쫓겨나듯이 산장에서 빠져나온 세 사람이 다시 운현궁으로 돌아와 사랑채에 둘러앉았다.

"대감께서 양주골 직곡산장으로 거처를 옮기시려나보오."

이장렴이 한숨을 쉬며 말하자 장목수가 말했다.

"그렇소. 이젠 우리도 할 일이 없어진 것 같소. 금강산에나 가야 할 것 같소."

천종복이 아까부터 곰곰 생각한 것이 있었는지 두 사람을 불러 모았다.

"잘 들으시오. 대감께서 직곡산장으로 옮기신다고 하시었소. 이
것이 무슨 뜻이겠소?"

"무슨 뜻이라니요?"

"아, 이 사람이 그렇게 눈치가 없어서야 원…"

이장렴이 머리를 긁으며 헛웃음을 웃자 천종복이 나섰다.

"우리가 한 번 더 움직여야겠소. 장목수는 다시 한 번 수고를 해
주시오."

"무슨 수고요?"

"기폭장치가 달린 폭탄을 세 개 구해주시구려. 값은 얼마든지 줄
수 있다고 하시오. 최고급으로 말이오. 혹시 중국에서 온 것이면 더
욱 좋겠소."

"그러면 민승호를?"

"그렇소. 내게 생각이 있소이다. 이번에는 실패를 하지 않는 방
법으로 해야 할 것이니 반드시 고성능 폭약을 구해주시오. 시간은
충분할 것이니 반드시 구해야 할 것이오. 대감께서 양주골로 옮기
신다는 것은 자신과 연루되지 않도록 조심해서 일을 처리하라는
뜻 아니겠소? 왕비가 아니면 그의 수족 민승호라도 처단하라는 뜻
이지요."

"알겠소. 서북 지역으로 다니는 보부상이 다음 주면 도착할 것이
고 한 달이면 물건이 도착할 수 있을 것이오."

민승호를 노리는 음모가 운현궁 사랑채에서 시작되고 있던 날,
민승호는 다시 민왕후와 마주앉았다. 민왕후의 하소연이 이어졌
다. 임신을 해서 배가 많이 부른 민왕후였다. 이번에도 아들을 잃으
면 큰일이었다. 태아에 영향을 미치지 않도록 말과 행동을 조심해

야했다.

"오라버니. 범인 색출은 어떻게 되어가고 있습니까?"

"예. 지금 이조와 형조에서 사람을 풀어서 각 방면으로 은밀히 조사를 진행하고 있사옵니다."

"그놈들을 잡지 못하면 오라버니와 저의 생명은 보장하지 못하옵니다. 반드시 잡아내야 하옵니다."

"그리 하겠나이다."

"합하에게서 수상한 점은 없었사옵니까?"

"산장에 들른 자들이 한 사람도 없었던 걸로 조사되었습니다. 산 아래에서 형조의 관리들이 변복을 하고 지나가는 사람을 일일이 체크하고 있습니다."

"혐의가 없다는 것도 이상합니다. 너무나 깨끗하지 않습니까? 대원위 합하가 누굽니까? 수십 년을 아들을 왕을 만들기 위해 절치부심(切齒腐心)하던 분이옵니다. 반드시 이 일과는 연관이 있는 것이 틀림없사옵니다. 증거를 찾아내세요 증거를…"

"예. 당일 현장에서 발견된 폭약이 병기창에서 만들어진 것이 아니고 금광에서 쓰는 것 같다고 하옵니다."

"금광이라면 궁에서 관리하고 있는 곳 아닙니까? 내시부 사람들 중 무술을 잘 하는 사람도 많은데 그 인력을 활용하세요. 김내관도 활용하세요."

짜증 섞인 말이었지만 하나도 버릴 말이 없었다.

"예. 그렇지 않아도 금광에 사람을 보내서 폭약 관리 실태를 알아볼 작정입니다."

"가고 오고 하다 보면 시간이 많이 걸릴 텐데 파발마를 이용하세요. 말은 얼마든지 내어 줄 수 있으니 오라버니께서 책임을 지고 범인을 색출해 주세요. 이건 오라버니도 위한 일입니다.”

“알겠습니다. 그렇지 않아도 왕후마마의 숙소에는 안팎으로 스물네 시간 경비를 서는 것으로 금위영, 내시부가 이중으로 번을 설 것이오니 안심하고 주무실 수 있을 것이옵니다.”

“내가 잠자는 것도 문제지만 범인 색출이 더 급한 문제입니다.”

아기를 가져서 그런가? 민왕후의 예민함이 상상 그 이상이었다. 묻고 대답하는 시간이 장장 서너 시간이 다 되어서야 끝이 났다. 원자를 잉태한 민왕후의 심기를 건드리지 않으려고 신경을 썼던 민승호가 파김치가 되어 왕비전을 나와 집으로 향했다. 범인은 대원군이 확실했지만 증거는 전혀 없고 사건과 관계없다는 점에서도 너무나 완벽했다. 이제는 양주골로 옮긴다고 하지 않는가? 허긴 형조관리들이 조여 오니 대원군도 신경을 쓰지 않을 수 없었을 것이다. 이참에 멀리 떠나고 싶기도 할 것이다. 그러나 경계를 놓아서는 아니 되었다. 양주까지 사람을 붙여야 할 것이었다.

‘직곡산장에 간자를 하나 넣어야 할 것이야…’

58

분열

범인 색출을 위한 편전회의가 열렸다. 먼저 상감이 상황 보고를 명하자 이조판서인 민규호가 보고서를 읽어 내려갔다. 아랫사람이 써서 건네준 보고서였다. 읽다가 틀리는 경우도 있었다. 상황 파악이 안 되었다는 증거다. 회의 시작 전에 미리 좀 읽고 나왔어야 했는데 보고서가 회의장에 늦게 도착하는 바람에 미리 읽을 시간이 없었다.

"… 화재로 소실된 재산이 어, 어, 전각 사백 칸에 총 삼만 이천 냥이옵고 부상 당한 수가 궁내에서 육 명, 화재진압 병졸 오 명이 화상을 입었사옵니다."

고종이 잠자코 듣고 있다가 불쑥 질문을 던졌다.

"왜 폭약 이야기는 아니 하는 것이오?"

"아니 하는 것이 아니라 폭탄을 제조한 곳이 아직 확실히 밝혀지지 않은 관계로 현재 조사된 결과가 없사옵니다."

알맹이는 폭탄 쪽이었는데 그게 빠진 것이다. 병조판서 민승호가 대뜸 나섰다.

"폭탄이 금광에서 쓰이는 것과 유사하다고 들었소. 그래, 금광에다 사람은 보내 보았소?"

"아직 보낸 사실은 없고 곧 조사를 시작할 예정이오."

"조사를 시작하다니… 지금 사건이 난 지가 벌써 몇 날인데 아직도 그런 기초적인 일을 하지 않았다는 말이오? 도대체 이조에서는 그동안 무얼 하였단 말씀이오? 내, 그럴 것 같아서 금광에 미리 사람을 보내었으니 곧 결과가 도착할 것이오."

민승호가 다그치며 앞서 나가자 이조판서 민규호가 입을 꾹 다물었다. 자신이 미리 사람을 보내 놓고 나서 상감 앞에서 창피를 주는 행위는 비겁한 짓 아닌가? 자신의 유능과 상대의 무능을 비교시키기 위한 행위라고밖에 생각이 되지 않았다. 물론 왕후와 민승호 대감의 목숨이 왔다갔다 하는 일이므로 민대감의 신경이 날카롭다는 사실은 알고 있었다. 그렇다고 당장 민대감의 목숨이 경각에 달린 것은 아니지 않은가? 전후좌우 사정을 잘 알고 있는 상감이 다시 나섰다.

"언제까지 범인을 잡을 수 있겠소?"

어쩌다 이 지경으로 몰렸는가? 민규호가 기어가는 목소리로 대답했다.

"한 달의 말미를 주신다면 범인을 잡아 올리겠나이다."

"한 달이라…"

고종이 중얼거리자 민승호가 다시 나섰다.

"한 달이라 하였소? 내 생각에도 한 달이면 충분할 것 같소. 한 달 안에 범인을 꼭 잡아내야 하오. 이를 잡듯이 장안을 뒤져서라도 꼭 잡아내시오. 지금이라도 당장 운현궁으로 달려가서 수색을 하란 말이오! 수색을!"

이건 완전히 민승호가 상감이었다. 고종은 가만히 앉아 있는데 민승호가 더 방방 뛴다. 서열로 치면 같은 판서요, 출사로 치면 훨씬 먼저인데 이제는 완전히 상전노릇을 하며 상감의 머리꼭대기에 올라앉아서 자신을 족치고 있는 것이다. 작은 대원군이었다. 삼정승은 혹시라도 불똥이 튈까봐 꿀 먹은 벙어리로 '나몰라라' 하고 앉아 있었다. 이것은 다 뒤에 민왕후가 있기 때문이었다. 편전을 나온 민규호는 가슴이 답답했다. 무얼 어떻게 조사를 하란 말인가? 이조관리들이 뛰고 있으니 결과는 더 나올 것이지만 그것도 뭐 단서가 있어야 결과가 더 나올 것 아닌가? 그런 사실을 잘 알고 있으면서 민승호는 상감 앞에서 범인을 잡아내라고 다그치고 있으니 누가 누구를 족치는 것인가? 책임으로 친다면 이조나 병조, 형조 모두 책임이 있는 것인데 유독 이조의 책임자인 자신만 못살게 굴며 범인을 잡아내라 하여 본의 아니게 한 달이라는 말까지 내뱉었던 것이다.

'어떻게 한다?'

발길은 어느 새 운현궁을 향하고 있었다. 대원군이 이미 양주골로 내려가서 그런지 예전 같지 않고 쓸쓸한 분위기였다. 사랑채에 이르자 민규호가 안에다 대고 소리를 질렀다.

"이보시게. 이보시게…"

민규호의 부름에 응답한 사람은 다름 아닌 전 금위대장 이장렴이었다. 안면이 있는 사이다. 이장렴이 황급히 뛰어나오며 민규호를 맞았다.

"아니 이게 누구신가? 이조판서나리 아니신가? 어서 들어오시오."

가죽신을 벗어 놓고 대청으로 올라오는 민규호에게 이장렴이 물었다.

"아니, 합하 나리도 없으신 운현궁에 판서나리께서 웬 일이신가? 혹시 범인이라도 찾으려고 오시었소?"

대원군이 배후라는 말이 파다하게 퍼져있는 것을 모두들 아는지라 말에는 거칠 것이 없었다. 천종복이 방으로 들어오는 민규호에게 깍듯이 절을 하며 자기소개를 했다.

"이 사람은 대감의 집사를 맡고 있는 천서방이라 합니다."

"그렇소? 나는 민규호라 하오."

"그런데 어쩐 일로 합하 나리도 없는 운현궁을 다 들르셨소이까?"

"특별한 일이 있어서 들른 것은 아니오."

눈치를 보아하니 편전에서 많이 시달린 모양이었다. 천서방이 잽싸게 하인을 시켜 주안상을 내오게 하였다. 곡주가 서너 순배 돌자 민규호가 입을 열었다.

"혹시 합하 나리 주변에 불만을 가진 자라도 있으시오? 있다면 말씀을 해 주시오. 내가 범인을 잡아야 하는 위치에 있으니 만약 범인을 잡게 해 주시면 후히 상을 내릴 것을 약속드리겠습니다."

"아무렴요. 만약 그런 자들이 있다면 당장 대감께 잡아 올리겠습니다. 어쨌거나 대원위 대감의 혐의가 벗겨진 것은 천만다행한 일이올시다."

천종복이 민규호의 술잔에 술을 따르며 화답했다. 이장렴이 말을 가로채고 나서며 크게 외쳤다.

"이보시게! 범인은 잡힐 때가 되면 다 잡힐 텐데 뭐 그리 신경을 쓰시나. 오늘은 다 잊고 술이나 마시세."

"그게 아니고… 오늘 상감 앞에서 한 달 안에 범인을 잡기로 약속을 하였으니 반드시 잡아 올려야 할 것이오. 두 분께서 내게 범인을 잡게만 해 주신다면 내 무슨 소원이라도 다 들어줄 참이니 꼭 부탁하오."

"그렇게 할 터이니 염려 마시고 술이나 쭉 드시게."

빈말이라는 것을 잘 알고 있었지만 그래도 그런 말을 들으니 많이 안심이 되었다. 민규호가 받은 술잔을 단숨에 꿀떡꿀떡 들이키더니 속에 있는 말을 내뱉을 참이었다. 속이 몹시 탔나보다. 심적인 압박을 엄청 받고 있는 것이 분명했다.

"내, 오늘 편전에서 참으로 황당한 일을 당했소이다."

"무슨 일인데 그러시오?"

이장렴이 묻자 민규호가 기다렸다는 듯이 속을 털어내기 시작했다.

"민승호 형님께서 요즘 나를 몹시 닦달하고 있소. 범인을 한 달 안에 잡아내라는 말도 민승호 판서 때문에 나온 말이었는데 일이 묘하게도 나 혼자 이 사건에 대해 바가지를 쓰게 되었단 말이오."

"그래요?"

이장렴이 둥그런 눈동자를 이리 굴렁 저리 굴렁 하면서 민규호의 얼굴을 바라다본다. 어린 아기라도 어르는 표정으로 말이다.

"요즘에는 민승호 형님께서는 민왕후를 혼자 독대하신다 들었소. 예전에는 나와 겸호까지 항상 세 사람이 면대하였거늘 요즘은 완전 혼자서 독대를 한다고 하오."

"그럼 조정은 완전히 민승호 대감 판이겠구려."

"그렇소. 상감께서도 민대감의 말이라면 콩으로 메주를 쏜다 해도 다 들어주시는 판이니 원…"

"허허… 이런… 우리 대원위 대감께서 과감한 용단을 내리시어 상감께서 친정을 하시도록 하신 지가 엊그제 같은데 벌써 민승호 대감이 권세를 틀어잡고 있는 모양이구려."

천종복이 혀를 끌끌 차며 군불에 바람을 넣자 민규호가 다시 한 발 더 나아갔다.

"사실 면암의 상소문 건도 내 머리에서 나온 것이나 마찬가지요. 민승호 대감이 한 것이라고는 왕후마마와 독대한 것뿐이오."

이장렴과 천종복이 모든 진상을 알게 되었다는 듯한 눈초리를 교환하며 민규호의 비위를 맞추는 말들만 골라 하고 있었다.

"허허… 과거지사(過去之事)는 그렇다 치고 앞으로가 큰일이구려. 나야 금위대장에서 파직되어 백수가 된 지라 뭐라고 할 말은 없소마는 대감이 큰일이겠소이다. 앞으로 많이 피곤하실 터인데 내 술이나 한 잔 더 받으시오."

이장렴이 다시 술잔을 건네며 민규호에게 술을 먹인다. 폭음이다 싶은지 민규호가 손을 저으며 말했다.

"오늘은 본의 아니게 신세를 진 것 같소이다. 내가 두 분께 너무 폐를 끼친 듯하니 이제 일어나야겠소."

애써 몸을 가누며 일어나는 민규호는 이제 가마를 타고 집으로 가다가 보면 술이 많이 오를 것이었다. 천종복과 이장렴이 방문 밖까지 나가 배웅을 하고 다시 방 안으로 들어와 마주 앉았다. 천종복이 낮은 목소리로 이장렴에게 말했다.

"민승호를 처단할 시기가 가까이 온 것 같소."

59

산장

아침을 든든히 차려 먹고 세 사람이 일찍 길을 나섰다. 정말 오랜만에 대원군을 찾아나서는 길이다. 그동안 대원군을 찾아가지 않은 이유는 혹시라도 대원군에게 혐의가 가지 않도록 하기 위한 방어적 차원의 조처였다. 아마 대원군도 그것을 잘 알고 있었을 것이다. 그러나 이번 방문은 특별한 의미가 있는 방문이었다. 민왕후가 아들을 낳은 것이다. 대궐의 모든 이들이 경사를 맞아 다들 기쁨에 들떠있는데 막상 할아버지인 대원군이 새로 태어난 아기를 볼수 없다는 현실이 너무나 안타까웠다. 대원군도 소식을 들어 알고 있을 것이었다.

양주골 직곡산장으로 가는 길은 단풍으로 물들기 시작했다. 한참 잘 나갈 때 지은 별장이라 아흔아홉 칸 기와집에다 시골에서는 보기 드문 호화별장이었다. 양주골 감사가 매 주마다 문안 겸 감시를 나오며 대원군을 관리하고 있었다. 이조판서 민규호와 병조판서 민승호가 번갈아 가며 지시를 하는 통에 양주골 감사 노릇 하기도 쉽지 않은 모양이었다. 수시로 감시 결과에 대한 장계를 올려야 하는데 특히 출입자에 관한 장계는 이조, 병조 양쪽에 동시에 올려야 했다. 한 군데라도 부실하게 올리면 불호령이 떨어지는 통에 감사 노릇도 못할 짓이었다. 쉽게 말해서 이조와 병조가 서로 몹시 사이가 안 좋은 것이 분명했다. 감사의 방문이 예의 차원이 아닌 목적으로 이루어진다는 것을 잘 아는 대원군은 그래도 감사의 방문을 통하여 조정 돌아가는 것을 대충 파악할 수 있었다. 민승호가 민규호를 심하게 닦달하는 과정에서 민규호의 불만이 극에 이르렀다는 것을 눈치 챌 수 있었다. 감사와 이야기를 나누던 중 들어온 사람은 천종복 일행이었다. 드디어 때가 된 것인가?

"천서방. 어서 오게…"

그리다 만 노근란 그림이 어지럽게 널려 있었다. 뿌리를 공중에 드러내고 있는 난초의 그림은 대원군의 마음 그대로였다. 상감의 명으로 대문에 못질을 당하던 날, 고종의 처사에 항의하는 뜻으로 여기 양주골로 내려왔건만, 고종으로부터는 아무런 연락이나 입시의 전교가 없는 것이 너무나 한스러워 난초마다 뿌리를 공중에 내어 놓고 있는 것이다. 천종복이 수척해진 대원군을 바라보며 눈물을 글썽이며 절을 했다. 함께 따라온 이장렴과 장목수도 황급히 따라 절을 했다. 절을 하는 그들을 물끄러미 바라보다가 대원군이 한 마디 했다.

"운현궁은 별 일 없었는가?"

"예. 별 일 없사옵니다. 부대부인께서도 편안하십니다."

눈물이 글썽한 종복의 얼굴을 바라보니 조금은 위로가 되는 것 같았다. 충실한 자다. 대원군이 이장렴을 바라보며 다시 안부를 물었다.

"춘흥이, 아니지. 사부인께서는 편안하신가?"

"예. 덕분에 편안하옵니다. 모든 것이 대, 대감의 은총이옵니다."

대원군이 양주 감사를 바라보며 말했다.

"운현궁 식솔들일세."

"아, 그렇습니까?"

"그런데 그동안 어찌 한 번도 발길을 아니 하였는가? 무심한 사람들 같으니. 집안일이 바쁘기야 하겠지만 그래도 한 철에 한 번 쯤은 들렀어야지."

"대감께서 여기로 오신 뒤로 챙겨야 할 일들이 너무나 많았사옵니다. 하인 놈들도 많이 내보냈습니다. 지금은 많이 정리가 되어서 이렇게 찾아뵈었습니다."

"그래 한양은 요즘 어떻게 돌아간다던가?"

"예. 새로 원자 아기씨가 태어나서 대궐이 온통 잔치 분위기라 하옵니다."

대원군의 표정이 어두워졌다. 가장 기뻐해야할 할아버지가 자손과 멀리 떨어져서 손자의 얼굴도 볼 수 없다는 현실이 서글펐을 것이다. 그러나 대원군이 이내 자리를 고쳐 앉았다. 본론으로 들어갈 참이었다. 양주 감사가 있으니 모든 대화는 잘 가려서 진행되어야 할 것이었다.

"정국 돌아가는 형세가 어떠한가?"

"예. 요즘은 민승호 대감의 시대이옵니다."

옆에서 가만히 듣고 있던 양주골 감사가 '이때다' 하는 얼굴로 아는 척을 하며 끼어들었다.

"병조판서 민승호가 실세입니다. 우리 양주골에다가도 얼마나 공문을 많이 내려보내는지, 그거 보고서를 작성하기도 벅찹니다."

"그렇다면 민규호 판서는 밀렸다는 이야기입니까?"

천종복이 모르는 척 짐짓 질문을 던지자 감사가 거품을 물고 수다를 떨었다.

"밀리다마다요. 지금은 완전히 민승호 대감 판입니다. 누가 병조 판서를 말립니까? 뒤에 민왕후가 계신데…"

"민왕후가 민승호만을 편애하는 것이 문제지요. 허긴 직접 양오라버니이니 심정적으로 기댈 만도 할 겁니다. 여자 마음에…"

"그건 그렇습니다만 앞으로가 큰일입니다. 권력이란 분산이 되어야 하는데 한 쪽으로 몰리면 부패하는 것 아니겠습니까?"

그렇게 말하며 천종복의 얼굴을 바라보다가 슬며시 대원군의 얼굴로 시선을 옮겨 표정을 살피던 양주감사가 갑자기 말을 잇는다.

"아니, 그게 아니고 대원위 대감님 같으신 분이라면 예외지요. 예외!"

예외란 말에 강조를 하더니만 자리에서 일어섰다. 괜히 외갓사람들하고 말을 나누다가 무슨 실수라도 해서 꼬투리를 잡혀서는 안 되겠다는 생각이 들어서였는지 급하게 자리를 떴다. 감사가 나가자 방 안의 사람들이 모두들 웃었다.

"허, 그 사람 참 재미있는 양반이구려…"

장목수가 한마디 하자 모두 고개를 끄덕였다. 잠시 침묵이 흐르자 대원군이 무거운 입을 열고 본건을 물었다.

"또 무슨 사고를 치려고 왔느냐?"

"사고라니요?"

이장렴이 그 둥그런 눈을 크게 뜨고 정색을 하며 물었다.

"너희들이 사고를 칠 일이 없다면 왜 이리 셋이 몰려다니느냐? 스스로 무덤을 파는 짓인 줄 모르고 있느냐?"

"무덤이 아니옵고 사실은 요즘 민규호 대감과 많은 이야기를 나누었사옵니다."

천종복이 진지하게 대답을 하자 대원군의 표정도 조금 누그러졌
다.

"민규호가 왜 운현궁에 출입을 하더냐?"

"예. 대궐 화재사건의 범인을 색출하지 못한 이후로 민대감이 상
감과 민승호대감에게 몹시 닦이고 있다는 소문이옵니다. 조만간
판서직도 물러나게 되지 않을까 하여 전전긍긍입니다."

"허허. 그것 참 안 되었군."

안됐다고 말하는 대원군의 말이 '그거 참 잘 되었군' 으로 들리
는 것 같았다. 천종복이 대원군의 얼굴을 바라보며 간곡한 표정으
로 말을 꺼냈다.

"합하나리. 이렇게 산골 구석에 처박혀 계시면 나라꼴은 어찌하
오리까. 빨리 한양으로 나오셔야 할 것입니다."

천종복이 심각한 얘기를 꺼내자 나머지 두 사람도 똑같은 표정
으로 대원군의 얼굴을 바라보았다. 이것은 뭔가 큰일을 결행하고
자 하는 의지를 상관에게 표시하는 행위라는 것은 대원군은 잘 알
고 있었다. 그러나 그런 일은 정말 가장 마지막 수단이 되어야 한
다. 그렇다고 이들을 누가 말릴 수 있겠는가? 이미 피를 본 전과가
있는 자들이다. 말린다고 말려질 인물들이 아니다. 어렸을 때부터
보아왔던 착하고 순종적인 천종복이 아니었다. 이젠 완전 정치 폭
력배로 돌아선 것 같았다. 오십의 나이에 어디서 그런 용기가 나오
는지 대원군으로서도 본받아야 할 점이었다. 아랫사람은 목숨을
걸고 뛰는데 자신은 무얼 하고 있단 말인가? 이대로 그냥 보고 있
으란 말인가? 정국이 엉망이 되고 양주골 감사의 말대로 조정은 완
전히 민승호 판이 되어 나라의 장래가 가물가물해지는데 이러려고

자신이 권세를 넘겼단 말인가?

"민승호가 문제로다…"

대원군이 긴 한숨을 쉬며 세 사람 앞에서 걱정을 토로하자 이장렴이 재빨리 나섰다.

"한 달 안에 처단이 될 것이옵니다!"

그러자 대원군이 발끈 성을 내며 말했다.

"이런 무례하기 짝이 없는 놈들 같으니라고… 너희 놈들이 도대체 무슨 말을 하려고 찾아온 것이냐? 당장 꺼지거라! 여봐라! 이 자들을 얼른 밖으로 모시거라!"

노한 대원군의 앞에서도 천종복이 큰 절을 하며 물러나자 세 사람도 얼른 자리에서 물러났다. 대문을 나오자마자 이장렴이 천종복에게 물었다.

"대감께서 왜 저리 성을 내시오?"

"허허… 이 사람 아직도 그것을 모르겠는가?"

"아니 나는 알다가도 모를 일이오. 방금 전만 하더라도 민승호가 문제라 하지 않았소?"

"그렇게 말을 했으면 알아들어야지. 그러니까 무관이 문관의 졸병 노릇을 해야 된다는 것이오?"

"갑자기 웬 문관, 무관 타령이오? 내가 무관이라고 무시하는 게요?"

한동안 이장렴을 바라보던 천종복이 낮은 목소리로 화제를 바꿨다.

"이보시게. 이제 대감께 보고를 올렸으니 거사 날짜만 잡으면 될 것이야."

"그렇지요? 오늘 운현궁에 당도하면 주문한 폭뢰가 도착되어 있을 것이오. 지난 번 것은 성능이 좀 약했어요. 이번 것은 지난번 것의 열 배가 넘는 폭발력이라 하니 확실할 겁니다."

장목수가 대답하자 천서방이 고개를 끄덕이며 말했다.

"이번 것은 기폭장치도 좀 더 세련된 것이라 했소?"

"그렇소. 아마 중국 말고 서양에서 건너온 최신 제품이라 하오."

"잘 되었소. 이번 일이 성사되면 대감께서 한양으로 올라오실 수 있으실 것이오. 상감께서도 별 수가 있겠소?"

60

죽동

폭뢰가 당도한 것은 그 다음날 아침이었다. 장안의 감시가 심해서 운반을 담당하던 보부상이 안전을 염려하여 하룻밤을 자기 집에서 묶고 나왔던 것이다. 폭뢰 세 점을 받아든 장목수가 하루에 걸쳐 폭뢰를 담을 나무상자를 짜서 대궐의 문양을 넣어 가지고 왔다.

"자. 이제 시험을 하고 성공을 하면 당장 실행하십시다."

장목수가 상자를 들고 의기양양하게 말했다. 천종복이 물었다.

"그러면 어떻게 시험을 하지요?"

"아, 그러니까 여기에다 긴 명주실을 연결하고 확 잡아당겨 보면 폭발이 일어날 것이오. 이거 한 상자를 가지고 한강 너머에 묘지나 그런 장소에 가서 거기 상석 뒤에 숨고 실을 잡아당겨서 폭파 시험을 해 보면 될 겁니다."

"잘 되겠지요?"

이장렴이 눈을 꿈벅거리며 말했다. 장목수가 큰 소리로 대답했다.

"잘 되지 이 사람아! 이게 얼마나 많은 돈을 주고 사온 것인 줄 아는가?"

천종복이 상자 하나를 보자기에 싸고 다시 보자기를 한 겹 더 싼 뒤에 상자를 포대 자루에 넣고 일어났다.

"자, 갑시다."

배를 타고 당도한 곳은 한강 남쪽 천서방이 가끔씩 다니며 관리하는 선산이었다. 묘지 상석 밑에 피할 곳을 보고 나서 묘지 뒤로 돌아가 적당한 곳에 땅을 파서 상자를 반쯤 묻은 후, 무거운 돌을 상자 위에 얹어 놓았다. 그러다가 아예 작은 돌무덤을 만들어 버렸다. 무덤 뒤에 작은 돌무덤이 또 하나 생겼다. 이장렴이 힘을 좀 썼던지 땀을 흘렸다. 이런 일을 할 때에는 무관답게 제일 성실하다. 명주실을 상자 안에 있는 기폭장치에 묶어 상석 뒤로 끌어낸 후 세 사람은 상석 밑으로 몸을 숨겼다. 이제 준비는 다 된 것이다. 세 사람이 서로 얼굴을 바라보며 각오를 다지는 기분을 확인하며 고개를 끄덕였다. 명주실은 장목수가 당기기로 했다. 한 번에 확실하게 당겨야 한다. 이장렴이 하나, 둘, 셋을 세기로 했다.

"하나… 둘…"

명주실을 검지에 묶은 장목수의 오른손이 떨렸다.

"셋!"

눈을 질끈 감은 장목수가 있는 힘껏 실을 당겼다.

"꽈과광!"

천지를 진동하는 폭음과 함께 땅이 울렸다. 세 사람도 엎드려 있던 자리에서 들썩 일어났다가 다시 땅바닥에 주저앉았다. 주변에 숨어 있던 새떼들이 일제히 놀라서 날아 도망갔다. 소리가 얼마나 컸던지 귀가 먹먹하고 화약 연기가 코를 찔러서 모두들 반쯤 혼이

나간 것 같았다. 이장렴이 제일 놀란 것 같았다. 정신줄을 놓고 멍하니 입을 벌리고 널부러져 있었다. 사태가 끝난 것을 확인한 천종복이 잽싸게 무덤 뒤로 달려 나갔다. 화약 연기와 함께 화약 냄새가 코를 찔렀다. 뒤를 이어 장목수와 이장렴도 따라 나왔다. 무덤 뒤에 새로 무덤을 파려고 한 것 같은 커다란 구덩이가 파여져 있었다. 엄청난 위력이었다. 세 사람이 숨어 있었던 무덤도 절반쯤 날아가 버렸다. 상석의 위치도 자세히 살펴보니 반 자나 뒤로 물러나 있었다. 하마터면 상석에 머리통을 맞아 크게 다칠 뻔했다. 엄청난 폭발력이었다.

"대단하구먼…"

이장렴이 신음하듯 내뱉었다. 장목수도 입을 다물지 못했다. 덮혀 있었던 돌무덤은 십 리 밖으로 날아 가버리고 하나도 남지 않았다. 폭파시에 뽀개진 상자의 나무쪼가리가 여기저기 널려 있었다. 천종복이 만족한 듯 말했다.

"이 정도면 충분하겠군. 좋아. 아주 징조가 좋다!"

"집 한 채는 순식간에 날아가겠군…"

천종복이 신이 나서 얼굴에 미소를 올리자 폭음에 잠시 놀랐던 세 사람의 분위기도 한결 밝아졌다.

"당장 실행에 옮깁시다. 내가 죽동에 아는 맹인이 있소이다. 매일 민승호의 집 앞으로 걸어 다니는데 그 장님에게 이 선물을 안긴다면 좋을 것 같소. 장님이라 우리 얼굴을 볼 수 없을 것 아니겠소?"

"근데, 그 장님이 과연 민대감 집으로 확실하게 물건을 배달할까요?"

"아마 대궐에서 온 선물이라 하면 받을 거요. 저녁 때 병조판서 대감이 퇴청하시면 전달하라고 해 두면 퇴청을 한 민대감께 전달이 될 것 아니겠소?"

"그 외에는 방법이 없겠소?"

"한 번 실패하지 두 번 실패하면 되겠소? 확실히 방 안으로 전달되는 방법은 그것뿐이오. 내 말대로 합시다. 무관이라고 무시하지 마시오."

"아, 누가 무시한다고 그랬소? 그럼, 내일 낮에 장님이 지나가는 시각에 상자를 전달하기로 합시다. 전달은 누가 할 거요?"

장목수가 나섰다.

"내가 하지요. 아마 내 목소리는 기억 못 할 것이오. 이것만 성공하면 나는 진짜로 금강산으로 튈 거요. 현장에 목재가 당도했다고 하니 나도 빨리 가 봐야 될 것이오. 한 이태쯤 걸릴 것이오."

"좋소. 오늘 밤은 운현궁에서 모두 함께 잡시다."

천종복의 제의에 두 사람은 찬성을 하고 한양으로 급히 발길을 옮겼다. 다음날이 되자 아침을 든든히 챙겨먹은 세 사람이 죽동으로 길을 나서 장님이 다니는 길목에 다다랐다.

"분명 이 길로 다니는 것이 확실하오?"

"그렇다니까요."

장목수의 채근에 이장렴이 큰 소리로 대답했다.

"우리가 너무 일찍 온 것 같소. 아직은 올 시간이 아닌데…"

"그래도 만약을 대비해서 일찍 오는 것이 낫습니다. 오늘 따라 혹시나 일찍 지나갈 지도 모르는 일 아니오?"

천종복이 이장렴의 말을 막으며 골목 어귀를 뚫어지게 바라보다가 갑자기 동작을 멈추라는 신호를 보낸다.

"쉿! 저기 온다."

천종복의 말대로 오늘 따라 다른 날보다 일찍 나타난 장님이었다. 천천히 걸어오는 노인장에게 장목수가 폭뢰 상자를 들고 부리나케 달려 나갔다. 한동안 장님과 뭐라고 대화를 하던 장목수가 드디어 상자를 장님에게 전달하더니 이내 이쪽으로 뛰어왔다. 상자를 받아든 장님이 민승호 대감의 문을 지팡이로 두드리며 하인을 불러냈다. 얼마나 크게 불렀는지 멀리서도 '이보시게…' 하는 소리가 들렸다. 머리에 흰 수건을 쓴 하인 하나가 나와서 상자를 공손히 받아 들더니 안으로 가지고 들어갔다.

"성공이다!"

천종복과 이장렴, 장목수가 서로 얼굴을 마주보며 싱글벙글 하고 있었다. 천종복이 장목수에게 물었다.

"뭐라고 하면서 상자를 건넸소?"

"대궐에서 나온 귀한 물건인데 급한 일이 있어서 못 전달하니 대신 좀 전해줄 수 없겠느냐 했지요."

"그래, 순순히 받습디까?"

"아, 그럼. 받고 말고요. 순진하게 생겼드만요."

"잘 하시었소. 그래 이제 어떻게 한다? 여기서 저녁까지 기다리고 서 있을 것이오?"

"지켜 서 있다니요? 그러다가 괜히 퇴청하는 민대감이라도 마주치면 큰일 나게요."

"그럼 어떻게 할까요?"

"이렇게 합시다. 여기서 제일 가까운 객주집에서 반나절을 지내다가 한 사람씩 교대로 여기로 나와서 동태를 파악하면 될 것 아니겠소."

"좋소. 그렇게 합시다."

세 사람이 객주집으로 들어가자 주안상이 나왔다. 지루한 오후 시간이었다. 시간은 무척 느리게 지나갔다. 그러나 아직 대감들이 퇴청할 시간은 아니었다. 주안상을 앞에 놓고 벌써 서너 병 째 곡주가 들어왔다. 그때였다. 어디선가 멀리서 '쿵!' 하는 소리가 들렸다. 폭발음이 확실했다. 예상 시간보다 이른 시각이었다. 세 사람이 서로 얼굴을 마주보다가 벌떡 일어섰다. 객주에게 엽전 두 냥을 던지고 재빨리 아까 그 자리로 달려 나갔다. 멀리 민승호의 집이 보였다. 그 사이, 이웃 사람들이 민승호의 집 앞으로 모여들고 있었다. 옆집에서도 사람들이 기웃거리며 서로 얼굴을 쳐다보며 '무슨 일 났나?' 하는 얼굴로 궁금한 표정을 짓고 있었다. 확실히 민승호의 집에서 폭발이 일어난 것이 분명했다. 완벽한 성공으로 보였다. 세 사람이 서로 얼굴을 쳐다보다가 천종복이 말했다.

"성공이오. 이번엔 성공한 것 같소. 빨리 여기를 뜹시다."

61

폭사

병조판서 민승호와 그의 모친 이씨 그리고 아들, 이렇게 방 안에 있던 세 사람이 그 자리에서 폭사했다. 대궐에서 보낸 선물을 받고 반색을 하며 '무슨 선물인가?' 하는 호기심으로 상자를 열어보던 세 사람이 한꺼번에 폭사를 당한 것이다. 구들장의 돌멩이가 파여 벽을 뚫고 날아갈 정도로 폭발력이 강력했다. 조선에서는 구할 수 없는 폭약이 사용되었음이 분명했다. 조정은 완전 혼란에 빠졌다. 상감을 비롯한 민왕후, 조대비, 대원군도 모두 놀랐다. 조선 팔도가 민승호의 폭사 소식으로 들끓었다. 이제… 조정은 어떻게 될 것인가? 가장 강력한 권력자가 일순간에 사라졌으니 말이다. 이 조판서 민규호가 폭사사건의 범인을 색출하는 책임자로 임명되었다. 화재사건에다 폭사사건까지… 정말 바빠졌다. 경복궁 대화재로 창덕궁으로 거처를 옮긴 민왕후의 왕비전은 그야말로 공황상태에 빠졌다. 모든 것이 자신의 목숨을 노린 것이라는 것을 민왕후는 잘 알고 있었기 때문이다. 편전으로 나가기 전에 왕비전으로 들르라는 전갈을 받은 민규호가 급히 왕비전으로 뛰어들었다.

"범인을 잡으시오. 범인을!"

신경질적으로 악을 쓰는 왕후 앞에서 민규호는 어쩔 줄을 몰라 쩔쩔매고 있었다. 일부에서는 자신이 배후라는 설도 돌아 처신하기가 난감했다. 이번에야말로 지난 번 경복궁 화재사건과는 달리 범인을 꼭 잡아내야 의심도 풀리고 사태도 수습할 수 있을 것 같았다. 그러나 범인은 오리무중이었다.

"마마. 한 달만 말미를 주시면 꼭 잡아내겠나이다."

이번에는 민규호가 먼저 나서서 한 달이라고 시한을 설정했다. 그렇게 말하지 않고는 미쳐가는 민왕후의 성질을 달랠 수가 없었다. 우선 급한 불은 끄고 볼 일이었다. 민왕후가 얼마나 불안에 떨고 있는지 민규호가 앉아 있는 앞에서도 일어났다 앉았다 하기를 여러 차례 하는 것이 그야말로 좌불안석(坐不安席) 그 자체였다. 사람이 있건 없건 그런 습관이 들은 것이다. 불쌍한 마음이 들었지만 앙칼지게 소리를 지르자 그런 마음이 싹 달아났다. 지금 누가 누구를 불쌍히 여긴단 말인가?

"운현궁 주변과 대원군을 찾아갔던 사람들을 샅샅이 뒤져보란 말이오!"

"예. 마마. 그렇게 하고 있나이다. 양주골 감사가 주간보고를 올리고 있는데 유생들과 집안 하인들 외에는 그다지 수상한 사람의 출입은 없었다고 하옵니다."

민왕후가 민규호의 보고를 받자 다시 앙칼지게 소리를 질렀다.

"수상한 사람이 없다니. 거기 출입한 자들을 모조리 체포해서 하옥을 하고 족치면 나올 것 아니오. 내가 보기에는 다 수상한 사람이구만. 으이그… 이렇게 답답하기는…"

"예. 거기에 최근에 출입했던 유생들을 일단 의금부로 체포해서 조사를 실시하겠습니다."

"정말, 내가 죽어나가는 꼴을 보셔야 정신차리시겠소?"

"아휴. 마마. 무슨 그런 끔찍한 말씀을… 거두어 주시옵소서."

왕비전 밖에서 무당들과 박수들이 도착하여 굿을 할 준비가 끝났다는 전갈이 오지 않았다면 편전이고 뭐고 아마 꼼짝없이 몇 시간을 더 당했을 것이다.

"나가보시오. 범인을 잡을 때까지 들어오지 마시오!"

앙칼지게 쏘아붙이고 나서 민왕후가 뒤도 돌아보지 않고 먼저 휑하니 나가버렸다. 뎅그러니 혼자 남은 민규호가 멍하니 서 있다가 왕비전을 슬슬 빠져나왔다. 나오지 않고 어떻게 하겠는가? 우선 직곡산장에 출입한 유생들부터 취조를 하여야 할 것이었다. 북소리와 징소리가 왕비전을 빠져 나가는 민규호의 뒤쪽으로부터 갑작스럽게 울려 나왔다. 아침부터 굿이 시작될 모양이었다. 조금 있더니 나팔소리에다 갖은 악기가 다 동원되어 굿이 열리는 소리가 들렸다. 창덕궁이 다 떠나갈 정도로 소리가 요란했다. 편전회의가 열리는 선정전 가까이에 와서야 소리가 잦아들었다. 자신이 제일 늦은 모양이다. 파김치가 되어 들어오는 민규호를 보자 모두들 불쌍한 눈빛으로 그를 쳐다보았다. 먼저 상감이 입을 열었다.

"범인 색출 작업은 어떻게 되어가시오."

민규호가 이조에서 올라온 보고서를 읽어 내려갔다.

"당일 유시 경에 폭발이 있어났고 선물을 전달 받은 시각이 오시였사옵니다. 하인을 불러서 소환을 하였으나 지나가는 장님이 대궐에서 온 선물이라 하여 무심코 받았다는 것이 전부이옵니다."

"그 장님을 잡았소?"

"장님을 잡아 물어보았으나 전혀 얼굴 모습을 말할 수 없어서 할 수 없이 집으로 돌려보냈사옵니다."

곤혹스럽기는 마찬가지였으니 견디기로는 지난 번보다 훨씬 나았다. 나은 이유는 바로… 민승호가 없어졌기 때문이었다. 상감은 아직 보령이 어리시어 강하게 자신을 볶아대지는 않았다. 받는 심적 압박으로 말하면 예전의 십 분지 일 정도였다. 죽은 민승호에게는 안 됐지만 대단히 편해진 것이다. 삼정승을 제외하면 이제 자신이 실세라는 것은 다른 정승들도 잘 알고 있을 것이다. 이제, 이번 사건만 잘 해결하여 민왕후의 신임만 받는다면 자신도 민승호가 누렸던 권세의 절반을 갖는 것은 식은 죽 먹기라고 생각이 들자 압박감이 살며시 사라져 갔다. 타인의 불행은 나의 행복이던가? 영의정 이유원이 오랜만에 입을 열었다.

"선물을 전달한 자가 범인임에 틀림없다면 죽은 민대감께는 안 된 일이나 민대감의 주변에 원한을 품은 자가 없는지도 조사해야 할 것이오."

"예. 영상대감. 그렇게 하겠습니다. 그리고 민왕후께서는 직곡산장에 드나들던 자들을 모두 소환하여 조사하라는 명을 내리셨사옵니다. 이 또한 명단을 확인하는 대로 즉시 실행하겠사옵니다."

고종이 잠시 생각하는 포즈를 취하다가 입을 열었다.

"아. 그 문제는 좀 조심해서 하시오. 혐의만 가지고 범인으로 취급하여 오해를 사는 일이 없도록 각별히 조심해 주시고 운현궁 집안 식솔들은 건드리지 않는 것이 좋을 것이오."

"예."

일단 취조 대상과 이에 따르는 방법론, 조사지침이 형성된 것이다. 이대로만 실천하고 보고를 드린다면 면피 정도는 할 수 있는 근거가 되는 것이었다. 고종이 다시 대신들에게 교지를 내렸다.

"서거하신 병조판서 민승호에게 '충정' 의 시호를 내리도록 하시오."

편전회의가 끝났다. 왕비전의 회의와 비교하면 아무것도 아닌 회의였다. 민승호의 죽음으로 한 사람에게만 쏠리던 권세가 분산되는 효과가 나타나기 시작했다. 그런 효과의 하나로 대원군의 위치도 사건 전보다 훨씬 존재감이 부각되는 느낌이었다. 고종이 부친인 대원군에 대하여 효심을 갖고 있다는 것이 대신들에게 확실히 알려졌기 때문이었다. 그 사건 이후로 직곡산장에는 전국의 유생들과 출사하지 못한 선비들이 모여들기 시작했다. 직곡산장은 다시 운현궁 못지않은 호황을 누렸다. 사건 전에 출입을 자주 했던 유생들은 의금부로 들어가 기본적인 조사만 받고 모두 '혐의 없음' 으로 풀려났다. 면죄부를 받은 것이다. 이런 소식이 유생들에게 모두 퍼졌음은 두 말할 나위가 없었다. 예상했던 대로 시간이 지나면서 사건은 유야무야(有耶無耶)되기 시작했다. 죽은 놈만 억울한 것이다. 얼마 지나지 않아 천종복은 아예 직곡산장으로 들어와 대원군의 수발을 들기 시작했다. 이장렴도 이제 산장에 죽치고 앉아서 유생들과 토론을 벌이는 재미를 붙여가기 시작했다. 사건이 없으니 좀이 쑤셨던가? 이장렴이 천종복에게 말했다.

"금강산 유람이나 하는 것이 어떻겠소?"

"왜요. 장목수가 그립소?"

"보고 싶지요. 어떻게 지내는지."

"잘 지내겠지요. 이제 들어간 지 얼마 되지도 않았는데 지금쯤 공사가 한창일 것이오. 괜히 방해하지 마시고 공사가 마무리될 때쯤 해서 생각해 봅시다."

62

측량

일본 배 세 척이 부산 앞바다에 나타나서 연안을 측량하고 있다는 장계가 동래부사 정현덕으로부터 올라왔다. 드디어 올 것이 온 것이다. 그동안 동래부가 일본의 공식 서계문서를 받지 않고 버티고 있었던 것을 문제 삼으며 나타난 것이다. 명치유신을 성공한 일본은 그간의 서계의 형식을 완전히 바꾸고 종전에는 쓰지 않았던 불경스런 용어를 사용하였기 때문에 우리 조정으로서는 받아들일 수 없었다. 중국의 황제만 사용하는 '황칙'이라던가 '황실' 등의 용어를 썼는가 하면 인장도 조선이 내준 인장이 아닌 자기네가 독자적으로 만든 새로운 인장을 찍어 보내왔던 것이다. 한마디로 조선보다 일본이 상위의 나라라는 뜻이었다. 동래부에 근무하고 있던 왜학훈도 안동준으로부터 대원군에게 전후 사정을 낱낱이 기록한 서찰이 도착한 것은 운양호를 비롯한 세 척의 일본 함선이 부산 앞바다에 출현한 직후였다.

'대원위 합하! 최근 일본의 최신함정 운양호와 춘일호, 제이정묘호가 부산 앞바다에 나타나 조선이 일본의 서계를 받지 않고 있음을 추궁하고 있사옵니다. 동래부에서는 대원위 합하의 명에 따라 저들의 서계를 받지 않고 있었사오나 시간이 너무 오래 되어 현감께서는 난감한 입장을 취하고 있습니다. 이는 합하의 위엄을 의심하는 행동이 아닐 수 없습니다. 일본이 어떤 태도를 취할지는 알 수 없사오나 이번에는 종전과 매우 다른 강고한 태도로 나오고 있어 자못 염려되는 바 많사오니 합하께서는 일신 안위에 각별히 유의하시기를 앙망하나이다…'

앞으로 있을 일본의 강력한 요구와 조정의 대응에 대하여 대원군 나름의 대비책을 세워달라는 내용의 서찰이었다. 동래부사 정현덕은 대원군이 임명한 심복으로서 그의 밑에서 일하고 있는 통역관 안동준 훈도도 역시 대원군의 충실한 심복이었다. 그러나 대원군이 권좌에서 물러나고부터는 정현덕으로부터는 아무런 보고나 서찰이 없었으나 안동준으로부터는 무슨 일이 있을 때마다 서찰이 당도하곤 하였다. 즉, 부사 정현덕이 매우 애매한 입장을 취하고 있다는 것이었다. 그 이유는 조정을 민씨 일파가 운영하고 있으므로 그들로부터 어떤 구체적인 지침이 내려오지 않아서 동래부가 어정쩡한 입장을 취하고 있다는 동래부 내부의 소식을 탐지, 보고를 올린 것이다.

"동래부가 합하의 지시를 무시하고 조정의 눈치를 보고 있으니 이거 큰일이 아닐 수 없습니다."

천종복이 서찰의 속뜻을 파악하고 대원군에게 조언을 하자 유생 대표 허유가 다시 말을 이었다.

"조정에 개화를 하자는 인물들이 많이 있으니 이번 사태가 개화

로까지 이어지지 말라는 법이 없습니다. 하루 속히 손을 쓰심이 옳을 것입니다."

동도서기의 방법론에 있어서 먼저 동도의 의지를 확고히 한 후, 서기의 문명을 받아들이자는 대원군의 논리는 전국의 유생들과 선비, 학자들의 주된 논리였다. 이국적인 문물이 들어와 인본을 해치고 나라의 기틀을 어지럽히면 감당할 수 없는 사태가 벌어질 것이니 모든 것을 조선의 계획에 맞추어 조절하고 통제하며 개화를 해야 한다는 것이 대원군과 사림의 생각이었다. 대원군이 물었다.

"어떻게 하는 것이 저들의 개화 요구를 진정시킬 수 있을 것인가?"

"우선, 우리 유생들이 나설 것입니다. 상소문을 올려야지요. 전국의 서원에서도 역시 상소문이 답지할 것입니다."

서원을 철폐했던 대원군이 어느새 서원의 우두머리가 되어 있으니 참으로 기가 막힌 자가당착(自家撞着)이 아닐 수 없었다.

"그럼, 우선 동래부에 서찰을 넣어 일본의 요구에 일절 응하지 말도록 전달을 하는 것이 첫 번째 일일 것이오."

동래부에 대원군의 서찰이 전달되었다. 같은 시각에 조정의 공문도 내려왔다. 담긴 내용은 비슷했으나 해결방향은 정반대였다. 대원군은, 접수는 하되 부정적인 의사를 표현할 것을 주문했고 조정에서 내려온 공문은 접수는 하되 긍정적인 면으로 연구해 볼 것을 지시했다. 현감은 중간에서 난처한 입장이 되었다. 조정을 따르자니 자신을 출세시켜준 대원군을 저버리는 행위요 지금에 와서 조정에서 물러난 대원군을 따를 수는 없는 일이었다.

"끙… 이거 어떡하면 좋겠소?"

육조 장령들을 앞에 놓고 정현덕이 고민을 하고 있었다. 위에서

명확하게 결정을 안 내려주면 밑에 있는 사람은 고생을 한다. 뭔가 대답을 내어 일본 배에 타고 온 관리들에게 통지를 하여야 하는데 도무지 갈피를 잡을 수가 없었다. 그러나 선공후사라. 조정의 의지를 일본에 반영하는 것이 현감의 입장이 될 수밖에 없었다. 이 소식은 안동준에 의해 곧바로 대원군에게 전달되었다. 대원군은 급히 안동준에게 서찰을 넣어 절대로 일본 관리들에게 현감과 조정의 의지가 전달되지 않도록 특별히 지시를 내렸다. 안동준이 일본 관리들을 만나 조정의 의지가 아닌 대원군의 의지를 동래부 정현덕의 의지인 것으로 통역을 하고 배에서 내려왔다.

안동준의 통역을 조정의 의지라고 판단한 일본 군함은 부산을 떠나 동해안과 남해안을 거쳐 강화도 앞바다로 올라왔다. 조정의 의향을 직접 확인하고자 하는 의지의 표현이었다. 가능하면 이번 기회에 조선의 문호를 개방하기 위한 방법 중 하나로 무력을 쓰는 것도 좋을 것이라는 속내를 가지고 나타난 것이다. 미국이 일본에 개항을 요구하던 방식을 이제는 일본이 조선에 쓰기 시작한 것이다.

세 척의 배 중에서 영국에서 금방 수입한 최신호로서 성능이 가장 좋고 신식 대포로 중무장한 운양호가 강화 앞 난지도로 올라왔다. 운양호의 함장 이노우에가 일본군 몇을 태운 작은 배를 타고 초지진으로 상륙하려하자 해안 경비를 맡은 조선 수병들은 즉각 포격을 가하여 내쫓아 버렸다. 함장은 급히 함선으로 돌아가 초지진에 맹렬한 포격을 가하여 진영을 불바다로 만들었다. 이어 영종도에 상륙하여 조선 수군을 공격하고 무기를 탈취한 뒤, 주민들에게 방화와 살육을 자행하고 물러갔다. 강화 현감으로부터 이 사건을 보고받은 조정은 아연실색(啞然失色)하지 않을 수 없었다. 그동안 미국의 침입 이래로 몇 년 동안 잠잠했던 외세의 공격이 다시 본격적으로 시작된 것이다. 이미 동래부사에게 일본 측 서계의 접수를 긍정적으로 검토하라고 지시했던 것인데 그런 답장에도 불구하고 일본 측의 반응은 거칠기 짝이 없었다. 강화도 앞바다에 진을 치고 있던 운양호로부터 조선과의 교역을 요구하는 일본의 서신이 답지하였다.

침통한 얼굴로 편전회의를 주재하는 고종의 질문에 아무도 제대로 대책을 내어 놓는 신하가 없었다. 대원군은 이미 '절대불가' 의 상소를 올렸고 전국의 서원과 유생들로부터도 매일 '불가' 의 상소문이 답지하였다. 대세는 교역 요구를 받아들이는 것이었지만 문제는 명분이었다. 일본이 사람을 죽이고 포대를 박살내는 야만적인 방법으로 자신들의 요구를 들어줄 것을 요청하는 행위는 그야말로 선비의 나라, 조선에서는 감히 생각할 수 없는 몰염치한 행위였다. 그러나 현실은 현실이었다. 이미 프랑스와 미국에게 사정없이 뚜드려맞았던 조선 아닌가? 국서 접수와 교역 요구를 앞두고 조정이 시끄러워지자 박규수가 나섰다. 직곡산장으로 대원군을 찾아왔다. 거두절미(去頭截尾)하고 본론부터 꺼냈다.

"대감. 일본국의 국서를 우리 조선이 정식으로 접수하고 저들과 대화를 나누는 것이 좋을 것입니다."

박규수를 보낸 건 고종이었다. 박규수와 대원군이 말이 통하는 사이라는 것을 잘 알고 있는 고종이 그에게 설득의 임무를 맡긴 것이다.

"일본국의 국서 접수 요구는 예의에 벗어나는 행동이오. 개인과 개인 사이에서도 이런 식으로 교분을 요구하는 것은 말이 안 될 터인데 하물며 국가와 국가 사이에 사람을 죽이고 책임을 지우는 방식으로 문호를 개방하라는 것은 이치에 맞지 않으며 만약 이와 같은 소식이 다른 나라에 알려진다면 다른 나라들도 역시 이와 똑같은 방식으로 우리 조선을 무시하고 무력으로 개화를 요구할 것이오. 그러니 이번만큼은 반드시 막아야 할 것이오.”

논리와 말은 다 맞았다. 박규수가 그걸 몰라서 대원군을 찾아왔을까? 박규수가 대원군에게 다시 간청을 하였다.

“저들의 요구를 이번 기회에 들어주지 않는다면 더 많은 함정을 몰고 와서 더 큰 피해를 입히며 접근할 것이 명약관화한데 이번이 어쩌면 기회일 수도 있습니다. 상감께서 이미 동래 부사에게 일본의 서계 문서를 받아들일 것을 전교하였으나 저들이 아마 조정의 뜻을 직접 알고 싶어서 강화도까지 올라온 것 같습니다.”

조정에서 동래 부사에게 긍정적인 지시를 내렸다는 사항을 전해 듣자 대원군이 노기를 띤 목소리로 박규수에게 소리를 질렀다.

“가서 전하시오! 내 눈에 흙이 들어갈지라도 나는 절대 반대한다고요. 인간이어야 수교도 하고 개방도 할 것인데 저들은 인간이기를 포기한 자들이오. 내가 그래서 왜학훈도 안동준에게 절대로 일본 국서를 받지 말 것을 명한 것이오. 정말로 큰일 낼 사람들이구만…”

왜학훈도 안동준이 부사의 지시가 아닌 대원군의 지시를 받고 움직였다는 사실이 당사자의 입을 통하여 드러나는 순간이었다. 장시간의 대화가 있었지만 대화가 한 치도 진전되지 않았다. 물론 대화가 잘 풀리리라고 생각하고 양주골까지 찾아온 것은 아니었다. 허나 대원군의 생각은 확고하기 그지없었다. 일단 퇴각을 할 수밖에 없었다. 성과가 있었다면 상감의 의지를 정확히 알렸다는 것 뿐이었다. 거기다 면암 최익현까지 일본과의 수교를 적극 반대하고 나섰다. 그대로 있으면 조정이 밀릴지도 모를 형국이었다. 밀리고 나면 결국 백성들의 희생이 뒤따를 것이었다. 항상 몸으로 때우는 것은 말단 백성들이니까! 가만히 있을 수는 없었다. 배는 계속 정박해 있었고 시간은 흐르고 있었다. 이제는 '정면돌파'(正面突破)밖에 없었다. 고종이 아기를 낳은 지 얼마 되지 않은 민왕후를 찾았다. 급했던 모양이다.

"중전. 어떻게 하는 것이 올바른 길이오?'

"전하께서 이미 알고 계시옵니다. 이를 실천하는 일만 남은 것이옵니다."

"이미 알고 있으나 아는 것과 실천하는 것을 일치시키기가 쉬운 일은 아니오."

"예. 알고 있사옵니다. 군왕이란 자애로운 아비가 되어야 하지만 때로는 무서운 얼굴로 백성을 꾸짖어야 할 경우도 있사옵니다. 지금은 후자의 때인 것 같습니다."

"그렇소?'

민왕후의 조언으로 일본의 국서를 받아들이고 일본과 수교를 진행하기로 결정이 되었다. 수교결정 후, 일본 함정에 올라가 조정의 의지가 아닌 대원군의 의지를 전달한 왜학훈도 안동준은 국법을 어긴 죄를 물어 처형을 시켰다.

63

분노

왜학훈도 안동준의 처형이 민왕후의 조언으로 결정되었다는 소식을 듣자 대원군의 노기는 하늘을 찌를 듯했다. 자신을 믿고 따르던 유능한 선비가 애꿎은 죽음을 당한 것이다. 노발대발한 대원군에게 아무도 위로의 말을 건넬 수 없었다. 그때, 산장으로 장목수가 나타났다.

"아이구, 이거 장대목 아니신가?"

"이게 웬 일이오. 금강산 일이 벌써 끝났소?"

천종복과 이장렴이 장목수의 손을 잡으며 반가운 인사를 나누며 그를 안으로 이끌었다. 대원군 앞으로 인도되어 큰절을 마친 장목수가 그의 앞에 좌정을 하였다. 오랜만에 장목수를 보니 대원군의 노기도 조금은 가라앉는 것 같았다. 대원군이 장목수를 찬찬히 뜯어보며 물었다.

"그래. 어쩐 일이신가?"

"예. 합하나리. 이번에 공조에서 저를 불렀습니다."

"공조에서?"

"예. 지난 번 불에 탄 대비전과 순희당, 자경전 등 내전을 중건하
라는 명을 받았습니다."

"오, 그런가? 잘 되었군. 그래 금강산 일은 다 마쳤는가?"

"예. 거의 다 마쳐가는 중이옵니다. 남은 일은 도편수에게 맡겼
습니다."

장목수가 불에 탄 대비전을 고치러 왔다고 말을 하자 대원군의
눈빛이 일순 번득였으나 이내 잦아들었다. 장목수가 조정 돌아가
는 이야기를 꺼냈다.

"조정은 어떻게 돌아가고 있사옵니까? 산 속에 있으니 통 소식을
듣지 못하여 궁금하였사옵니다."

"말도 말게. 이젠 일본 놈들한테 개항을 하려고 조약을 맺는다고
하니 말도 안 되는 이야기일세."

이장렴이 끼어들고 나섰다. 장목수가 다시 차분하게 물었다.

"대감. 그렇게 되면 어떻게 되는 것이옵니까?"

대원군이 분노에 찬 얼굴로 이를 갈며 말했다.

"이제… 나라 꼴이 말이 아니게 되었네. 이건 모두 나의 불찰일
세. 내가 며느리를 잘 못 들인 거야. 내, 이럴 줄은 정말 몰랐네. 이
제라도 물리고 싶지만 마음대로 되지 않으니 참…"

분노에 떠는 대원군을 바라보며 장목수가 거들었다.

"지난 번 화재 때 절단이 났어야 하는 건데…"

말을 하며 천종복과 이장렴을 바라보았다. 장목수의 시선을 의
식한 두 사람이 고개를 숙이며 주눅 든 표정으로 쭈그러들고 있었
다. 지난 번 거사실패에 대한 말없는 책임추궁이었다. 멋도 모르고
앉아 있던 유생대표 허유가 입을 열었다.

"교활하기 짝이 없는 년…"

허유가 혼잣말 비슷하게 중얼거리자 이장렴이 그의 말을 이어받았다.

"아, 글쎄. 동래부의 왜학훈도 안동준을 민왕후가 죽이라고 지시를 내렸다는구먼. 불쌍한 사람 같으니라구…"

"이런… 쯧쯧… 이런 일까지 있었는 줄은 몰랐습니다. 저런 무지한 자들 같으니…"

장목수가 혀를 끌끌 차며 애석해 하자 대원군이 장목수에게 말했다.

"장대목이 이번에 교태전을 비롯한 중궁전을 다시 중건하게 된 것이 어쩌면 좋은 기회가 될 수도 있으니 수시로 이 산장에 들러서 소상하게 소식을 전해 줄 수 있겠나?"

"예. 그리하겠습니다. 무슨 말씀인지 잘 알아듣겠습니다"

장목수가 대답을 하면서 천종복의 얼굴을 훔쳐보았다. 천종복의 눈빛이 갑자가 빛나는 것 같았다. 이심전심(以心傳心)이었다. 어떤 기회를 잡을 수 있을 것 같다는 눈빛이었다. 아니나 다를까? 대원군의 다음 말이 이어졌다.

"천서방! 여기 산장에서 하릴없이 시간을 보내느니 장목수에게 붙어서 목수일이라도 배우는 것이 어떻겠느냐? 자네도 힘깨나 쓴다는 말이 있던데…"

대원군에게서 갑작스런 제안을 받은 천종복이 얼떨떨해 하고 있자 다시 대원군이 장목수를 향해 입을 열었다.

"장목수! 이 천서방에게 궁궐 목수일 좀 가르쳐 주실 수 있겠나? 천서방도 운현궁에서 나무일이라면 도맡아서 하는 재주꾼이니 도움이 될 걸세."

"아이구, 도움이 되다마다요. 제가 세경은 톡톡히 쳐 드리죠."

돌아가는 형세를 뒤늦게 파악한 이장렴이 나섰다.

"목수일이라면 나도 좀 해본 경험이 있수. 나도 좀 끼워주시오."

"그럴 텐가?"

장목수가 말하자 대원군이 말을 가로막으며 나섰다.

"어딜? 자네는 대궐 사람들에게 얼굴이 이미 알려졌는데 갑자기 웬 목수타령인가? 의심받을 짓은 삼가는 게 좋겠네."

뭔가 의심받을 짓을 하려는 것일까? 아무튼 교통정리는 일단 끝났다. 천종복이 장목수의 보조 대목으로 결정이 되었다. 대원군의 명령이다. 즉, 다음번 거사를 위한 준비 작업이다. 지난번 거사 때에는 한밤중에 내전에 침입한 관계로 전각을 제대로 확인하지 못하여 폭약과 불을 엉뚱한 데 놓아 일을 그르친 것이다. 지난 경험에 비추어 제대로 사전 답사를 미리 해 놓는다면 지난번과 같은 실수를 없앨 수 있다는 대원군의 계산이자 거사팀들의 계산이었다. 저들의 말하는 소리만 듣고 내용은 들을 수 없는 유생대표 허유가 거들고 일어섰다.

"간교한 민왕후를 처단하는 것만이 근본 해결책이온데 한가한 궁궐 건축이야기만 하시니 모두들 답답합니다. 이만 물러갈까 하오."

문을 꽉! 열어젖히고 나가버리는 허유를 따라 장목수도 나섰다.

"갈 길이 멀어서 이만 가보겠사옵니다. 천서방은 내일부터 교태전으로 나오시게. 목재가 아마 다 준비된 모양일세."

"알겠소."

다음날부터 궁궐 재건축이 정식으로 시작되었다. 교태전을 비롯한 자경전, 자미당, 인지당과 그 주변의 담장과 대문들이 장목수의 능숙한 솜씨로 재건되고 있었다. 한낮의 찌는 더위도 아랑곳하지 않고 진행된 내전의 중건은 속도를 내고 있었다. 천서방은 거사가 있었던 그날 밤에 자신이 침투했었던 경로를 한 번 파악해보기 위하여 내전 개울가 출구 쪽으로 장목수와 함께 접근했다. 그날 왜 폭탄 투척이 실패했는지를 조사하기 위한 정밀 점검이었다.

"장목수. 내가 이장렴과 함께 도착한 곳이 여기 자미당이오. 그런데 한밤중이라 달도 없는지라 방향을 제대로 잡지 못한 것 같소. 정반대 방향으로 달려갔으니 교태전이 아닌 순희당에 당도한 것이오."

"한밤중에는 그 전각이 그 전각 같아서 제대로 방향을 잡기 어려웠을 것이오. 여기 개울의 입구를 기준으로 해서 생각하면 될 것이오."

"그렇소. 교태전은 여기 개울 출구에서 나와서 오른쪽에서 두 번째 전각이니 이제는 좀 알 것 같소."

장목수가 천종복을 향하여 말했다.

"이번 달 안으로 준공이 되면 우리는 철수를 해야 할 것인데 언제 거사를 할 예정이오?"

"중궁전이 다시 교태전으로 이사를 온 연후에 즉바로 실시할 것이오."

"그렇소? 그럼 이번에는 이장렴 대신 내가 여기에 침투할 것이니 나를 투입하도록 해 주시오."

"이런 일에 익숙지 않으실 텐데요?"

천종복이 걱정스러운 얼굴로 장목수를 바라보자 장목수가 말했다.

"허, 이 사람 보게. 이런 일에는 전문가가 나서야 할 것이오. 이번에는 폭약을 써서는 안 될 것이오. 폭약을 쓰면 의심을 받게 되어

있소. 금수품인 폭약을 쓰게 되면 폭약을 구입한 경로를 의심받게
될 것 아니오?"

"폭약을 안 쓰고 어떻게 일이 되겠소? 지난번 민승호 대감도 결
국 폭약이 좋아서 성공한 것 아니오?"

장목수가 잠시 생각하는 듯 고개를 숙이고 있다가 입을 열었다.

"내게 좋은 방법이 있소이다. 원래 궁궐 건축에 쓰이는 나무는
금강송을 충분히 말려서 사용하는 것이라 화재에 매우 취약할 수
밖에 없소. 발화지점만 잘 선택한다면 불은 삽시간에 번질 것이
오."

"발화지점이요?"

"그렇소. 오늘부터는 발화지점 확인 작업에 들어갑시다."

"좋소!"

64

방화

조약문 제 1관에 '대조선국 개국 485년' 이라는 국호를 사용하기로 한 결정에 대하여 유생들이 다시 들고 있어났다.

"지금까지 청국과 군신의 관계를 맺은 이유는 조선이 청나라에 종속되었다는 것을 뜻하는 것이 아니고 선린과의 평화를 보장하기 위한 예우 차원에서 이제껏 가져왔던 외교관례였소. 이제와서 대조선국 개국연호를 쓰자는 것은 선린 관계의 평화를 깨고 경쟁자로서 새로 시작하겠다는 것이나 다름없으니 이는 장차 조선과 청국 간에 큰 마찰을 빚을 것입니다."

강화도 조약의 제 12관까지의 문안은 온통 일본 측에 유리하게 작성되었지만 조정의 반대는 대원군과 그를 따르는 유생들 그리고 향리의 서원들이 보내는 상소문뿐이었다. 특히 조선에 거주하는 일본인들의 범죄에 대하여 조선의 관원이 심판을 하지 않고 일본의 영사가 심판을 하도록 한 제 10관의 치외법권 조항은 대표적 불평등조약이었다. 한마디로 조선에 거주하는 모든 일본인은 모두 외교관 신분의 지위를 갖게 되는 것이었다. 개항이나 개화를 처음으로 시작하는 조선의 관리들은 그러한 조항이 가져올 후폭풍의 영향이 어떻게 진행되리라는 것을 잘 감지하지 못하고 조약을 급하게 서둘렀던 것이다. 결국 이러한 국가의 불평등조약 체결의 피해는 일반 백성이 가장 크게 입게 될 것이었다.

"나라가 드디어 망하는 길로 접어들었어…"

대원군이 매일 유생들을 앞에 놓고 나라 걱정을 하고 있었지만 마땅한 대책이 없었다. 이렇게 될 줄 알았다면 그때, 공근문을 잠글 때 그냥 대궐로 쳐들어가서 상감의 행위가 잘못된 것임을 밝히고 다시 재집권하는 수순을 밟았어야 했다. 그때 잠시 긴장을 늦춘 것이 오늘날에 와서 화근이 되었다. 아들이 커서 이제 직접 친정을 하겠다는데 아버지로서 그렇게 하지 말라고 할 수만은 없었기에 그대로 주저 않은 것의 결과가 결국은 민왕후의 권력만 더욱 크게 길러 놓게 된 것이다. 이젠 다시 재집권을 하기 전에는 이런 사태를 해결할 방법이 없었다.

"집권을 해야 한다. 다시 복귀를 해야 해!"

모든 것이 치밀하지 못하고 비전문가 정부처럼 서투르게 진행되고 있었으며 그 배후에는 민왕후의 사려 없는 충고와 아직 경험이 부족한 상감이 있는 것이다! 너무 일찍 권세를 넘겨준 것이었다. 재집권을 해야 했다. 재집권의 방법은 민왕후가 사라져 주는 것밖에는 없었다. 천종복이 주인의 그런 마음을 읽고 그동안 마련해 놓았던 계획을 대원군에게 말했다.

"나리. 이제 모든 것이 준비가 되었습니다. 이번에는 나리께 직접 보고를 드리고 결행할까 합니다."

“폭약을 쓰는 방법은 절대 해서는 안 될 것이야.”

“폭약은 쓰지 않을 것입니다. 장목수가 방법을 생각해 두었습니다.”

“폭약을 쓰지 않고도 가능할 수 있겠나?”

“예. 발화 지점을 수십 번 체크하였습니다. 마침 동궁전을 지키는 별장도 이장렴의 처남이 그대로 근무하고 있어서 변동이 있기 전에 빨리 결행을 해야 할 것이옵니다.”

“중전은 어찌 되었느냐? 교태전으로 이전을 하였다더냐?”

“예. 그렇사옵니다. 지난주에 이전을 끝내고 지금은 그 곳에 머물러 있을 것이옵니다.”

“알았다. 가능하면 신속히 일을 처리해라.”

주인의 결재가 떨어졌으니 아랫사람이 움직여야 할 시기이다. 그날 밤, 천종복을 비롯한 세 사람은 다시 운현궁에 모여 거사 계획을 점검했다.

“모두 잠드는 것을 기다려 새벽녘에 결행할 것이오. 인시 전에 동궁전에 당도하여 교태전과 자경전 등에 불을 놓아 안에 있는 사람이 빠져나갈 수 없는 불감옥을 만들어야 할 것이오.”

햇불과 기름 포대를 준비하고 날이 어둡기를 기다린 세 사람은 인시가 되자 동궁전으로 향했다. 어둠속에서 별장을 맡고 있는 처남이 기다리고 있다가 이장렴 일행을 맞았다. 다시 은병 한 개가 그의 주머니로 들어갔다. 동궁전에 도착하자 천종복이 지하로 통하는 마루판을 뜯어냈다. 이어 장목수가 기름을 잔뜩 짊어지고 그의 뒤를 따랐다. 이장렴이 밖에서 망을 보는 순서다. 몇 년 만에 다시 지나가는 길이었지만 천종복에게는 매일의 출근길처럼 느껴졌다.

지난번에 느낀 것처럼 그리 긴 길도 아니었다. 익숙해진 탓일까? 걸음이 빨라졌다. 금괴가 쌓인 지하고에 이르자 천종복이 뒤를 돌아다보았다. 짐이 무거운 탓일까? 장목수가 땀을 흘리고 있었다. 무거워서가 아니라 처음이라 긴장이 되어 그럴 것이라고 생각한 천종복이 장목수에게 말했다.

"짐이 무겁지요? 잠시 쉬어갑시다."

천종복이 금괴 옆의 벽에 있는 횃불걸이에 횃불을 꽂아놓고 자리에 앉자 장목수도 따라 앉았다. 장목수가 정신을 차려 눈앞에 쌓여있는 물체를 바라보며 물었다.

"이것이 다 무엇이오?"

"금괴요."

나직한 천종복의 말 한마디에 장목수가 입을 떡 벌리더니 벌린 입을 다물지 못하고 한동안 정지해 있다가 더듬거렸다.

"이게, 다… 금괴란 말이오?"

"그렇소. 선대왕들께서 남겨주신 유지라 합니다."

장목수가 놀란 눈빛으로 금괴에 가까이 다가서서 손을 대려하자 천종복이 일어났다.

"이러고 있을 시간이 없소. 일어납시다. 여기, 수건으로 얼굴을 가리시오."

장목수가 수건을 받아 조심스럽게 접어 눈 아래 부분을 가렸다, 천종복도 수건으로 얼굴을 가렸다. 서로의 가려진 얼굴을 잠시 바라보다가 천종복이 일어나며 말했다.

"갑시다!"

천종복의 말이 수건에 가려 멀리서 들리는 것 같았다. 천종복이 횃불을 오른손으로 힘껏 움켜잡고 왼손으로 포대를 들어 어깨에 걸친 후, 거침없이 어두운 복도를 내달리기 시작했다. 장목수도 뒤따라 내달렸다. 숨이 가빠오기 시작했다. 공기가 부족한 것일까? 분명 외부 공기가 통하도록 벽돌 틈 사이를 벌려서 설계를 했는데… 그 순간, 무엇인가 그의 이마를 빽 치고 지나갔다.

"으악!"

장목수가 포대자루를 팽개친 채 사색이 되어 그 자리에 쓰러지자 천종복이 횃불을 들고 급히 되돌아왔다.

"에이, 이놈의 박쥐새끼 같으니라고… 뭘 하는 거요. 빨리 일어나시오!"

박쥐 한 마리가 장목수의 머리통을 스치고 지나간 것이다. 주섬주섬 옷매무새를 고치고 일어나는 것을 확인한 천종복이 다시 아무 일도 없었다는 듯이 앞장을 서서 달려 나갔다. 얼굴 수건이 입속으로 자꾸 따라 들어와 숨을 쉬기가 매우 힘들어 갑갑했으며 콧김도 너무 뜨거웠다. 이윽고 내전으로 통하는 계단이 보이기 시작했다. 계단으로 올라가기 전에 천종복이 횃불을 발로 비벼 끈 후, 잽싸게 돌계단으로 성큼성큼 걸어 올라갔다. 장목수도 그의 행동을 똑같이 따라했다. 지상으로 통하는 개울가에 다다르자 천종복이 몸을 낮췄다. 소리 나지 않게 살며시 걸어가는 그의 행동이 고양이를 닮았다고 생각하는 순간, 장목수도 똑같이 그의 행동을 따라하고 있었다. 낮에 익숙히 보아왔던 교태전에 드디어 도착했다. 인적이 없는 내전에는 사람이 자는지 마는지 아무런 소리가 없었다. 부지런히 포대 자루를 풀어서 기름을 부었다. 발화 지점으로 지목된 목재 터마다 기름을 뿌리고 나니 어느새 기름주머니가 다 비어 버렸다. 전각 세 곳에다 기름을 뿌리는 데에는 순식간이었다. 이제는 불만 붙이고 개울가로 내달리면 되는 것이다. 이마에서 땀이 비오듯 흘러내렸다. 천종복이 부싯돌을 꺼내어 불쏘시개에다 불을 붙여 두 개를 만든 뒤 하나를 장목수에게 건네주며 말했다.

"빨리 저쪽 전각에 불을 붙이고 개울가로 달려오시오."

불쏘시개를 들은 천종복이 재빨리 교태전 쪽으로 달려가 불을 붙였다. 불길이 '확!' 하는 소리를 내며 타올랐다. 생각보다 잘 붙었다. 교태전에 불을 다 붙인 천종복이 이번에는 자경전으로 내달렸다. 장목수가 전각 하나에 불을 붙이고 다시 자미당으로 허겁지겁 내달렸다. 자미당 앞에서 불을 붙이는 순간, 전각 안에서 누군가 문을 빠끔히 열고 얼굴을 쑥 내밀었다. 머리를 쪽진 모습이 어디서 많이 본 얼굴이었다. 낯익은 궁녀임이 틀림없었다. 하현달빛의 청량한 어둠속에서 정면으로 궁녀와 눈길이 마주쳤다. 장목수가 흠칫 놀라자 궁녀도 장목수를 알아보는 것 같은 눈치였다. 아뿔싸! 어느 틈엔가 얼굴수건이 턱 아래로 내려와 있었던 것이다. 땀 때문이라는 생각이 드는 순간, 궁녀가 깜짝 놀라는 얼굴을 하더니 전각 안으로 얼굴을 쑥 집어넣고 미닫이를 '콩!' 하고 닫아버렸다. 누군가… 그의 얼굴을 본 것이다. 겁이 더럭 났지만 시간이 없었다. 기름을 뿌린 지점마다 확인을 하며 급히 불을 붙인 장목수가 일을 끝내자마자 개울쪽으로 내달렸다. 내달리는 짧은 순간 동안, 별의별 생각이 다 들었다.

'누군가 나를 보았는데 낯이 많이 익은 얼굴이었어. 들킨 것일까?'

개울가에서 천종복이 빨리 오라고 손짓을 해대는 것이 어둠속에서도 뚜렷이 보였다. 장목수가 헐레벌떡 뛰어 지하고의 입구 쪽으로 달려들었다. 천종복이 그 사이, 횃불 두 개를 만들어서 들고 서 있었다.

“자! 여기 있소.”

천종복이 횃불을 장목수에게 전달하고 부리나케 좁은 복도를 향하여 달리기 시작했다. 아무래도 궁녀 하나가 자신의 얼굴을 본 것 같아서 영 마음이 꺼림직했으나 기연미연한 것이 마치 오래 전의 일처럼 생각되었다. 천종복에게 이야기를 할까 하다가 이내 그만두기로 마음먹었다. 어둠속이라 제대로 못 보았을 것이다. 얼굴을 서로 마주 본 시간이 한 순간도 안 되었기 때문이었다. 어둠속을 내달려 동궁전 위로 올라오자 기다리고 있던 이장렴이 말했다.

“성공했소?”

그러자 천종복이 오른 주먹을 불끈 쥐고 밤하늘을 향해 흔들었다.

“잘 되었소. 갑시다.”

그때, 이장렴이 밑도 끝도 없는 이야기를 꺼냈다.

“좀 전에 어디선가 꽹과리 소리가 들리는 것 같았는데 혹시 듣지 못했소?”

지하에 있었던 그들이 무슨 소리를 들을 수 있었겠는가? 천종복이 짜증스럽게 대답했다.

“거, 뚱딴지같은 얘기는 집어치우시고 빨리 갑시다.”

동궁전을 빠져나온 그들은 운현궁으로 살며시 스며들었다. 날씨가 매우 추웠으나 곧 따듯한 소식이 오기를 기대하면서…

65

고변

경복궁 내전에 불이 났다는 급보가 상감이 자고 있던 창덕궁 대조전에 새벽부터 전해졌다. 민왕후는 그 날 상감의 침전인 대조전 동온돌에서 일본에 수신사로 다녀와서 보고를 한 대신들의 이야기를 주제로 밤늦게까지 고종과 대화를 나누다가 왕비의 침실인 서온돌로 들어가 어린 순종을 품에 안고 잠이 들었던 것이다. 어린 왕자의 무사안녕(無事安寧)을 위한 별신굿이 보름 동안 이곳 대조전의 앞뜰에서 있었는데 마지막 날이 되어 상감이 들렀던 것이다. 아침이 되자 상감의 숙소에 내시부 상선이 급히 들어와 상감이 깨어나기를 기다리며 부복하고 있었다. 상감이 기침을 하고 일어나자 곧바로 상선이 들어와 상감에게 간밤의 대화재에 대하여 보고를 했다. 보고를 듣고 놀란 고종은 곧바로 왕비의 침실인 동온돌로 들어갔다.

"이보시게. 중전. 일어나셨는가?"

왕가에서는 존대말을 쓰는 것이 기본 예법이다. 민왕후가 놀라 일어나 앉아 상감의 입실을 맞아들였다. 세 살 된 어린 순종이 아직 잠이 들어 있어서 큰 소리로 이야기를 할 수는 없었다.

"어쩐 일이시옵니까?"

"간밤에 교태전 일원에 큰 불이 나서 내전 여러 채가 모두 불탔다 하오."

"뭐라구요?"

민왕후가 놀라 일어나 앉더니 몸을 부르르 떨었다. 잠시 후 떨리는 목소리로 민왕후가 말했다.

"방화이옵니다. 나의 목숨을 노린 것이옵니다. 운현궁의 짓이 틀림없사옵니다. 전하…"

민왕후의 눈에 눈물방울이 맺히더니 금세 두 줄기 눈물이 되어 뺨을 타고 흘러내렸다. 고종이 민왕후의 곁으로 다가와서 다정한 목소리로 말했다.

"중전. 울지 마시오. 아버지께서 설마하니 방화를 하셨겠소? 허나, 이상한 점이 분명 있는 것 같으니 내가 이번에는 반드시 범인을 잡고야 말 것이오."

"아랫것만 잡으면 무엇합니까? 이런 일이 어디 한두 번이어야지요. 저는 아마 제 명에 못 살 것입니다."

민왕후가 말을 마치자마자 통곡을 시작했지만 아기가 자고 있어 소리를 내지 않으려고 애써 입을 막았다. 어미의 숨죽인 통곡이 계속되자 잠결의 어린 순종이 뒤척이기 시작했다. 고종이 난처한 얼굴로 밖에다 외쳤다.

"밖에 아무도 없느냐? 얼른 찬물을 떠 올려라."

궁녀 하나가 급히 찬물을 떠서 고종에게 바치자 고종이 찬물 주발을 민왕후의 입가에 대고 말했다.

"자, 이제 그만 우세요. 물 좀 마시구요."

마음 씀씀이가 다정하고 배려가 있는 지아비의 행동에 더 이상 울음을 계속할 수가 없었다. 민왕후가 고종을 바라보며 애처로운 눈빛으로 다시 말을 이었다.

"전하, 이것이 지금 몇 번 째이옵니까? 이젠 제가 불안해서 도저히 살 수가 없사옵니다. 제발 소녀를 살려주시옵소서."

울면서 매달리는 여인의 앞에서 한없이 마음이 약해진 고종이 입을 굳게 다물었다. 잘못하면 상처를 할지도 모른다는 생각이 들었다. 어떻게 해서든지 이 악연의 고리를 끊어내지 않으면 앞으로 무슨 일이 더 벌어질지 알 수 없는 노릇이었다.

"내, 이번엔 기필코 범인을 잡아서 중전 앞에 무릎을 꿇리리다."

민왕후가 눈물 가득한 얼굴로 고종을 바라보았다. 너무나 불쌍한 모습이 금방이라도 꺼질 것 같은 가련한 촛불 같아 보였다.

"제발, 그래 주시옵소서. 소인의 소원이옵니다."

말을 마친 고종이 의관을 정제하고 부리나케 화재 현장으로 달려 나갔다. 교태전은 완전히 불에 타버렸다. 만약 민왕후가 거기서 잠을 잤다면 아마 잠결에 불길 속에서 헤쳐 나올 수 없었을 것이었다. 어린 순종이 함께 있었다면 무슨 변고를 당했을지 알 수 없는 노릇이었다. 몸서리가 쳐지는 상상이었다. 다행히 나이 지긋한 상궁 하나가 불을 일찍 발견하고 전각마다 뛰어다니며 꽹과리를 쳐대는 바람에 방 안에서 잠을 자던 궁녀들이 모두 일찍 대피하여 사상자가 나오지 않았다. 이런 규모의 화재에 피해자가 없었다는 것이 그나마 불행 중 다행이었다. 고종이 피해를 미연에 방지하는 데에 공이 컸던 궁녀를 불러들이라 명했다. 기특한 궁녀였다. 화재 사건이 일어날 때를 대비하여 내전에 근무하는 상궁들끼리 이런 신통한 비상책을 강구하였다는 것이 여간 기특한 일이 아니었다. 궁녀가 다가와 고종 앞에 엎드렸다.

"가까이 오라. 어디, 이름이 무엇이냐?"

"예. 소녀는 왕후마마를 모시고 있는 장씨라고 하옵니다."

나이는 조금 들어 보였지만 눈매가 깊은 것이 사려가 있어 보이는 눈빛이었다.

"그래, 네가 아주 잘 하였구나. 앞으로도 위험한 일이 있을 때는 그렇게 하여야 하느니라. 알겠느냐?"

"예. 알겠사옵니다."

"그래. 어떻게 불이 난 것을 알고 일찍 대비를 하였느냐?"

"예. 간밤에 먹은 식혜가 소화가 되지 않아 일찍 기침을 하였나이다."

소피를 보려고 일찍 일어나게 된 것 같았다. 운이 좋은 경우였다. 궁녀가 상감과 금위대장 앞에서 다시 말을 꺼냈다.

"방 밖에서 이상한 소리가 나길래 문을 살짝 열어보았습니다. 그런데 어떤 사내가 뭔가 손에 들고 서 있어서 급히 문을 닫고 안으로 들었다가 잠시 후 불이 붙은 것을 알고 꽹과리를 들고 뛰쳐나왔습니다."

"뭐라고?"

방화범을 보았다는 이야기였다. 민왕후의 말이 맞아 들어갔다.

"그래, 그 자가 방화범이냐?"

"불을 지르는 것은 보지 못했지만 방화범일 것이라고 생각되옵니다."

"그 자의 얼굴을 기억하느냐?"

"기억은 나지 않사오나 어디서 많이 본 자이옵니다."

궁녀의 증언에 따라 방화범 색출이 시작되었다. 우선 궁 주위의 모든 출입자를 일일이 잡아들여 궁녀와 대질을 시켜나갔다. 그러나 성과는 없었다. 성과를 내지 못하자 금위대장이 상감에게 심하게 추궁을 당하였다.

"범인을 본 궁인이 있거늘 어찌 잡아내지 못한단 말이오. 장안을 다 뒤져서라도 범인을 잡아내시오!"

최근 일 개월간 내전을 출입한 명단을 전부 조사한 금위영에서는 할 수 없이 최근 일 년간 출입을 했던 명부로 그 대상을 확대하였다. 밥 먹고 하는 일이란 명단 작성과 저들의 당일 행적을 파악하고 조금이라도 의심이 되는 경우에는 가차 없이 금위영으로 불러내어 궁녀와 대면시키는 것이 임무였다. 이런 일을 백 일을 하자 드디어 내전을 수리한 인부들과 목수들까지 불려가게 되었다. 천종복과 장목수가 사태가 심상치 않게 흘러감을 느끼고 자리에 앉았다.

"이보시오. 장목수. 이거 일이 심각하게 돼 가는 것 같구려. 어떻게 하면 좋겠소?"

이장렴이 처남을 통해 탐지한 뉴스를 전달했다.

"목격했다는 궁녀가 기억이 가물가물하여 긴가민가하니 뭐 걱정할 것은 아니오."

"그래도 뭔가 대책을 세워야 하지 않겠소?"

천종복이 걱정을 하자 장목수가 말을 이었다.

"금위영에서 부르면 당당하게 나서야 할 것이오. 만약 자리를 뜨거나 소환에 응하지 않을 경우 오히려 더 의심을 받을 것이오. 그리고 우리가 의심을 받으면 불똥이 대원위 합하께 날아갈 것은 뻔한 이치요. 정면돌파합시다."

'정면돌파' 하는 것이 최선의 방법으로 결정되었다. 이제 운명은 상궁의 기억에 달린 것이다. 먼저 천종복이 소환되어 들어갔다. 당일의 행적과 내전을 건축하는 공사장에 들어오게 된 동기 등을 물었다. 취조를 하는 나졸의 앞에는 상궁이 앉아서 일일이 얼굴을 확인했다. 소문과는 다르게 궁녀가 들어오는 모든 사람을 다 관찰하고 있었다. 특별한 혐의가 없었던 천종복이 한 시간여의 취조를 무사히 마치고 '혐의 없음' 으로 풀려났다. 그 다음은 장목수 차례였다. 다음날 오 시경에 금위영으로 들어오라고 소환장이 날아 온 것이다. 안 갈 수는 없는 일이었다. 소환되기 전날 저녁, 세 사람은 운현궁 사랑채에서 주안상을 놓고 만약을 대비한 회의를 하여야 했다. 위안의 언사가 주류였다.

"별 일은 없을 것이오. 이미 수백 명이 금위영을 다녀갔소. 만에 하나, 혹시 얼굴을 봤더라도 기억을 할 수는 없을 것이오. 확률은 구우일모(九牛一毛) 정도이니 심려마시고 내일 이 시간에 다시 모여 곡주나 마음껏 마십시다."

"그럽시다."

자리를 파하고 각자 숙소로 돌아가는 길이 내심 불안한 것은 어쩔 수 없는 노릇이었다. 모든 것을 운명에 맡길 수밖에…

66
자결

장목수가 금위영 안의 취조실로 들어간 시간은 오 시가 조금 넘은 시각이었다. 앞서서 조사를 받던 자들의 취조가 늦어졌기 때문이었다. 꽤 까다롭게 조사를 진행하는 느낌이었다. 천종복의 말대로 목격 당시의 상궁이 앉아 있을 줄 알았으나 궁녀는 자리에 없었다. 적이 안심이 되는 일이었다. 신상명세와 이름, 나이, 출입명부 대조 등 형식적인 절차만 진행하는 데에도 꽤 시간이 걸렸다. 취조자들의 발언을 일일이 기록하느라 시간이 더 지체가 되었다. 아마 만약 범인을 못 잡게 될 경우에 대비해 일한 기록을 남기기 위한 조처가 아닐까 하는 생각이 들었다.

점심시간이 거의 다 지날 무렵쯤, 장목수에 대한 취조가 마무리로 접어들고 있었다. 뒤에서 인기척이 들리자 장목수가 고개를 옆으로 돌렸다. 긴장이 풀어진 탓도 있었겠지만 이제 조금만 지나면 집으로 돌아갈 수 있다는 생각을 하니 마음이 놓이기 시작했다. 잠시 고개를 돌려 옆으로 보는 순간, 뒤쪽에서 들어오던 사람도 그의 옆으로 지나가다가 장목수와 눈이 딱 마주치고 말았다. 그 상궁이었다. 그날 밤… 불을 지르려고 기름을 붓고 불쏘시개를 들고 서 있었을 때 보았던 바로 그 궁녀였다. 왜 그렇게 얼굴이 똑똑히 기억이 나는지 알 수가 없는 노릇이었다. 궁녀가 무언가를 느꼈는지 그 자리에 얼어붙어버렸다. 장목수의 가슴이 철렁 내려앉았다. '여기서 그냥 뛰쳐나갈까?' 하는 생각이 순간적으로 스쳐지나갔지만 이내 참았다. 궁녀가 그를 향하여 검지손가락을 펴고 천천히 그를 가리켰다. 범인 지목을 위한 행동임이 분명했다. 그때 궁녀의 입에서 놀라며 외치는 소리가 나왔다.

"저자가 범인입니다. 저자가 범인이에요!"

자신을 가리키며 범인이라고 지목하고 있었다. 궁녀가 장목수를 가리키며 범인이라고 말하자 주위에 있던 금위영 나졸들이 일제히 일어나 장목수를 덮치며 달려들었다.

"사람 살려… 왜 생사람을 잡는 거요?"

장목수가 비명을 지르며 악을 쓰자 나졸들이 육모방망이를 빼들고 장목수를 후려패기 시작했다.

"아이고, 나 죽네. 생사람 잡지 마시오."

장목수의 외침과는 관계없이 나졸들의 몽둥이질은 더욱 거세졌다. 가물가물한 정신 속에서도 궁녀가 자신을 향하여 손가락질을 하며 나졸들과 말을 하고 있는 것이 보였다.

"저놈이 범인입니다. 그렇지 않아도 얼굴을 기억하고 있었는데… 아, 참. 대궐 공사할 때 자주 봤던 사람이오. 지금 수염을 깎고 변복을 하고 있지만 그날 밤 본 얼굴이 확실해요. 내가 어디서 많이 봤다 했더니 내전 공사할 때 가끔씩 나와서 물을 날라주곤 했을 때 봤던 자가 확실하오."

궁녀의 거침없는 증언이 이어지자 나졸들이 매를 맞고 이미 반쯤 뻗어 있는 장목수에게 오랏줄을 묶기 시작했다. 이윽고 오랏줄에 묶인 장목수에 대해서 윗선에 보고를 하느라 나졸들이 왔다갔다하더니 장목수를 의금부 감옥으로 끌고 가 독방에 하옥시켰다.

장목수가 범인으로 지목되어 체포가 되었다는 소식이 운현궁의 천종복과 이장렴에게 날아든 것은 그날 저녁이었다. 아무리 기다려도 올 시간이 지났는데도 장목수가 돌아오지 않고 있는 것이었다. 뭔가 일이 발생한 것이 아닐까 하여 이장렴이 별장 처남을 찾아가 사정을 알아보라 청을 하였더니 놀랍게도 장목수가 범인으로 지목되어 의금부로 압송되었다는 것이다.

"이거… 큰일이군. 이 사태를 어떻게 해결해야 한단 말이오?"

천종복이 한숨을 쉬며 이장렴에게 말하자 이장렴이 대답했다.

"그러게 내가 갔어야 하는 건데. 괜히 장목수를 보내가지고 이 모양이 난 것이 아니오? 여우도 못 잡고 이게 무슨 날벼락이오?"

불안한 마음을 떨쳐버리지 못하는 두 사람이 할 수 있는 일이라고는 아무것도 없었다. 천종복이 다시 이장렴에게 말했다.

"이보시오. 이대장. 만에 하나 일이 잘못되어 대원위 대감께 연결되는 날에는 우리 모두 죽음을 면치 못할 것이오."

죽음을 면치 못할 것이라는 말에 아무런 대답도 할 수가 없었다. 침묵이 흐르고 나서 천종복이 다시 입을 열었다.

"이보시오. 이대장. 내일 한 번 장목수를 찾아가 보시오. 어떤 수를 써서라도 면회를 해보시오. 돈을 쓰든 은병을 주든 한 번 해 보란 말이오. 아마 장목수가 매를 견디지 못하고 우리 이름과 대원위 대감의 이름을 부는 날에는 모든 것이 끝장이 날 것이오."

"알았소. 의금부에 아는 별장이나 나졸이 있는지 알아보겠소."

"지금 한 번 가보시오. 누가 내일 번을 서는지를 알아보고 오시오."

다음날 이장렴이 뇌물을 쓰고 겨우 장목수가 갇힌 옥사로 찾아
갔을 때, 장목수의 몸은 이미 말이 아니었다. 밤새도록 인두질과 고
문으로 살이 헤지고 피가 전신에 흐르는 몰골이었다. 얼핏 보아도
얼마 못 버틸 것이었다. 그런 와중에서도 이장렴의 얼굴을 알아본
장목수가 칼을 쓴 채로 창틀 가까이로 기어 나왔다.

"난⋯ 이제 얼마 못 버틸 것 같소. 소원이 있소. 비상을 구해다
주시오. 제발 부탁이오. 구해주지 않으면 정신이 없는 내가 무슨 말
을 토설할지 모르니 한시라도 빨리 약을 구해주시오."

말을 겨우 마치자 장목수가 고개를 떨구고 기절을 했다. 이장렴
이 눈물을 훔치며 옥사를 나와 운현궁 사랑채로 달려갔다.

"장목수가 얼마 견디지 못할 것 같소. 비상을 구해달라고 하는데
어떻게 해야 하오?"

"아⋯."

천종복이 괴로운 신음을 토해냈다. 쓴 물이 목구멍 깊은 곳으로
부터 올라왔다. 이윽고 천종복이⋯ 말을 시작했다.

"일을 그르치기 전에 아무래도 비상을 전달해야 할 것 같소. 내
오늘 저녁내로 비상을 구해볼 것이니 내일 아침 옥졸들이 교대를
하기 전에 아까 그 옥졸에게 다시 한 번 면회를 신청하시오."

이장렴이 비상을 들고 다시 장목수를 찾은 것은 묘시쯤이었다.
아직 한겨울이라 썰렁한 냉기가 아랫도리를 타고 단전을 지나 아
랫배로 스멀스멀 올라오고 있었다.

"이보시오. 장목수! 정신 차리시오?"

잠시 전에 보았던 것보다 더 처참한 몰골로 장목수가 겨우 대답
을 했다. 그 사이에도 또 고문이 자행되었던 모양이었다. 그냥 두어

도 죽을지 모른다는 생각이 들었다. 이번에는 칼을 쓰고 있지 않았
다. 아마 몸이 엉망이 되어 옥졸들이 칼을 씌울 수가 없었던 모양이
었다. 이장렴을 바라다본 장목수가 겨우 눈을 뜨더니 더듬거리며
말했다. 몸이 전에 본 것보다 더 엉망이 된 것이 눈 뜨고는 못 볼 목
불인견(目不忍見)의 참혹한 모습이었다. 인두로 밤새 담금질을 당한
처참한 몰골이었다.

"비상을 갖고 오셨소?"

"그렇소. 여기 있소이다."

허리춤에서 비상이 든 종이 봉지를 꺼내어 장목수에게 전했다.
장목수가 떨리는 손으로 비상을 받아들고 말했다.

"조성하가 간밤에 나타났소. 갑자기 나타나서 나를 끌고 가더니
나졸들을 모두 물리고 제 손으로 직접 인두질을 시작했소."

"뭐요?"

이장렴이 깜짝 놀라서 소리를 치자 장목수가 다 죽어가는 목소
리로 겨우겨우 말을 이었다.

"지하 창고로 들어가는 입구가 어디에 있느냐고 밤새도록 똑같
은 질문만 계속하면서 인두로 나를 담금질했소. 아마 잠시 후, 해가
뜨면 다시 나타나서 또 똑같은 질문을 해 댈 거요. 그놈이 뭔가 구
체적으로 알고 있는 것 같았소. 조심하시오."

말을 마치자 장목수가 방금 받은 비상을 그대로 입 안으로 털어
놓았다.

"고맙소. 빨리 이 자리를 피하시오. 저승에서 만납시다."

이장렴이 짧은 면회를 마치고 급히 옥사를 나와 천종복이 있는
사랑채로 돌아가 모든 사실을 말한 뒤 집으로 돌아갔다. 이장렴이
나간 뒤, 번을 바꾸러 온 옥졸들이 쓰러져 있는 장목수의 모습이 이

상하다고 생각하여 문을 열고 들어와 흔들어 보았으나 몸은 이미 싸늘하게 식어 있었다. 입에 잔 거품을 물고 죽은 것이 분명 독약에 의한 죽음 같다는 보고가 올라갔다. 의관들이 시신을 검사하고 나서 비상에 의한 독살이라고 판정을 내리자, 마지막으로 면회를 한 이장렴에게 혐의가 모아지고 있었다. 이장렴이 독약을 전달한 것이 틀림없으니 잡아서 문초를 해야 한다는 의견이 나왔다. 이 소식이 한 다리 두 다리를 거쳐서 이장렴의 처남에게 전달되었다.

"이보시오. 매형! 매형이 비상을 전달한 장본인으로 지목이 되었소. 대책을 세워야겠소."

올 것이 왔다는 생각이 들었다. 이제 자신의 선에서 모든 것을 정리하여야 할 때가 된 것이다. 결단만 남았다. 이장렴이 아내 춘홍을 불러 앉혀 놓고 말했다.

"내가 임자를 만난 것은 다 대원위 대감의 은총이었소. 임자는 내가 만약 이 세상에서 없어진다면 대원위 대감에게 돌아가시오."

뚱딴지같은 이야기를 지껄이는 남편이 이상하긴 했지만 춘홍은 별 신경을 쓰지 않았다. 워낙 그런 인물 아니었던가!

"아니, 다 늙은 기생년을 어느 대감이 데려간답니까? 흰소리 하지 마시고 술이나 드시오."

늦은 시간까지 부부의 술잔을 나누던 이장렴과 춘홍은 각자 자기 방으로 돌아가 밤을 맞았다. 이장렴이 춘홍에게 술을 더 가져오라고 부탁을 하였기에 술병을 두어 병 남편 곁에 놓아두고 춘홍은 잠자리에 들었다. 아침이 되어 이상한 기분이 든 춘홍이 남편의 방 문을 열어보았다. 이장렴이 다락방 문고리에 끈을 걸고 목을 매 늘어져 있었다. 자진한 것이다.

67

탄생

죽음이 있으면 탄생이 있는 것인가? 궁녀 장씨의 몸에서 아들이 탄생했다. 아들을 얻은 고종은 기뻐했으나 민왕후의 마음은 불안하기 짝이 없었다. 고종이 내전 화재의 범인을 잡아낸 궁녀 장씨와 눈이 맞아 아들을 생산한 것이 자신에게는 좋은 소식일 리가 없었다. 매일 저녁마다 자신과 후원을 거닐며 대화를 나누던 때는 언제였던가? 민씨 형제들을 동원하여 상감의 친정을 성사시켰던 것은 자신이 아니었던가? 그러나 고종이 다른 여자와 정분이 난 것은 도저히 참을 수 없는 일이었다. 자신을 모시고 있던 장씨라는 궁인과 눈을 맞춰 아기를 가졌다는 것이다. 기가 막힐 일이었다. 요즘에 와서는 통 자신의 처소를 찾지 않고 있었다. 조정에 할 일이 태산 같은데 상감은 아들을 얻은 장씨의 처소에만 틀어박혀서 아기의 재롱을 보느라고 시간을 다 보내고 있었다. 민규호가 들어오자 하소연이 이어졌다.

"상감께서 저리 정신을 못 차리고 계시니 정말 걱정입니다."

민왕후의 걱정이 여인의 질투에서 비롯된 것이라는 것을 잘 알고 있는 민규호가 말했다.

"중전마마. 이미 원자께서 왕세자로 책봉되셨사온대 걱정을 하실 이유는 없을 것입니다."

"원자께서 몸이 약하여 걱정을 아니 할 수 없습니다. 돈을 많이 들이고 용하다는 무당을 들여서 온갖 좋다는 굿도 해 보았으나 아직 효험이 없는 것 같습니다. 좋은 무당이라도 아시는 바가 있으시면 추천을 해 주세요."

"허허… 저보다는 중전께서 그쪽으로 더 잘 아시지 않사옵니까?"

한 발 뒤로 물러서는 민규호는 그럴 만한 이유가 있었다. 조정 대신들 사이에서 민왕후의 무당굿에 대해 말이 많았던 것이다. 굿을 했던 무당과 사찰에 엄청난 시주를 하였다는 것이다. 나라의 국고를 축내는 일이었다.

"그나저나 새로 태어난 아기에게 선물을 해야 할 것 같은데. 아무리 첩실의 몸에서 태어난 아기라고는 하나 이 아기는 상감의 아기이자 내 아이가 아니겠소?"

"좋은 생각이십니다. 그렇게 하심이 왕실의 법도와 체통을 바로 잡는 길일 것이옵니다."

"생각난 김에 움직이는 것이 좋겠습니다."

민왕후가 밖에 서 있는 상궁 하나를 불러 아기를 낳은 궁녀와 아기를 왕비전으로 들어오도록 명을 내렸다. 아기가 태어난 지 이미 백 일이 지났으므로 아기를 들이도록 명을 내린 것이다. 상궁이 아기를 낳은 궁녀 장씨의 처소로 달려가 조만간 내전으로 들어오라는 중전의 명을 전달했다. 저녁이 되자 상감이 다시 장씨의 처소를 찾았다. 아기의 얼굴을 보고 싶은 상감이 하루 동안 참았다가 이내

안달이 나서 달려온 것이다. 앞의 두 아들과는 전혀 다른 정말 의젓한 얼굴이었다. 양주골에 있는 아버지 대원군과 부대부인 민씨에게도 자랑을 하고 싶었다. 고종이 궁녀 장씨에게 말했다.

"이렇게 예쁠 수가 없소. 너무나 예쁜 아기입니다."

아기를 안고 좋아하는 고종의 얼굴을 바라보는 궁녀 장씨의 얼굴은 행복한 미소로 가득했다. 그때 민왕후로부터 아기를 데리고 들어오라는 전갈을 받은 기억이 떠올라 장씨가 상감에게 물었다.

"전하. 중전께서 아기를 데리고 들어오라는 명이 계셨사옵니다."

그러자 고종이 깜박 잊고 있었던 것을 생각났다는 듯이 말했다.

"아, 참. 그렇지. 이 아기를 데리고 양주골 직곡산장으로 데리고 가서 아버님과 어머님께 인사를 드리시오."

"예?"

"내가 말과 가마를 내어 줄 것이니 내일 당장 그리 하시오."

"예. 그렇게 하겠나이다. 중전께는요?"

"대궐 안에 계시는데 뭐가 그리 급하시오. 천천히 해도 좋을 것이오."

"그럼, 전하의 명이 있을 때까지 기다리겠나이다."

다음 날, 상감이 내어준 말과 가마를 타고 궁녀 장씨는 아기를 데리고 할아버지와 할머니가 계시는 직곡산장으로 떠났다. 산장으로 가는 길이 가까운 길이 아니어서 아기와 산모 모두에게 조금은 부담이 되는 길이었다. 산장에 도착한 아기를 본 대원군은 입이 찢어지도록 웃으며 기뻐했다. 오랜만에 기분 좋은 일이 생긴 것이다. 장목수와 이장렴이 죽고 천서방도 풀이 죽어 모두들 침울했던 산장에 예고도 없이 상감께서 손자를 보낸 것이다. 효자도 이런 효자는 없을 것이었다.

"아이고, 우리 손자, 정말 예쁘게 생겼다. 무얼 먹어서 이리 튼실한가?"

궁녀 장씨를 바라보자 장씨가 부끄러운 얼굴로 말했다. 유방이 몹시도 튼실한 엄마였다.

"아기가 젖을 잘 먹어 실하게 자랐사옵니다. 이렇게 먼 길을 다녀올 정도로 건강하옵니다."

"그래요? 정말 잘 하셨소. 어디 보자. 우리 손자."

부대부인 민씨가 밖으로 나가서 시원한 식혜 한 사발을 주발에 담아 들고 들어왔다. 장씨가 부인이 준 식혜를 꿀떡꿀떡 모두 마시고 말했다.

"아, 정말 시원하옵니다. 이렇게 맛있는 식혜는 처음이옵니다."

"그래요? 그렇다면 가시는 길에 두어 항아리 드릴 터이니 자네도 마시고 상감께도 드리시구려."

장씨와 아기는 하룻밤을 자고 가기로 하였으나 이틀을 더 자게 되었다. 부대부인이 챙겨준 준 옹기 두 개를 말등 위에 싣고 궁녀 장씨는 궁으로 돌아왔다. 문득 민왕후가 생각난 장씨는 식혜 옹기한 항아리를 급히 중궁전으로 보냈다. 중궁전 상궁이 민왕후에게 방금 들어온 식혜를 떠서 가져다 바쳤다. 상쾌하고 포근한 맛이 일품이었다. 언젠가 많이 맛을 보았던 식혜였다. 식혜를 가져온 상궁에게 물었다.

"맛이 좋구나. 어디서 가져온 식혜이냐?"

"예. 아기를 낳은 장씨가 양주골 직곡산장에 가서 인사를 드리고 받아온 식혜이옵니다. 조금 전 중전마마께 한 옹기를 보내왔사옵니다.”

어쩐지 많이 익숙한 맛이었다. 그랬다. 그 식혜는 운현궁에서 상감에게 가끔씩 보내온 바로 그 식혜였다. 오랜만에 맛보는 식혜였다. 부대부인의 식혜 담는 솜씨는 장안에서 따를 사람이 없었다.

“운현궁에서 온 것이라 했느냐?”

“그렇사옵니다.”

그렇다면 궁녀 장씨가 먼 길을 무릅쓰고 양주골까지 아기를 데리고 할아버지에게 인사를 드리러 갔다 온 것임이 확실했다.

“양주골까지 장씨가 다녀왔단 말이냐?”

“예. 그렇사옵니다. 조금 전에 이틀을 유하고 다녀온 것으로 아옵니다.”

코 앞에 있는 중전에게는 아직 아기의 코빼기도 보여 주지 않은 채, 그 먼 양주골까지 찾아가서 할아버지께 인사를 드린 장씨의 행동이 괘씸하기 짝이 없었다.

“이것들이 나를 무시해? 아들 하나 낳았다고 세상이 달라졌다고 생각하나보지?”

앉아 있기가 너무나 갑갑했다 속에서 계속 부아가 치밀어 오르는 것을 도저히 참을 수가 없었다. 한동안을 씩씩거렸다. 가만히 앉아 있다가는 앞으로 어떤 일이 벌어질지 모르는 상황이었다. 머리 꼭대기로 화기가 오를 것이 분명했다. 상감의 승은은 승은이고 내전의 질서는 질서였다. 이것은 질투의 차원이 아니라 기강의 차원임이 명백했다. 더구나 자신을 몇 번이나 죽이려한 것이 대원군이라는 것을 잘 알면서 그들의 처소에 가장 먼저 들렀다니 말도 안 되는 행위였다. 내전의 주인인 자신에게 먼저 신고를 해야 하는 것이었다. 중전이 명을 내리기 전에 진즉 들어 왔었어야 하는 것이다.

그런 연후에야 어떻게 하든 상관이 없는 일이었다.

"제조상궁을 불러라!"

제조상궁과 내시부 무사를 앞세우고 민왕후가 장씨의 방으로 거동을 하였다. 장씨의 방으로 대뜸 쳐들어간 위세에 장씨가 깜짝 놀라며 일어서자 민왕후가 명령을 내렸다.

"내전의 규율과 법도를 무너뜨린 장씨를 포박하라!"

장씨가 겁에 질려 무릎을 꿇고 민왕후 앞에서 두 손을 싹싹 빌었으나 내시부 무사들이 달려들어 장씨를 포박하여 마당으로 끌고 나갔다. 아기가 잠을 깨어 자지러지게 울어대자 날쌘 궁녀 하나가 아기를 잽싸게 포대기에 싸서 들고 밖으로 나갔다.

"네 이년. 어찌하여 너는 내전의 질서를 무너뜨리고 중전인 나를 능멸하느냐?"

민왕후의 추상같은 호령에 장씨는 사색이 되어 연신 머리만 조아렸다.

"살려주시옵소서. 마마"

"말을 하란 말이다. 말을!"

무얼 말하란 말인가? 아마도 아기를 데리고 들어오지 않았다고 화를 내는 것 같았다. 아니, 그보다 대원군의 처소에 갔다 온 것이 더 큰 문제가 된 것 같았다. 원수로 여기는 대원군의 처소에 간 것이 핵심 이유였지만 상감이 보내서 갔다고 말할 경우엔 더욱 화를 낼 것 같았다. 이 순간에 말 한마디 잘 못하면 목숨을 부지할 수 없다는 생각이 들었다.

"아기의 사주를 보아준다는 부대부인의 명을 받아 급히 다녀온 길이었사옵고 중전마마께 막 보고를 드리려던 참이었사옵니다."

사주를 보아준다는 말에 중전이 잠시 말을 잊었다. 분명 상감이

그녀에게 말과 가마를 내어주어 대원군이 있는 직곡산장에 갔다
오도록 명을 내린 것을 알고 있는 중전이었다. 그런 얘기를 입 밖으
로 내지 않는 궁녀 장씨의 처신이 그런대로 기특하다는 생각이 들
었다. 민왕후는 이쯤에서 확실히 연단을 시키고 사태를 종결해야
할 필요를 느꼈다. 고종이 안다면 자신을 비난할 가능성이 있었다.
　"저년에게 곤장 이십 대를 치고 사가로 내쳐라!"

68

파견

민왕후가 궁녀 장씨에게 곤장을 치고 사가로 내어 쫓아버렸다는 소식을 접한 상감은 아연실색하지 않을 수 없었다. 민왕후에게 살기가 느껴지는 사건이었다. 여자의 질투는 오뉴월에도 서리를 내릴 만큼 싸늘하다 하지 않았는가? 결국 자신의 처세에 문제가 있었던 것이다. 무엇이 문제가 되었는가 하면 바로 대원군의 직곡 산장에 궁녀 장씨와 손자를 보낸 것이 문제가 된 것이다. 그렇게 미워하고 경원하는 대원군에게 새로 태어난 아기를 먼저 보낸 것은 자신의 실수였다. 조금 더 생각을 했어야 했다. 그러나 이미 엎질러진 물이었다. 민왕후의 처신에 대해서는 너무나 화가 났지만 의사를 표현할 수는 없었다. 내명부의 일은 어디까지나 중전인 민왕후의 소관이라 자신이 뭐라 할 수 없었다. 민왕후에 대하여 서서히 정나미가 떨어지기 시작했다. 그렇지 않아도 신사유람단 파견으로 조정이 골치가 아팠던 참에 이런 일까지 터진 것이다.

"신사유람단 파견 대상자를 빨리 선정하시오."

고종이 의정부 대신들에게 명을 내렸으나 서로 자신이 추천한 인물을 밀기 위한 인선작업으로 난항을 겪고 있었다. 인본이 서지 않은 일본국에 신사유람단을 파견하지 말 것을 주청하는 대원군의 상소도 하루가 멀지 않게 쌓이고 있었다. 그러나 신사유람단의 파견 결정은 이미 내려진 것이었다. 수신사로 일본을 다녀온 김기수, 김홍집 일행이 이미 약속을 하고 온 사항이었고 조정에서도 허가를 했던 사항이라 외교적으로 내용을 변경하려면 상당한 구실이 있어야 했다. 대원군이나 향교의 반대 상소만으로 약속한 외교적 스케줄을 변경할 수는 없었다. 대신들 간의 치열한 밀고 당기기가 계속되면서 명단 만들기는 계속 지지부진 되고 있었다.

"이번 달 말일까지 명단을 제출하지 못하면 신사유람단 파견은 없었던 것으로 하겠소."

고종이 최후통첩(最後通牒)을 내리자 물밑 거래는 더욱 치열해졌다. 외국 파견이라는 조처가 처음 실시되는 정책이라 외국물을 먹고 온 이들이 앞으로 정국을 이끌어 갈 것임이 분명했기 때문이었다. 따라서 명단 작성은 권력 암투와 같은 비중으로 대신들에게 받아들여진 것이다. 최종적으로 조정을 거친 결과 네 명의 대표가 추천되었다. 원래는 세 명이 적임이었으나 결국 물밑 조정에 실패하여 네 명의 책임자 명단이 올라온 것이다. 한마디로 말해서 조정에 조정기능이 없다는 반증이었다.

"어찌하여 네 명을 올렸단 말이오? 세 명으로 조정하여 다시 올리시오."

그러나 그들 네 명 중 아무도 양보를 하는 이가 없었다. 양보란 곧 권력으로부터 멀어지는 것을 의미했다. 지루한 공방에 하루 종일 시달린 고종이 찾은 곳은 새로 궁궐의 궁녀로 들어온 천방지축 (天方地軸) 엄씨였다. 아무것도 모르는 철없는 소녀처럼 재잘거리는 엄씨와 밤을 지내면서 고종은 자신의 시름을 달랬다. 아직 남자와 동침한 적이 없는 소녀인지라 철없이 재잘대는 그녀의 말소리를 듣다가 잠이 들면 그것보다 더 편안한 밤은 없었다. 민왕후가 알면 곤란한 일이 벌어질 것 같아 한 방에서 함께 기거한다는 이야기는 절대로 외부에 알리지 않은 채, 그저 밤에 잠자리를 지키는 것 정도로 입조심을 단단히 시켰다. 그녀의 육체를 탐하여 엄씨를 찾은 고종은 아니었다. 그녀의 천진난만한 수다가 고종에게는 정신적인 청량제였다. 그러나 민왕후가 누구인가? 민왕후가 눈치를 채고 엄씨를 불렀다.

"네, 감히 어린 것이 어디 상감의 앞에서 얼쩡대느냐? 간밤에 일어난 일을 소상히 알리거라."

나이를 먹었음에도 유난히 어리게 보이는 엄씨의 얼굴에서는 아직 어린 소녀의 앳된 태가 가시지 않았다. 눈치가 빠른 엄씨는 고종에게 교육받은 대로 중전에게 아뢰었다.

"소인은 방 밖에서 자리끼를 준비하고 있었나이다."

민왕후가 상궁을 시켜 궁녀 엄씨의 옷을 모조리 벗기게 했다. 여성성이 있는지 알아보기 위함이었다. 엄씨의 가슴에는 피다 만 자그마한 살구 같은 봉오리가 두 개 있었을 뿐, 여성으로서의 자태는 보이지 않았다. 여성적 성징이 늦고 발육이 부진한 엄씨였다. 더군다나 임신은 생각할 수 없는 그런 모습의 몸매였다. 그리고 결정적인 것은… 그 곳에 있어야 할 검은 것이 없었다. 안심은 되었으나 그래도 모를 일이었다.

"네 이년. 네가 초경은 치르었느냐?"

엄씨가 이상하다는 얼굴로 민왕후에게 물었다.

"마마. 초경이 무엇이옵니까?"

민왕후가 그 말을 듣자 웃음이 피식 나왔다. 자신이 너무 앞서간 것 같다는 생각이 들었다. 아직 아무 것도 모르는 철없는 아이임이 분명했다. 고종이 자신을 멀리 하는 것을 이해는 하면서도 여인으로서는 서러운 감정이 드는 것은 어쩔 수 없었다. 마음 한 구석이 아릿해왔다. 지어미로서 남편에게 잘 해 주지 못하여 밖으로 나도는 고종이 딱해 보였지만 자신도 자신의 행동을 어떻게 할 수가 없었다. 이런 아이들까지 고종의 곁에서 빼앗아 버린다면 너무하는 행동이라고 생각되었다.

"알았다. 그만 가 보거라."

민왕후의 방을 나오는 엄씨의 등 뒤에서 식은땀이 흘렀다. 하마터면 매를 맞고 궁녀 장씨처럼 쫓겨날 수도 있는 순간이었다. 무사히 위기를 넘긴 엄씨는 고종이 자신을 하나의 여자로서 좋아하고 있다는 사실을 잘 알고 있었다. 아직 여성의 성징이 나오지는 않았으나 알 것은 다 아는 나이였다. 이미 궁인들로부터 그런 종류의 교육을 다 받아 놓은 관계로 실전에 들어가서 남자를 받아들일 때에 어떻게 해야 하는지는 잘 알고 있었던 것이다. 비록 상감과 몸을 섞은 관계는 아니었으나 애틋한 사랑의 감정으로 서로를 찾고 있다는 것만은 충분히 느끼고 있었다. 그러나 문제는 민왕후였다. 언제까지 이러한 사실을 숨길 수만은 없었다.

"휴… 살았다."

자신의 방으로 돌아온 엄씨는 고종에게 그날 낮에 있었던 이야기를 하나도 빼놓지 않고 종알대기 시작했다. 그런 모습이 너무나 귀여워 보여 고종이 그녀를 가슴에 안고 꼬옥 껴안아 주었다. 육체적인 사랑보다 더욱 짜릿한 사랑이었다. 언젠가 성숙한 여인이 되어 이 여인의 몸에서 아이를 낳게 되면 대 제국을 이어나갈 훌륭한 아이를 생산할 수 있을 것이라고 생각했다. 고종이 생각하는 나라는 세상에서 가장 강하고 도덕적이며 백성들이 모두 잘 사는 나라였다. 그런 나라를 만들기 위해 신사유람단을 만들어 국가의 기틀을 새롭게 만들어 서양의 강국보다 훌륭한 나라를 만들어야 하겠는데 중신들은 고종의 이런 마음을 이해하지 못하고 신사유람단 명단을 만드는 것 하나 합의를 하지 못하고 있었다.

"신사유람단이라…"

고종이 엄씨를 가슴에 품은 채로 중얼거리자 쾌활한 엄씨가 눈을 동그랗게 뜨고 말했다.

"어디 유람 가시옵니까?"

"아니다. 신사유람단이라고 일본에 가서 신학문을 배우자는 사절단이다."

"그래요? 나도 끼워주시면 안 될까요?"

거침없는 어린 소녀의 호기심에 고종이 웃음을 터뜨렸다.

"허허… 이 녀석아. 유람단이라고 하니까 놀러가는 줄 아느냐?"

"예. 사실은 놀러 가는 것이 아니고 무엇이겠사옵니까?"

"그런 것이 아니다."

"그런 것이 아니라면 왜 걱정을 하시옵니까?"

어린 아이를 앞에 놓고 고종이 말장난을 하는 것은 아니었지만 아무리 어린 소녀에게라도 알려 줄 것은 알려주어야 할 것이라는 생각이 들었다.

"신사유람단이라고 해서… 일본국과 서구문명에 대해서 공부를 하여 조선을 강한 나라로 만들기 위해서 파견하는 것이다. 놀러 가는 것이 아니니 관심을 갖지 않아도 될 것이다."

고종의 자상한 설명을 듣고 있던 엄씨가 진지한 얼굴로 고종을 처다보며 말했다.

"그러면, 총이나 대포를 만드는 법을 배우러 가야 하겠네요?"

총이나 대포라? 허긴 총이나 대포가 나라를 강하게 하는 데는 즉효였다. 일개 범부도 그런 생각을 하고 있었으며 지난번 부산 앞 바다에서는 동래부사 정현덕이 대포를 만들어서 시범을 보이다가 대포가 폭발하는 바람에 여러 명이 죽었다지 않은가? 고종이 무릎을 탁 치고 일어나 앉았다.

"그래! 내가 왜 그 생각을 못했는가?"

고종이 신사유람단 속에 대포와 소총을 만드는 기술팀을 꾸려서 이번 유람단에 반드시 포함시켜야 하겠다는 생각이 들자 무릎을 탁 치고 일어나 앉은 것이다.

"바로 그거야! 기왕 파견하는 일이니 신무기를 만드는 기술을 배워오는 것이 필요하겠어."

다음날 편전에서 고종이 다시 중신들을 앞에 놓고 말했다.

"유람단 파견 팀장이 조정이 되었소?"

아무도 대답을 하지 않은 것을 보니 조정이 아직 끝나지 않은 것 같았다. 뭐, 하루 사이에 무슨 조정이나 타협이 이루어졌겠는가? 고종이 새로운 제안을 내어 놓았다.

"신무기 제조기술을 이번 유람단이 배워 올 수 있겠소?"

반 유람 겸 국비여행으로 생각했던 당사자들이 모두 어안이 벙벙한 얼굴로 고종을 바라보았다. 일본에 수신사로 다녀왔던 김홍집이 말했다.

"전하. 무기 제조에 관해서는 일본국과 사전 이야기한 바가 없으므로 이번 유람단에서는 가능하지 않사옵니다."

"그렇다면 어떻게 하면 가능하겠소?"

새로운 주제가 떠오르자 모두들 꿀 먹은 벙어리가 되었다. 김윤식이 나서서 말했다.

"전하. 일본국과는 처음 교류를 하는 관계로 어디에 어떤 것이 있는지 파악이 되지 않았사오나 청국이라면 그동안 동지사 파견 등 여러 경로를 통하여 청국 내 사정을 알고 있사온데 청국에서는 서양식 무기를 제조하는 곳이 있는 줄로 아뢰나이다."

"그렇다면 전후사정을 알아보고 보고를 하시오. 유람단 파견은 그때까지 보류입니다."

유지

대원군이 있는 직곡산장으로 춘홍이 나타났다. 서방인 이장렴이 죽은 지도 벌써 몇 해가 지난 것이다. 춘홍이 직접 사랑채로 들어가 대원군과 얼굴을 마주 대하는 순간, 만감이 교차하였다. 그러나 지난 세월이 엊그제 같이 느껴지는 건 두 사람 모두 같은 마음이었다. 지아비를 잃고 홀로 된 춘홍의 모습은 예전의 젊은 모습이 아니었다. 이제는 외로움을 애써 참아가며 살아가는 여인네의 애처로움을 아무리 숨기려 해도 숨길 수는 없는 것이었다. 춘홍이 방안에 들어서자 대원군의 앞에서 조용히 큰 절을 올렸다. 그 모습을 묵묵히 바라보는 대원군의 얼굴에 회한의 감정이 가득했다.

"그래, 어떻게 살고 있느냐?"

따듯하고 조용한 대원군의 말투에 모든 것이 담겨 있었다.

"대감의 은총으로 걱정 없이 잘 살고 있사옵니다."

마음의 상태를 물어보았으나 경제적인 상태를 말하는 대답이 돌아왔다. 이장렴이 죽은 후, 대원군이 종복을 시켜 춘홍의 집에 상당량의 금괴를 갖다 준 것을 춘홍이 기억하고 대답을 한 것이라고 대원군은 생각했다.

"나를 찾아온 용건이 무엇이냐?"

사랑채에서 사적인 대화를 하려는 것은 아닐 것이라는 생각이 들었다. 분명 무슨 이유가 있어서 찾아왔을 것이었다.

"대감, 완화군이 심히 아프다 하옵니다. 홍역에 걸려 목숨이 경각에 달렸다 하옵니다."

한양으로부터 심부름을 하는 운현궁 하인으로부터 전해들은 소식을 춘홍이 다시 전하는 것으로 보아 아마 매우 위중한 모양이었다. 완화군을 마지막으로 본 지도 벌써 여러 해 아닌가? 그런데 이제 다 죽게 되었다고 한다. 왕가의 큰 손자 아닌가? 그 이후로 두 명의 아들을 더 두긴 하였지만 다 큰 장손을 잃을지도 모르게 되었다니 가슴이 아팠다.

"그러냐? 내, 그렇지 않아도 대비전을 한 번 찾아볼 참이었다."

조만간 채비를 하고 대비전을 찾아 위중한 장손의 모습을 챙겨보아야 하겠다는 생각을 하는 순간, 춘홍이 다시 입을 열었다.

"대감, 사실은 동궁전 별장으로 있는 동생으로부터 이상한 이야기를 들었사옵니다. 동생이 대원위 합하께 찾아가서 소식을 전하라 하여 찾아왔사옵니다."

"별장이? 그래 무슨 이야기냐?"

동궁전이라면 분명 지하고의 금괴와 연관되는 이야기일 것이었다. 이미 죽은 장목수를 통하여 조성하가 뭔가를 알고 뒤를 캐고 있다는 이야기는 수 년 전에 들어 알고 있었던 터이나 그동안 손을 쓸 방도가 없었고 또 그 사건 이후, 조성하가 평양으로 나가 있어서 조금은 안심을 했던 터였다.

"조성하 대감이 요즘 동궁전에 이상한 사내들을 데리고 나타나서 뭔가를 조사하는 것 같다는 이야기를 대감께 꼭 전해주라고 하였사옵니다.”

이는 필시 조성하가 지하고를 공사할 때에 동원되었던 인부들과 함께 입구를 찾고 있는 것이 분명했다. 잘 못하면… 모든 금괴가 조성하의 손에 넘어갈 참이었다. 모골이 송연해지는 이야기였다. 그동안 이조판서, 의정부좌참찬을 맡고 있다가 수소문 끝에 드디어 금괴작업에 참여했던 인부들을 찾아내어 이제 작업을 시작하려는 모양이었다. 어떤 수를 써서라도 조기에 손을 쓰지 않으면 모든 것이 날아갈 판이었다. 대원군이 춘홍에게 대답을 할 차례이다.

“음, 그렇소? 별감이 아주 좋은 이야기를 해 주었구려. 고맙다고 전해주시오.”

잠시 뜸을 들이던 춘홍이 대원군을 바라보며 말했다.

“대감, 우리 서방이 죽은 이유가 이것과 관련되어있는 것으로 생각되옵니다. 도대체 거기에 무엇이 있는지 제가 알아도 되겠사옵니까?”

춘홍이 이장렴이 죽은 이유가 동궁전의 비밀과 관계가 있다고 믿고 있음이 분명했다. 말을 해주어야 하는가? 말아야 하는가? 춘홍은 대원군의 여인이나 마찬가지인 사람이었다. 대원군의 마음이 매우 짧은 순간 갈등하다가 입을 열었다.

“아무 것도 아니오. 그 곳에는 선대왕들의 유지가 묻혀 있소. 아마 조성하가 그것이 탐이 나서 조사를 하고 있는 것 같구려. 내가 속히 손을 써야 할 것 같소.”

춘홍의 얼굴에 가벼운 실망의 그림자가 지나갔다. 말을 마친 춘홍이 자리에서 일어나면서 말했다.

“대감, 조만간 저, 춘홍이가 필요하시면 즉시 부르시옵소서. 준비를 하고 기다리고 있겠사옵니다."

분명… 뭔가 구체적으로 알고 있는 것 같은 말투였다. 자신의 지아비가 이런 일과 연루되어 죽은 것이 분명하다고 믿고 있다는 느낌이 확실했다. '죽은 이장렴이 춘홍에게 말을 해 준 것일까?' 하는 의문이 잠시 스쳐 지나갔으나 그럴 것 같지는 않았다. 춘홍이 돌아가자 대원군은 한양으로 나갈 채비를 서둘렀다. 다음 날 사인교를 탄 대원군이 대문을 나서려는 순간, 궁궐 내시부의 승전색 한 사람이 한양으로부터 말을 타고 나타났다. 고종의 전교를 들고 나타난 것이다. 간밤에 완화군이 사망했다는 것이다. 가슴이 미어지는 느낌이었다. 이미 장손의 죽음을 마음속으로부터 준비를 하고 있었으나 막상 손자가 죽었다는 연락을 받으니 모든 것이 허망한 생각이 들었다. 그러나 지금은 그런 생각에 젖어 더 큰 대사를 방기할 수는 없었다. 얼른 궁궐로 들어가 진상을 알아본 뒤에 동궁전 문제에 대한 조치를 취해야 하는 것이 지금의 급선무였다. 일시적 감정에 사로잡혀 대업을 그르치면 안 되는 것이 자신의 임무라는 것을 잘 알고 있었다.

"자, 어서 가자. 서둘러라!"

불암산 계곡을 지나고 한참을 더 지나 경복궁에 도착했다. 가장 먼저 조사해보아야 할 곳은 동궁전이었다. 동궁전에 도착하여 급히 지하고의 입구 쪽으로 다가가서 주위를 살핀 후, 아무도 없음을 확인한 대원군이 입구로 통하는 마루짝을 들어올렸다. 지하고로 통하는 문이 열렸다. 아직… 아무 일도 일어나지 않은 것 같은 모습이었다. 다행이었다. 마루짝을 다시 원상태로 회복시켜 놓고 동궁전을 조심조심 빠져 나왔다. 밖에서 기다리고 있던 가마에 올라타고 대비전으로 향했다. 다 늙은 조대비가 넋을 놓고 앉아 있었다.

완화군에게 주려고 준비했던 밤톨을 만지작거리며 울음을 참고 있었다. 아마 위급하다는 소식을 접하고 우이골 산장에서 궁으로 급히 돌아와 차도가 있기를 기다린 모양이었다. 잠시 후, 대비가 돌아왔다는 소식을 접하고 조성하가 나타났다. 대원군이 대비전에 들어 앉아 있는 것을 본 조성하가 흠칫 놀라는 표정을 짓더니 이내 능글맞은 웃음을 흘리다가 고개를 돌리고 대비를 향하여 큰 절을 올렸다.

"대비마마, 망극한 일을 당하시어 황망하옵니다."

조대비가 조성하를 바라보며 눈물을 글썽이며 말했다.

"내가 그렇게 애지중지하던 완화군이 죽었으니 내 마음이 무너지는 것 같소. 조카님도 마음이 많이 아프시겠소. 여기 할아버지도 먼 길을 마다 않고 뛰어왔으니 이처럼 슬픈 일이 또 있겠소?"

"대비마마, 망극한 일을 당하셨사오나 부디 옥체를 보전하시옵소서."

대비전에서 고하는 조성하의 얼굴을 본 지가 벌써 십 년이 지났지만 지금 조성하의 얼굴을 보니 모든 것이 자신에 찬 듯한 말투와 행동이 십 년 전과는 사뭇 딴 판이었다. 자신을 보고 조롱하는 듯한 표정에서 '이제 금괴가 내 손으로 들어오는 것은 시간문제야!' 하고 말하고 있는 것 같았다. 대비전을 빠져 나온 대원군이 운현궁으로 돌아오자 천종복이 기다리고 있다가 대원군을 맞았다. 대원군이 천종복에게 있는 사실을 모두 말하자 천종복이 걱정을 하고 나섰다. 예전의 자신 있었던 모습과는 딴판이었다.

"대감, 이를 어찌하면 좋겠소? 빨리 손을 쓰지 않으면 모든 것이 조성하의 손으로 넘어가게 될 것 갔사옵니다. 그렇다고 길거리에서 사람을 시켜 죽인다면 더욱 의심을 받게 될 것이옵니다."

　믿을 수 있었던 사람이 많이 사라진 지금, 천종복의 그런 자신 없
는 태도도 이해할 수 있었으나 어떻게 해서든 방법을 찾아내어야
하는 것이 급선무였다.

70

처단

 완화군의 장례는 대궐의 장례도감이 맡아서 모든 절차를 처결하였으나 국상이 아닌 관계로 비교적 이른 시일 안에 끝났다. 별장의 보고에 의하면 장례 기간 동안에는 조성하가 움직이지 않은 것이 분명했다. 그 이유는 대원군이 운현궁에 있었기 때문이었다. 어떻게 해서든지 조성하의 행동을 중지시키는 방법을 찾아내야 했지만 마땅한 방법이 떠오르지 않았다.

춘홍이 운현궁에 다시 나타났다.

"대감, 문제가 해결되지 않고 있사옵니까?"

모든 것을 읽고 있다는 듯이 춘홍이 물었다.

"그렇소. 조성하가 동궁전을 뒤지고 있어서 선대왕의 유지가 위태롭게 되었소."

"이제 장례가 끝나고 대감께서 산장으로 돌아가시면 조대감이 다시 움직일 것이옵니다."

"그렇다면 이 일을 어찌하면 좋겠소?"

"없애야 끝이 납니다!"

누구를 없앤단 말인가? 설마 조성하를 여인의 손으로 처단하겠다는 것인가? 놀랄 일이었다. 춘홍의 입에서 그런 끔찍한 말이 나오리라고는 상상도 하지 못했다.

"뭘 없앤다는 것이냐?"

"조대감을 없애야 합니다. 나리께서는 내일 직곡산장으로 내려가시옵소서. 소녀가 뒤처리를 하겠사옵니다."

분명 조성하를 처단하겠다는 내용의 말이었다. 믿을 수도 없고 안 믿을 수도 없었다.

"춘홍아 네, 아무리 지아비가 억울하게 죽은 것이 원통하기로서니 이런 일에 나설 여인네가 아니다. 없던 이야기로 하자."

춘홍이 다시 정색을 하고 나섰다.

"서방님이 죽은 이유도 다 연관이 되어있는 일이옵니다. 이것이 원수를 갚는 일이 될 수도 있는 것이니 대감께서는 저의 하는 일을 협조하여 주시옵소서."

이미 모든 계획과 결심이 서 있는 말투였다.

"그래… 만약 내가 도와준다면 어떻게 하면 되겠느냐?"

"부대부인의 식혜 한 옹기와 비상을 구해 주시옵소서."

잠시… 정적이 흘렀다. 어떤 수를 써서든지 식혜에 비상을 섞어 조성하 대감이 마시도록 하자는 제안이었다. 그러나 계획이 실패하여 들키면 춘홍의 목숨은 보장할 수 없는 위험하기 짝이 없는 계획이었다.

"내가 그걸 어떻게 허락하겠느냐. 이제 그만 나가보거라."

마음 같아서는 당장 식혜 한 동이와 비상을 내어주고 극비 임무를 수행토록 명령을 내리고 싶었으나 그럴 수는 없었다. 사랑하는 여인 아닌가? 자신 때문에 지아비를 잃었으니 이젠 대원군이 직접 챙겨주어도 모자라는 판에 다시 여인의 목숨까지 담보로 잡혀서 자신의 도구로 사용할 수는 없었다. 대원군이 춘홍의 앞에서 뒤로 돌아 앉아 벽을 바라보자 춘홍이 말했다.

"이만 물러가겠사옵니다."

춘홍이 나가는 소리가 들리자 대원군은 기회를 놓친 것 같다는 생각이 들었지만 이내 그 생각을 지워버리고 자리에 벌러덩 누워버렸다. 피곤한 생각과 자괴감이 느껴지는 시간이었다. 그러나 마음 한 편으로는 잘 했다는 생각이 강하게 들어왔다.

다음날 대원군은 걱정스런 마음을 뒤로 한 채 직곡산장으로 향했다. 모든 것을 운명에 맡겨야 하는지는 알 수 없었지만 그래도 일단은 양주골로 내려가서 깊이 생각해 보기로 마음먹었다. 가마를 타고 가는 내내 춘홍과의 대화가 떠올라 그의 머리를 떠나지 않았다. 뭔가 미진한 마음이 그의 가는 길 내내 떠나지 않았다. 몸은 가마에 실었으니 육체만 양주골로 떠나가고 있는 것이다. 손자가 죽었다는데 자신의 마음은 이상하게 별 감정이 없었다. 조대비가 아침마다 완화군의 위패 앞에다 알밤 여남은 개를 바치면서 눈물을 훔친다는 소식을 듣고 가슴 한 구석이 찡 함을 느꼈다. 허나 가버린 손자를 불러 올 수는 없지 않은가? 이제 모든 것이 끝난 지금 어찌하겠는가? 미련은 빨리 버리는 것이 낫다.

양주골로 내려온 지 열흘이 지나자 천서방이 필요한 물품을 가지고 하인들과 함께 양주골로 내려왔다. 그동안 이런저런 궁리를 생각해 보았으나 대책이 떠오르지 않아 답답하던 차에 천서방이 내려온 것이다.

"천서방! 한양에는 별 일이 없더냐?"

“예, 아직 아무런 소식이 없사온데 춘홍이가 일을 시작한 것 같
지는 않사옵니다.”

“춘홍이가 무슨 일을 하겠느냐? 아무 일도 없을 것이니라.”

“예?”

천서방이 뭔가 이상하다는 듯이 대원군을 바라보았다. 그런 천
서방의 표정이 오히려 더 이상하다는 듯이 대원군이 천서방을 바
라보자 천서방이 고개를 갸우뚱했다. 이상한 느낌을 받은 대원군
이 물었다.

“뭐가 잘못되었느냐?”

“잘못된 것은 없사옵니다만 춘홍에게 일을 시키지 않으셨사옵니
까?”

“무슨 말을 하는 게냐? 무슨 일을 시켰다는 것이냐?”

천종복이 뭔가 문제가 있음을 느끼고 대원군에게 고했다.

“그 날, 춘홍이가 오던 날, 대감께서 식혜 한 옹기와 비상을 주라
고 명하지 않으셨습니까?”

“뭐라? 춘홍이에게 식혜와 비상을 주었단 말이냐?”

“예. 대감의 명이라 하여 조성하의 집으로 들어간다 하여 내어주
었사옵니다.”

기절할 일이 벌어진 것이었다. 그 날 춘홍이 대원군의 명이라고
천종복에게 말하여 비상과 식혜를 받아갔으니 큰 사단이 날 일이
었다. 대원군의 가슴이 마구 뛰기 시작했다. 그러나 어찌하랴. 이미
극약이 넘어간 지가 벌써 열흘이 다 지난 것을…

“천서방! 당장 춘홍을 찾아서 일을 중단시키게!”

“그게… 중단을 하라고 해서 중단이 되겠습니까? 지아비의 원수
를 갚으려고 일을 벌이는 것으로 알고 있습니다만…”

난감한 일이었다. 춘홍이 중단을 시킨다고 중단할 인물이 아님을 대원군이 더 잘 알고 있었다. 그리고 이미 극약이 조대감의 집으로 투입됐을지도 모를 일이었다. 자신이 급히 운현궁으로 되돌아가거나 천종복을 보내어 춘홍을 만나게 한다면 그것은 자신에게 의심이 돌아올 일이었다. 이러지도 저러지도 못하는 진퇴유곡(進退維谷)에 빠져 있음을 느꼈다. 이젠… 일의 성패를 떠나서 춘홍의 목숨이 위태롭게 된 것이다.

"이를 어쩐다?"

대원군은 전전긍긍하며 하루를 보냈다. 비몽사몽 뒤숭숭한 밤을 보내고 다음날이 되자 이젠 모든 것을 운명에 맡기는 일 밖에 없다는 자포자기(自暴自棄)의 심정이 들었다. 만약 일이 잘 되어 춘홍이 말한 대로 조성하도 죽고 춘홍도 의심을 받지 않고 일이 처리가 된다면 금상첨화(錦上添花)겠지만 그 반대로 조성하는 무사히 위험을 비껴나가고 설상가상(雪上加霜)으로 춘홍의 짓이라는 것이 발각이 되는 날에는 자신에게도 큰 위험이 닥칠 수 있는 일이었다. 사랑하는 여인을 이런 위험지역에 내몰게 된 자신이 한없이 원망스러웠다. 하루하루가 좌불안석(坐不安席)이었다. 오후가 되자 까마귀 한 마리가 산장의 지붕 위로 날아들었다. 흉조였다. '까악!' 하고 까마귀가 자신을 쳐다보며 울어댔다. 대원군이 마당으로 나가 돌멩이를 주워 지붕 위로 던졌다. 돌멩이는 어림도 없는 방향으로 날아갔다. 까마귀는 전혀 돌이 날아온 것을 느끼지 못했는지 다시 한 번 '까악!' 하고 울어댔다.

"저놈의 재수없는 까마귀가…"

대원군이 다시 돌멩이를 주워 까마귀에게 던지려 하자 등 뒤에서 익숙한 목소리가 들렸다.

"무슨 돌멩이를 던지려 하시옵니까?"

춘홍이 그의 뒤에 서 있었다. 꿈이 아니었다. 생글생글 웃는 모습이 십여 년 전의 모습 그대로였다. 춘홍이 돌멩이를 집어든 대원군을 바라보자 웃음을 참지 못하고 입을 벌려 웃기 시작했다.

"하하하… 대감도… 지붕 위 까마귀를 왜 잡으려 하시옵니까? 그냥 놔두십시오. 죽은 조대감의 영혼이옵니다!"

71

육효

조성하가 집에서 자다가 죽었다는 소식을 듣고 조영하가 의문을 느껴 여러 가지로 궁리를 하여보았으나 마땅한 방책이 떠오르지 않았다. 이미 죽은 사람을 살릴 수는 없었다. 목하, 조정은 현안문제로 바쁘게 돌아가고 있었다. 고종의 제안에 따라 청국에서 무기 제조 기술을 배워오는 영선사를 파견하기로 결정하였다. 양무운동을 통하여 서양문물을 받아들이고 있었던 청국은 천진에 서양식 소총과 대포를 만드는 병기창을 운영하고 있었는데 조선의 기술 연수 요구에 따라 청국에서 동의를 해 주어 일 백 명 이상의 유학생을 파견하기로 결정하였다. 그리고 그 책임자로는 김윤식이 임명되었다. 전국에서 손재주가 능하고 머리가 영리한 젊은이들이 선발되어 청국으로 유학을 가기로 일정이 잡혔다. 기간은 충분히 잡기로 하여 신기술을 확실하게 배울 때까지로 정하였다.

일본으로 보내는 신사유람단에도 역시 유능한 젊은이들이 선발되었으나 주로 세도가의 자제들이 부모의 힘으로 유람단에 들어갔으며 거기에 끼지 못한 젊은이들은 선발된 친구들을 부러워하며 부모를 잘 못 만난 것을 탓할 수밖에 없었다. 그리고 이러한 외국의 모든 문물을 습득하고 통괄하는 최고기구로 통리기무아문이 설치되었다. 바야흐로 신문물을 제대로 받아들일 준비가 다 되어•이제 계획대로만 밀고 나간다면 조선의 장래가 밝게 열릴 것이었다.

통리기무아문은 청의 총리기무아문을 모방한 기구로서 모든 대외행정과 군사, 외교 등을 총망라하여 권한을 행사하는 국가 최고의 권력기구가 되었고 총 책임자로는 민왕후와 가까운 이최응이 임명되었다. 군대도 새로 구성하는 것으로 이야기가 진행되었고 그런 조치의 일환으로 한성에 진출해 있는 일본국 대사관의 군사 고문을 활용하기로 의견 조율이 되었다. 일본국 장교의 지휘에 따라 조선군이 훈련을 받는 별기군이 창설된 것이다. 일본국의 지휘를 받는 군대가 새로 창설되었다는 소식이 대원군이 있던 직곡산장까지 전해졌다. 유생대표 허유가 아직 출사를 못하고 대원군의 식객으로 남아 기운이 빠진 대원군과 천종복의 말벗이 되어 주고 있었다.

"합하나리. 별기군에게는 월급을 두 배로 준다고 합니다. 저도 별기군이나 들어갈 걸 그랬습니다."

"예끼. 이보시게. 그런 농담 말게. 내가 지금 농담할 기분이 아닐세."

대원군이 벌컥 성을 내자 허유가 뜨악한 표정으로 천종복을 바라보았다. 천종복이 축 처진 어깨로 말했다.

"나라가 망조가 들었어. 조선의 정신은 사라진 걸세. 이제 어디에서 인본을 찾을 수 있겠나?'

"이최응 대감이 초대 총리가 되었다 하오."

대원군이 허유의 말을 듣고도 못들은 체 하자 허유가 화제를 바꿨다.

"요즘, 구식군대들의 불만이 여간이 아니랍니다."

별기군은 오군영에서 특별히 선발된 가장 날쌘 군사 팔십 명을 특별 선발하여 일본에서 들여온 소총과 의복으로 무장을 하고 서대문 밖 모화관 앞에서 사격훈련을 하였다. 처음 보는 멋진 모습에 장안의 여자들이 별기군 훈련하는 모습을 훔쳐보려고 너도나도 모화관 앞으로 모여들었다. 긴 칼과 소총으로 무장한 별기군 훈련 책임자인 호리모토의 구령에 따라 일사불란(一絲不亂)하게 움직이는 별기군의 훈련 모습은 장안의 화젯거리가 되었다. 얼마 후, 좀 더 넓은 장소인 하도감으로 자리를 옮겨 별기군이 훈련을 하자 그들의 인기는 하늘을 찌를 듯 했다. 상대적으로 구식군대의 불만이 누적되고 있었다. 사람들이 군대를 구식군대와 신식군대로 부르기 시작하면서 구식군대의 상대적 박탈감은 계속 쌓여갔다. 드디어 구식군대의 늙은 우두머리들은 직곡산장으로 대원군을 찾아왔다. 차별대우에 대해 강력하게 불만을 털어 놓을 작정이었다.

"다 똑같은 군대인데 누구는 월급을 두 배를 주고 누구는 절반을 주노?"

"그러게 말이오. 저들이 일본놈들한테 배우면 결국 일본놈들 앞잡이가 될 것 아니겠소? 왜별기요 왜별기."

다 맞는 말이다. 불만을 들으면서 잠자코 앉아 있는 대원군은 앞으로 벌어질 사태가 매우 심상치 않게 돌아갈 것을 느낄 수 있었다. 우선은 이들을 달래어 돌려보내는 것이 급선무였다.

"상감께서 다 알고 계실 것이니 너무 불평들일랑 하지 마시게."

대원군이 그렇게 말하자 불에 기름을 붓는 격이 되고 말았다.

"아, 지금 상감께 어느 누가 직언을 한단 말이오. 권세가 모두 민씨 일파에게 가 있는데 어느 누가 상감에게 바른 말을 할 것입니까?"

"예전에는 이렇지 않았어요. 대원위 합하께서 강력하게 중심을 잡아주시고 상감이 그 옆에서 배우고 하여 나라가 잘 돌아간 것 아니오?"

어떻게 하란 말인가? 끈 떨어진 연 같은 신세인 대원군이 다시 나서달란 말인가? 수 없이 많은 상소를 올렸지만 대원군이 올린 상소는 그저 한낱 휴지조각에 불과한 것이 지금의 현실이었다.

"그러지 마시고 마음을 좀 가라앉히게. 살다 보면 뭔가 방법이 나올 때도 있는 것 아니겠나?"

말을 하는 대원군도 마음속으로 자신의 말이 '정말 무책임한 말이다' 하는 느낌을 지울 수 없었다. 허나, 그런 말밖에는 달리 해줄 말이 없었다. 유생대표 허유가 오른손을 불끈 들고 말했다.

"들고 일어나야지요!"

듣기에 따라서는 매우 위험한 말이었다. 뭘 들고 일어나란 말인가? 대원군의 복심인 천종복이 재빨리 나섰다.

"거, 듣기 거북한 말씀은 좀 삼가주시오."

구식군대의 우두머리 중 유춘만이 정색을 하며 나섰다.

"듣기 거북하시다니요… 바른 말을 한 것이지요. 이런 말을 하지 못하게 하니까 나라가 이렇게 엉망으로 돌아가는 거요. 내가 듣기에는 말 한 번 참 잘 하였소이다. 내 속이 다 시원하오."

당사자들이 들으면 정말 속이 시원한 말이었지만 듣기에 따라서는 국가에 매우 해가 되는 불온사상이었다. 더 이상 이런 이야기를 하고 있다가는 무슨 이야기가 나올지 몰랐다. 모든 것을 조심하여야 한다. 이미 두 사람을 잃은 천종복은 처신과 태도가 완전히 달라져서 모든 것을 조심하는 상태로 접어들 수밖에 없었다.

"자, 자, 오늘은 그만 합시다. 오늘만 날이오? 이제 대감께서도 좀 쉬셔야겠소이다."

마른 낙엽에 불티가 튀면 순식간에 불이 붙는다. 구식군대 내의 불만이 이렇게 가득 찼으니 앞으로 무슨 일이 벌어질지 모르는 일이었다. 군대 우두머리들을 다 내보내고 대원군이 천종복과 허유를 불렀다.

"천서방! 천기를 한 번 읽어보아야 할 때가 된 것 같네."

"예?"

"어쩌면 하늘의 풍향이 바뀔지도 모르겠네. 모든 것은 하늘에 달렸지만 우리가 천기를 미리 읽고 대비를 할 수만 할 수 있다면 여기서 빠져 나갈 수도 있을 것 같은데…"

"예?"

"천서방, 산통을 가져오게."

좀처럼 점을 치지 않는 대원군이 웬 일로 점을 치려는가? 천서방이 장롱 속에서 산통을 꺼냈다. 산통과 지필묵을 앞에 놓고 대원군이 잠시 눈을 감고 정신을 집중시켰다. 점을 칠 때의 마음이란 최선을 다 한 후, 하늘의 뜻을 물으려는 진지한 마음가짐이 되어있어야 하는 것이다.

"자네도 육효를 공부하였겠지?"

"예. 물론입니다."

앞에 앉아있는 허유를 향하여 대원군이 질문을 던지자 그가 대답했다. 대원군이 손때가 묻어 오래된 산통을 잡아 머리 위로 올리고 아홉 번을 천천히 돌린 후, 다시 그의 앞에 조용히 내려놓았다. 정성스런 얼굴로 대원군이 산통에서 육효 가지를 한 개씩 뽑아나갔다. 허유가 양과 음을 일일이 확인해 가며 여섯 개씩 하여 세 번의 점괘를 종이 위에 기록해 점괘를 완성했다. 점을 다 마친 대원군의 이마에는 땀방울이 송골송골 맺혔다. 점이란 바로 이런 마음으로 치는 것이라고 가르치는 것처럼⋯ 잠시 후, 허유가 말했다.

"첫 번째로 택천괘가 나왔사옵니다."

"결단의 시기가 다가왔다는 뜻이겠구려."

"그렇사옵니다. 대감의 지위가 극히 높아질 괘이옵니다."

극히 낮아질 수도 있을 나머지 절반의 확률에 대해서 언급을 생략하고 있다는 사실은 세 사람 모두 알고 있었다.

"두 번 째는 무엇인가?"

"예. 뇌천대장이옵니다."

"뇌천대장이라면 실속이 없다는 뜻인가?"

"그런 뜻도 되지만 크게 왕성할 괘입니다. 두 괘가 합쳐지면 큰 변화와 함께 크게 성할 괘입니다."

"세 번째는 무엇이오? 산지박이오?"

"예, 그렇사옵니다. 산이 박살나는 괘이옵니다."

"안 좋은 괘로군⋯"

대원군이 신음하듯 내뱉자 허유가 고개를 가로 저으며 말했다.

"아니옵니다. 산지박이라 할지라도 산이 무너질 정도라면 우선은 크게 왕성해진다는 것을 뜻하옵니다. 앞의 두 괘와 연관지어 생각해보시면 대사를 크게 완성할 모양새이옵니다. 세 괘가 모두 크게 움직일 괘를 뜻하옵니다."

해석이 좋다! 모름지기 윗사람을 모신 자들은 이런 전문적 식견을 갖춘 아부가 필요하다. 대원군의 표정이 살짝 밝아지는 것을 눈치챈 천종복이 입을 열었다.

“산지박이라면 태산도 무너질 수 있다는 뜻인데 앞으로 어떻게 하면 좋겠소?”

“육효점을 쳐보는 것은 대사를 앞두고 마음가짐을 단단히 하자는 뜻이옵니다. 모든 큰일에는 위험이 없는 일이 없사오니 이를 대비하라는 뜻으로 오늘의 점괘를 해석하신다면 운행에 큰 무리가 없을 것이옵니다.”

“그렇소? 아무튼 큰 괘가 셋이나 연달아 나왔다는 것도 놀랄 만한 일이 아니오?”

대원군이 그렇게 말하는 것을 보니 적이 육효점을 믿고 싶은 눈치였다. 주인의 얼굴이 오랜만에 펴지니 천종복의 마음도 한결 밝아지는 것 같았다. 이제 운명의 풍향이 바뀔 것인가? 바뀌어야지. 암, 바뀌어야 하고말고!

72

풍향

바람의 방향이 바뀌려는가? 습기를 가득 머금은 바람이 산장으로 불어 들어왔다. 대원군이 길을 떠날 채비를 차리고 일어났다.

"운현궁으로 가자!"

십삼 개월이나 월급이 밀린 구식군대의 우두머리들이 하루가 멀다하게 대원군이 있는 직곡산장으로 찾아왔다. 무슨 일이 막 벌어질 판이었다. 만약 무슨 일이 벌어진다면 상감에게 피해가 가지 않도록 온몸을 던져 수습을 하여야 한다. 천종복과 허유가 대원군의 사인교를 따라 나섰다. 한식경이 다 지나서 운현궁에 도착한 대원군은 그의 귀경 소식을 듣고 몰려든 구식군대의 우두머리들과 종래의 오영이 이영으로 통합되어 직책을 잃고 일반 군졸로 강등당한 별장들 십여 명의 영접을 받았다.

"합하나리. 잘 돌아오셨습니다요. 도저히 배가 고파서 군졸 생활을 더 이상 버티기가 어렵게 되었습니다."

"식솔들을 하루 한 끼니도 제대로 먹이지 못하여 얼굴이 누렇게 뜨고 있습니다."

무슨 말을 해 줄 수 있겠는가? 배가 고프다는데…

"우선 쌀 한 말씩 드릴 것이오. 가솔들을 굶겨서야 되겠소?"

"고맙사옵니다. 우리한테 줄 식량을 빼돌려서 별기군한테 두 배, 세 배로 준다 하옵니다."

"병조판서 민겸호가 선혜청 당상을 맡고 있는데 경기도에서 들어오는 미곡을 관찰사와 짜고 병조판서의 사가로 빼돌리고 있다고 하옵니다."

포수출신 김춘영과 유복만이 대원군에게 그동안 수집했던 정보를 낱낱이 고했다. 허유가 입술을 깨물며 신음을 내뱉었다.

"저런 쳐 죽일 놈들 같으니라구…"

천종복이 나서서 김춘영에게 물었다.

"밀린 군료는 언제 나온다는 거요?"

"경기미는 이미 병조판서의 집과 일본국 교관들에게 빼돌려서 다 떨어졌고 전라도에서 조미가 올라온다고 하는데 한 달분 군료를 지급한다고 하오."

"다행이구려. 그나마 한 달치면 목구멍에 거미줄은 치울 수 있겠구려."

"농담하시오? 그럼, 나머지 열두 달치는 언제 나온단 말이오? 무슨 약속이라도 해 줘야 할 것이 아니오? 별기군에 차출된 내 친구는 우리가 받을 때보다 두 배 이상, 그것도 기름이 잘잘 흐르는 경기미로 받고 있다고 하오. 그리고 제복도 철마다 지급된다고 하는데 우린 뭐요? 이건 완전 누더기 아니오? 누더기. 내가 이 옷을 벌써 십 년째 입고 있소이다."

침을 튀기며 흥분하는 김춘영의 말을 묵묵히 듣고 있던 대원군이 입을 열었다.

“내일 그동안 밀린 군료가 나오면 차차 일이 해결될 것이니 너무 상심들 마시오. 내일 군료를 받고 난 다음에 얘기합시다. 이런다고 무슨 해결 방법이 있겠소?”

대원군의 달램에 모두들 자리를 털고 일어났다. 대원군이 그들이 나가는 뒷모습을 보고 말했다.

“큰일이야. 큰일… 어떻게 일들을 그렇게 처리하나? 민겸호란 자, 이거 큰 사고 칠 위인일세…”

대원군의 걱정은 다음날 군료를 지불하는 선혜청 창고 앞에서 실현되고 있었다. 선혜청 고직의 농간으로 군료로 지급되는 도봉미가 엉망으로 지급되고 있었다.

“이게 뭐야? 쌀 반, 겨 반이네?”

“그게 쌀이 아니고 모래요. 모래. 아니, 이거 이럴 수가 있는 거요?”

성질 더럽게 생긴 턱수염 군졸 하나가 삿대질을 하며 앞으로 튀어나오자 분배를 담당하던 선혜청 고직이 불평을 터뜨리는 군인을 노려보며 말했다.

“거, 무슨 말이 많은 거요? 군료가 나온 것만 해도 고맙다고 할 것이지 말들이 많소. 타기 싫으면 그냥 가시오.”

선혜청 고직이 창고의 문을 닫으라고 나졸들에게 손짓을 하자 군사 하나가 방금 받은 쌀을 선혜청 마당의 땅바닥에 휙! 뿌려대며 악을 썼다.

“이걸 사람이 먹으라고 주는 거요? 당신은 모래로 밥을 지어 먹소? 누구를 닭새끼로 아나?”

군사가 소리를 지르자 고직이 나졸들에게 외쳤다.

“저놈이 감히 여기가 어디라고… 이 봐라. 저놈을 당장 패라!”

나졸들이 고함을 쳐대는 군사에게 달려들어 육모 방망이로 패기 시작하자 옆에 있던 군사들이 대들어 나졸의 방망이를 빼앗은 뒤, 일제히 몰려들어 주먹으로 나졸들을 패기 시작했다. 창고 문가에 서 있던 고직에게 누군가 돌팔매를 던지자 수십 개의 돌팔매가 고직의 몸통으로 쏟아져 금세 피를 흘리고 쓰러졌다. 나졸과 고직이 쓰러져 온몸이 피투성이가 되자 군사들이 큰 소리를 치며 말했다.

"이 따위 모래 쌀은 받지 않을 것이니 똑바로들 하시오. 모두 갑시다."

군사들이 몰려가자 피투성이가 된 선혜청 고직이 가까스로 민겸호에게 달려가 방금 있었던 일을 고변하였다. 민겸호가 말했다.

"주동자를 즉시 체포하라!"

주동자로 김춘영과 유복만 등 열 명이 포도청으로 잡혀가서 모진 고문을 받는다는 소식을 들은 유복만의 동생 유춘만과 구식군대 우두머리들이 다시 대원군의 운현궁으로 쳐들어왔다.

"합하나리! 우리 형님을 살려주시오. 고문으로 다 죽게 되었소. 제발 살려주시오. 우리가 무슨 죄요?"

대원군의 옆에서 저들의 하소연을 듣고 있던 허유가 말했다.

"죄가 없는 사람들을 잡아 가두고 고문을 한다니 있을 수가 있는 일이오? 당장 통문을 작성하고 구명운동을 벌입시다."

허유가 잡혀간 자들의 무죄를 주장하는 통문을 쓰고 그 자리에 있던 군사들에게 수결을 받았다. 군사들이 집단으로 거주하고 있는 왕십리 빈민가에다 사발통문을 붙였다. 수결을 재촉하는 통문이었다.

"자, 빨리빨리 수결을 받아서 조정에 올립시다."

그러나 사태는 수습되지 않는 방향으로 전개되고 있었다. 바람의 방향이 바뀌었는가? 통리기무아문의 총리대신 이최응이 해안 경비로 파견 되어있는 별파진 군사를 동원, 군사들의 소요 사태를 진압할 것을 고종에게 건의 했다는 소문이 퍼지자 군사들은 그동안 수결을 받은 통문을 찢어버리고 직접 행동에 나서기로 하였다. 무위영 소속이었던 군사들이 무위대장 이경하의 집에 가서 억울한 사정을 호소하였으나 자신은 군료 관할권이 없으니 민겸호에게 가서 호소하는 수밖에는 없다며 변백구해의 글을 써 주고 발을 뺐다. 군사들이 이경하의 글을 가지고 민겸호의 집에 이르자 도봉소에서 자신들에게 썩은 군료를 내주다 돌팔매를 당했던 선혜청 고직을 발견하고는 모두 흥분하여 집안으로 쳐들어가 가재도구와 가옥을 파괴한 뒤, 불을 질렀다. 사태가 위급하게 전개되고 있다는 것을 파악한 김장손과 유춘만이 다시 대원군에게 찾아와 사태수습을 해 줄 것을 건의하였다.

"합하나리. 이제 큰일이 생길 것이옵니다. 어떻게든 사태수습을 해 주시옵소서. 저들이 가만히 있지 않을 것이옵니다."

"허허… 이 사람들 보게나. 사고는 지들이 쳐 놓고 이제 와서 나 보고 나서달라니 날 보고 어떻게 하란 말이오?"

대원군이 사태의 핵심인 밀린 군료의 지급을 위해 힘써보겠노라고 약속하고 김장손과 유춘만에게 말했다.

"이미 엎질러진 물이오. 사태가 어떻게 될지 모르니 앞으로는 여기 허 유생과 함께 움직이시오. 잘못되는 날에는 모두 죽음을 면치 못할 것이니 각별히 조심하여 행동하시오."

기호지세(騎虎之勢)라! 호랑이 등에 탄 격이었다. 이제는 밀고 나가는 수밖에는 없었다. 전부들 제 성질대로만 행동한 결과였다. 생각을 가진 사람이라곤 한 사람도 없었다. 이제, 사려깊게 행동한다는 대원군이 필요하다는 것을 느꼈는가? 앞으로 어떻게 되어갈지는 아무도 모르니 더더욱 대원군이 필요하게 된 것이다. 허유가 군복으로 갈아입고 군사들과 함께 다니며 동향을 파악하기로 하자 군사들의 마음이 안정되고 사뭇 조직적인 방향으로 움직이기 시작했다. 앞으로 잘 될까? 허유가 군사들에게 말했다.

"이제 여기서 물러선다면 이번 사태에 참가했던 군사들 수백 명이 다 죽음을 면치 못할 것이오. 스스로 무장을 하지 않으면 우리가 죽소. 무기고로 쳐들어가 병장기를 갖춘 다음 포도청으로 가서 달려가서 김춘영, 유복만을 꺼내오는 게 순서일 것이요."

"좋소!"

지들이 벌인 일이 사람을 구출해내기 위한 것이라는 명분을 갖추자 신이 난 군졸들이 동별영 무기고를 습격하여 칼과 총으로 무장하고 포도청으로 쳐들어가 김춘영과 유복만을 구출해냈다. 이어서 의금부 감옥으로 진입하여 척사론자인 백낙관을 비롯하여 조정에 상소를 올려 개화를 반대한 자들을 찾아내 모조리 석방시켰다. 이를 본 백성들이 환호하며 대거 가담하기 시작했다. 삼삼오오 팀별로 몰려다니며 누군가에게 지시를 받고 정보를 전달하였다. 군란이 민란으로 이어지는 순간이었다. 이런 점이 허유 일당이 참여하여 달라진 점이리라. 이어 지시를 받은 다른 군사들이 경기감영을 약탈, 무기를 탈취하고 강화유수 민태호의 집을 비롯한 민씨 척신들의 집을 습격하고 불을 질렀다. 재물손괴(財物損壞)! 그날 저녁에는 일본공사관을 포위하고 습격하자는 난리 참가 군민들의 여론이 있었고 곧 이어 행동으로 옮겨졌다. 일본 공사관으로 군민들 수백이 모여들었다.

겉으로만 본다면야 프랑스혁명 같은 대 변혁의 모습이었다. 일본공사는 계속 몰려드는 군민을 보고 급히 몸을 피하여 인천으로 도피하였다. 한편, 다른 한 패는 별기군을 습격하여 일본 교관 호리모토 소위를 살해하고 일본인 십삼 명을 살해하였다. 아무도 그들을 말릴 수 없었다. 이미 피를 본 것이다. 피를 보기 전에 누군가가 책임을 지고 나서서 적극 말렸다면 역사의 방향은 반전되었을 텐데… 후회한들 무슨 소용이 있나! 저들이… 저 우매한 군민들이… 진흙구덩이에 빠져 들어가고 있는 줄도 모르면서 서로 잘났다고 좋아하며 아름답다고 한다.

73

복귀

당일의 성과에 고무된 허유와 군사들의 우두머리들이 운현궁에 모여 전과를 늘어놓으며 한참을 신나게 떠들어대자 천종복이 말했다.

"일본인들을 다 잡아 죽인다고 사태가 해결되는 것은 아니오. 문제는 조정대신들이오. 결국 이들 때문에 이 지경이 된 것이 아니겠소?"

대원군이 고개를 끄덕이자 천종복이 말을 이었다.

"문제는 이최응이오. 홍인군이 어찌 우리 합하를 배신하고 민왕후에게 붙었단 말이오? 문제는 거기서부터 시작된 거요. 이들을 모두 도려내지 않으면 오히려 우리에게 큰 화가 미칠 것이오. 모두들 방심 마시오!"

몇 번의 성공과 실패라는 실전을 거친 노장의 분석은 정확했다. 다음날부터 조정 대신에 대한 숙청작업이 시작되었다. 먼저 홍인군 이최응이 처단되었고 호군 민창식이 살해되었다. 곧이어 창덕궁으로 군사들이 몰려가 이 사태의 최종 책임자인 민왕후를 처단하러 돈화문에 모여 궐내로 진입했다. 궐내에서 선혜청 당상 민겸호와 경기도 관찰사 김보현을 발견하고 그 자리에서 베어버렸다. 이제 민왕후만 찾아내어 제거한다면 사태는 끝이 나는 것이다. 급박한 보고를 받은 민왕후는 대비전 경비 책임자인 무예 별감을 불렀다.

"저들이 이미 대궐에 난입한 것이오?"

"그렇사옵니다. 방금 전 민겸호 대감과 김보현 경기도관찰사가 저들의 칼에 죽었다 하옵니다. 저들이 지금 궐내 전각들을 뒤지고 있다 하옵니다. 어서 급히 몸을 피하셔야 할 것입니다."

민왕후가 서둘러 나서서 가마에 올라타려 하자 별감이 급히 가마를 막고 아뢰었다.

"마마, 이런 가마는 마마의 위치를 알려주는 신호가 됩니다. 궁녀의 옷으로 변복을 하고 나와 주시옵소서."

민왕후가 방으로 되돌아가 궁녀의 옷으로 갈아입고 별감의 안내를 받으며 급히 궁을 빠져나갔다. 조정 대신들은 궁에 난입한 군사들이 대신들을 살해하고 또 어제 일본인을 대거 살해했다는 보고를 받고 모두들 아연실색하지 않을 수 없었다. 고종이 대신들을 모아놓고 진상을 물었다.

"민겸호가 어제 보고하기를 군료 문제로 다툼이 있었다는 이야기였는데 이게 도대체 어떻게 돌아가는 사태요?"

"예. 사태가 급박하옵니다. 방금 전 민겸호 대감도 창덕궁에서 민왕후를 알현하고 나오시다가 변을 당해 죽었다는 보고이옵니다."

얼굴이 하얗게 질린 고종이 이조판서에게 더듬거리며 물었다.

"중… 중전은 어떻게 되었소? 중전 말이오?"

"아직 중전마마에 대한 흉한 소식은 없는 것으로 보아 급히 몸을 피하지 않으셨나 사료되옵니다."

"앞으로 이 사태를 어떻게 해결하면 좋겠소? 일단 이들의 상관인 무위대장 이경하를 보내어 진무를 시켜보도록 하시오."

무위대장의 말로 진무될 단계는 이미 지났다. 한 박자 늦은 조치다. 아무런 소득이 없다는 보고를 받은 고종은 이번 사태의 책임을 물어 선혜청 당상 민겸호, 도봉소 당상 심순택, 무위대장 이경하, 장어대장 신정희 등을 파직시키고 새로운 무위대장으로 대원군의 장자이자 자신의 형님인 이재면을 후임으로 임명하였다. 민심을 수습하기 위한 긴급조치였다. 상호군 조영하가 말했다.

"전하. 많은 일본군관들이 살해되었는바, 앞으로 문제가 될 것이오니 공사관에 사람을 보내어 변란이 일어난 사실을 통보하고 자위책을 세우도록 하시옵소서."

조영하의 조언에 따라 별기군 윤웅렬을 통하여 공사관에 사람을 보내 조정의 통지문을 전달하였으나 이들이 이미 인천으로 도피하고 없다는 전갈만 되돌아왔다. 군사들에 의하여 대궐이 완전히 점령되자 고종은 모든 것을 포기할 수밖에 없었다. 민왕후의 생사조차 모르는 판국에 사태를 해결할 사람은 오직 대원군 밖에 없었다.

"대원위 대감을 부르시오."

대원군을 부른다는 뜻은 이제 모든 권력을 그에게 이양한다는 뜻이었다. 고종의 명을 전해들은 대원군은 장자 이재면과 부대부인 민씨를 대동하고 입궐하였다. 그의 주위에 천종복과 허유가 지휘하는 이백 명의 구훈국병이 그를 에워싸고 호위를 하였다.

"대감께서 드디어 입궐하시게 되었소."

천종복이 눈물을 글썽이며 허유를 바라보자 허유가 말했다.

"사필귀정(事必歸正)이오."

사필귀정이라고 단정할 수 있을까? 그건 아전인수(我田引水) 격인 해석이다. 정확히 말한다면 권토중래(捲土重來)다. 그러나 이 사태가 과연 이들에게 좋기만 한 일일까? 혹, 새옹지마(塞翁之馬)가 되는 것은 아닐까? 조금 걱정이 되기도 한 천종복이 받았다.

"일전에 뽑은 육효점이 맞아떨어진 게요."

대원군이 궐안으로 들어가 상감이 앉아있는 용상을 바라보았다. 오랜만에 보는 아들의 얼굴은 몹시 수척해 보였다. 불쌍한 마음이 들어 울컥해지는 것을 애써 참으며 대원군이 상감 앞에 부복했다.

"전하의 신하, 대원군 이하응 입시이옵니다."

절을 하려고 고개를 숙이는 순간, 참았던 눈물이 어전 마루바닥에 뚝 떨어졌다. 이 얼마나 오랜만의 만남인가? 운현궁의 대문에 못질을 하시고 자신을 대궐로 들어오지 못하게 했던 아들이 제대로 정치를 하지 못하여 자신이 다시 나설 수밖에 없게 된 현실이 서글펐다. 모든 것을 포기한 고종이 담담한 목소리로 대원군과 조정 신료들에게 선언했다.

"앞으로 모든 대소공무의 처결은 대원군 전에 품결을 받도록 하라!"

이로써 대원군의 복귀가 완벽하게 이루어졌다. 곧이어 사과의 뜻을 담은 고종의 교지가 내려져 변란의 정당성이 성립되었다. 대원군은 재빨리 사태수습에 나섰다. 우선 군사들에게 밀린 군료를 속히 지급할 것을 약속하고 군사들의 요청에 따라 군 제도를 원래의 오영으로 회복시켰다. 통리기무아문을 폐지하고 삼군부로 원상복구시켰다. 모든 것이 십년 전으로 되돌아간 것이다.

십년의 세월이 편집되어 그동안 해임되었던 별장들도 제 직책을 찾아 돌아가게 되었다. 장남인 이재면에게 훈련대장, 호조판서, 선혜청 당상을 겸직하게 하여 군사들에게 돌아갈 군료의 지급을 제대로 감독할 수 있도록 조치하였다. 죄수들을 석방하고 유배를 갔던 남인 계열의 선비들을 복귀시켰다. 자신이 집권했을 때 데리고 썼던 신하들 아닌가! 민폐의 근원이 되었던 신감채, 해홍채도 금지시키고 동전을 주조하는 행위도 금지시켜 물가를 안정시키기 위한 조치를 단행했다. 그러나 대궐에 난입하여 진주하고 있었던 일부 군사들이 민왕후를 찾아내 처단해야한다고 주장하며 진주를 풀지 않고 있었다. 또 한 패는 민왕후가 이미 죽은 것이나 다름없으니 국상을 공포해야 한다고 주장하기도 하였다.

'국상이라? 그렇지 좋은 생각이다. 국상으로 발표를 해야 다시 돌아올 체면이 없지 않을 것이 아닌가?

글쎄… 그건 대원군 당신의 인본 중심의 생각일 뿐이고… 과연 민왕후가 대원군처럼 그렇게 생각해 줄 것인가? 대문에 못질만 해도 대궐 출입을 자제해야 했던 동도 선비의 고지식한 사고방식을 서기의 강력한 힘만이 나라를 구할 수 있다는 민왕후의 극단적 합리주의가 받아들여 줄 것인가 말이다.

그러나 사람은 자신이 올바르다고 생각하는 바대로 행동할 수밖에 없지 않은가? 다른 사람의 의견을 들어 자신의 결정을 내리는 사람이 지구상에 과연 얼마나 될까? 의견을 받아들이는 것처럼 보이는 행동도 사실은 그럴듯한 위장술이다. 명분을 강화하기 위한 하나의 전략일 뿐! 그런 점에서 대원군의 결정은 차라리 더 명분이 있었다. 군사들의 의견도 받아들이는 동시에 저들의 퇴각 명분도 만들어 주는 것이므로… 최종 결재자, 대원군의 결정에 의하여 민왕후의 국상이 발표되었고 이에 따르는 조치가 시행되기 시작했다. 이제 민왕후는 살아 있으나 죽은 사람이다. 그런데… 민왕후는 도대체 어디로 숨은 것일까?

74

도피

민왕후의 국상이 진행되는 한편으로 민왕후에 대한 수색 작업이 은밀히 전개되었다. 그 책임을 맡은 것은 유생대표 허유와 천종복이었다.

"중전이 어디로 숨어들었는지 반드시 찾아내야 할 것이오."

"좋은 방도가 없겠소? 워낙 영리한 여자라서 도대체 어디로 숨어들었는지 알 수가 있어야죠."

"우선 장안의 모든 군사들에게 명을 내려놓았으니 곧 기별이 있을 것이오."

"그 정도로는 중전의 꼬리도 찾을 수가 없을 것이오. 특단의 대책을 세워야 할 것이오."

특단의 대책은 대원군이 세워야 한다. 자신들은 단지 건의나 의견만을 제안할 수 있을 뿐이다. 대원군의 사랑채가 다시 북적이기 시작했다. 큰 아들 이재면을 찾아오는 인사들도 많아졌다. 사랑채에 모였던 객들이 돌아가고 천종복과 대원군이 단 둘이 앉았다.

"대감. 민왕후를 반드시 잡아야 하옵니다. 살아있다는 것 자체가 상감과 나리에게는 큰 위험이옵니다.”

대원군이 잠시 뜸을 들였다. 뜸을 들인다는 것의 의미는 생각이 다를 수도 있다는 뜻도 되는 것이다.

“이미 국상이 발표되었는데 제가 어찌할 것이냐? 이제 중전은 더 이상 살아 돌아올 수 없느니라. 저도 낯짝이 있지 않느냐?”

“나리. 중전은 그런 위인이 아닙니다. 아무리 바쁘시더라도 지금 잡아내어 마무리를 하지 않으면 후환이 클 것이옵니다. 중전과 통할 수 있는 민씨 일파의 집 주위에 간자를 심어 출입자를 체크하는 것이 좋을 듯하옵니다.”

“너무 불안하게 생각하지 마라. 국상까지 치른 중전인데 제가 어떻게 하겠느냐? 이제는 끈 떨어진 연 같은 신세이니라. 그보다 천서방. 급한 일이 하나 있다.”

급한 일이란 다름이 아니라 동궁전 지하고에 숨겨진 금괴의 안전을 확인하는 일이리라는 것은 서로 이심전심으로 느끼고 있는 것이었다.

“동궁전으로 가시겠습니까?”

“말이 나온 김에 지금 당장 가보자. 가마를 안이 들여다보이지 않게 휘장을 두른 것으로 세 채를 준비하고 하인들을 있는 대로 다 불러라. 준비가 다 되는대로 건춘문으로 떠나자!”

해가 늦게 저물어 아직은 훤한 길이었다. 하인들이 부녀자용 가마 셋을 들었다. 사인교를 탄 대원군이 천서방을 앞세우고 건춘문을 지나 동궁전에 당도했다. 돌아앉은 동궁전 처마 끝에 돌아앉은 어처구니 법사가 멀리서 보였다. 힘 좋은 하인 두 놈에게 들것을 들게 한 대원군이 천종복을 앞세우고 동궁전 지하고로 들어갔다. 횃불을 들고 앞장선 천종복이 지하고에 안전하게 놓여있는 금괴를 확인하자 대원군의 얼굴을 올려다보았다. 감격에 어린 눈빛으로 한참 동안이나 금괴 앞에서 아무 말 없이 금괴를 바라보던 대원군이 이윽고 종복에게 명령했다.

"육백 개!"

가마 한 채 당 이백 개씩 계산한 모양이다. 들것이 한 번 들락일 때마다 백 개의 금괴가 운반되었다. 여섯 번의 출입 끝에 금괴가 모두 가마에 실렸다. 천종복이 동궁전 마룻장을 조심스럽게 이어 붙여놓고서 마룻장 위에서 내려오자 대원군이 말했다.

"저기다 못질을 해라!"

아무도 출입구를 찾을 수 없도록 마룻장에 못질을 하기 시작했다. 작업이 끝나기를 기다리고 있다가 대원군이 말했다.

"다 되었느냐?"

"예!"

"됐다. 가자!"

그날 밤, 옮겨진 금괴 육백 개는 운현궁 내의 깊은 곳에 잘 보관되었다. 이 금괴는 새로 정권을 잡은 대원군의 통치자금으로 쓰일 것이었다. 엄청난 분량이지만 아직 구 할의 남아있는 금괴는 동궁전 지하고에서 고이 잠자고 있었다.

그들이 금괴에 정신이 팔려서 땀을 흘리는 동안 민왕후는 서서히 활동을 개시했다. 그 날, 급한 대로 대궐 사찰일을 하는 이용익의 등에 업힌 채로 별감 홍계훈에게 길 안내를 받으며 무사히 대궐을 빠져나온 민왕후는 밤길을 내달려 급히 장호원의 충주목사 민응식의 집으로 피신하였다. 죽은 민겸호의 조카뻘 되는 사람으로 민왕후의 가마가 도착하자 황급히 나와 민왕후를 영접했다.

"중전마마. 이렇게 먼 곳까지 오시게 되어 황망하나이다."

“물을 좀 주시오. 어쩌나 급히 나왔는지 목이 마르오.”

밤을 달려서 쉬지 않고 한 걸음으로 내달은 길이라 목이 탔지만 쉬자고 할 수가 없었다. 뒤에서 군사들이 칼을 들고 떼거지로 쫓아오는 환상에 시달리고 있었던 민왕후의 입에서는 계속 한 가지 소리만 나올 수밖에 없었다.

“빨리 가자.”

“예, 예.”

“이놈아! 빨리 가자니까!”

“예, 예.”

민왕후를 들쳐 업은 이용익의 등줄기에서 땀이 한증막처럼 흘러내렸다. 그러다 깜박 잠이 든 모양이었다. 어린 순종이 어마마마를 찾으며 울고 있는 소리에 깜짝 놀라 잠이 깬 민왕후가 정신을 차리자 희미한 소리가 들려왔다.

“마님. 다 왔사옵니다.”

궁 밖에 나와서는 마님이라 부르기로 약속되어 있었던 것이다. 다리 힘이 절륜한 이용익이 캄캄한 길을 더듬어 드디어 충주목사의 사가로 들어섰던 것이다. 충주목사가 급하게 건네준 찬물 한 사발을 달게 받아 마신 민왕후가 자리에서 일어나려고 하자 다리가 저리고 비틀거려 그대로 주저앉고 말았다. 충주목사의 부인이 서둘러 나와 민왕후를 부축하고 안채로 들인 후, 급히 보료를 내어왔다. 보료를 보자 긴장이 풀린 민왕후가 그대로 보료 위에 엎어져 잠이 들었다. 정신없이 복잡한 꿈으로 뒤숭숭한 밤을 지낸 민왕후가 새벽녘 닭 우는 소리에 잠이 깨었다. 사방은 아직 고요했지만 방 안으로 훤한 새벽의 동녘 빛이 어슴푸레하게 들어오고 있었다.

혼자 두고 온 아들 세자가 몹시 마음에 걸렸다. 저만 살자고 도망쳐 나온 어미 아닌가? 마음에 걸려 눈물이 났다. 몸이 약한 아들이라 자신이 없으면 제대로 음식이나 챙겨 먹을 수 있을지 걱정이었다. 엉망이 된 대궐 안에서 제대로 밥도 못 먹고 울고 있을 아들을 생각하니 도저히 한가하게 도망쳐 나와 이렇게 숨어있을 수가 없었다. 이대로 있을 수는 없다는 생각이 들자 급히 방으로 들어가 지필묵을 찾아내어 편지를 쓰기 시작했다. 그 편지는 천진의 무기창에서 영선사를 이끌고 있다가 귀국한 지 얼마 안 된 김윤식 대감에게 보내는 편지였다. 한시를 지체할 수 없는 마음이었다. 편지를 다 쓸 즈음, 충주목사 내외가 문안을 드리러 방 안으로 들어왔다.

"마마. 편안히 주무셨사옵니까?"

"내, 어찌 편안히 잘 수 있었겠소? 그보다 이 편지를 지금 즉시 김윤식대감과 민영익대감의 집으로 보내주시오."

"알겠사옵니다. 이 길로 동헌으로 나가 가장 날랜 관속 한 놈에게 심부름을 시키겠나이다."

"아니되오. 여기까지 날 업고 나온 저기 이용익을 시키시오."

"알겠습니다."

"그래, 시간이 얼마나 걸릴 것 같소?"

"아마 오전 이내로 당도할 수 있을 것이옵니다. 빠른 말을 내어줄 것이오니 서너 시간이면 족히 당도할 수 있을 것입니다."

"말은 안 되오. 걸어서 다녀오라 하시오. 관속들 눈에 띄는 날에는 끝이오."

말을 마친 민왕후가 긴장을 풀자 다시 보료 위로 맥없이 쓰러졌다. 목사의 부인이 방으로 들어가 민왕후의 맥박을 만져보았다. 모든 것이 정상이라 충분한 휴식이 필요할 것 같았다. 민왕후에게 가벼운 무명 이불을 덮어준 뒤 목사부인은 살며시 방문을 닫고 밖으로 나왔다. 이제 민왕후의 편지가 당도하면 김윤식 대감이 어떻게 행동하여야 할 것을 알게 될 것이었다. 그러면 사태는 또 어떻게 될지 모르는 것이다.

세상일이란 이렇게 변화무쌍(變化無雙)한 것이다. 지금 힘들고 어렵다고 모든 것을 지금의 기준대로 생각하여 낙망하는 사람만큼 어리석은 사람은 없다. 즉, 자포자기하는 사람이 가장 어리석은 사람이다. 참을 줄도 알아야 하고 고통을 견딜 줄도 알아야 하는 것이다. 힘든 시간이 도래했을 때, 그 고통의 기간을 참지 못하고 주저앉는 자는 이 아름다운 이승에서 살아남을 자격이 없는 사람이다. 빌어먹어도 이승에서 빌어먹는 것이 좋다는 말이 있지 않은가? 아무리 어려운 목숨의 위기가 닥칠지라도 해야 할 방도를 찾아서 행동하는 사람이 사람다운 사람이다. 그런 사람에게는 특효가 있다는 육효점도 감당하지 못한다. 점 따위가 사람의 운명을 바꿀 수 있을 것인가? 이 세상에서 점괘를 바꿀 수 있는 유일한 것이 있다면 그건 바로 인간의 의지다.

75

반전

민왕후의 서찰을 받아 읽은 영선사 김윤식은 깜짝 놀랐다. 중전이 살아있는 것이다! 아직 국내에 돌아온 지 얼마 안 되어 국내 사정을 잘 몰랐던 김윤식은 즉시 동료인 어윤중과 상의하여 청나라로 가는 배를 탔다. 천진에 당도한 김윤식은 병기제조창의 책임자를 찾아가 조선에서 벌어지고 있는 정변 사태에 대하여 상세한 보고를 올렸다.

"청병이 출군하여 사태를 해결하는 수밖에 없으니 귀 조정에 건의하시어 즉시 출병을 할 수 있도록 힘써주시오."

통리기무아문의 총리 이최응이 폭도들에게 살해되고 민겸호, 민창식 등 의정부의 주요 인사들이 피살되었으며 일본인 군사 교관들도 십여 명 이상 살해되었다는 보고가 청국의 조정에 전달되었다. 그리고 모든 정권은 대원군에게 넘어갔다는 것이 청 황제에게 전달되었다. 일본국과 조선간의 큰 분쟁이 일어날 수밖에 없는 상황이었다.

"청국이 직접 나서서 조선과 일본과의 분쟁을 조정하지 않으면 우리 청국에 막대한 손해가 돌아 올 것이 뻔한 일이오. 혹여 일본이 조선을 점령해 버리는 날에는 아주 골치가 아프게 될 것이오."

청국 대신들의 의견을 받아들여 황제는 조선에 군사를 파병하는 것으로 결론이 났다. 사천오백 명의 육군이 마건충 장군의 지휘 아래 육로로 들어왔다. 곧이어 해군제독 오장경이 김윤식, 정여창 등 청국에 들어왔던 조선 관리들을 태우고 남양만으로 들어왔다. 이번 기회에 일본국에 빼앗겼던 조선에 대한 영향력을 탈환하고자 하는 것이 목적이었다. 군사를 거느리고 한성으로 입경한 오장경과 마건충은 요소요소에 군사를 배치하고 조선의 내정에 대하여 간섭을 하기 시작했다. 일본도 하나 부사의 보고에 따라 보병 일개 대대를 비롯하여 군함 수 척을 파견하였으나 청군의 한 발 빠른 군사 운영을 예의 주시하며 사태를 관찰하고 있었다. 일본공사 하나 부사가 조정으로 공문을 보내어 피해 보상과 사과를 요구하기 시작했다.

"이거 아주 골치 아프게 되었소이다."

일인을 열세 명이나 죽였으니 뭐라고 말을 해야 하긴 하겠는데 마땅히 할 말이 없었다. 애꿎은 일본인들이 죽었기 때문이었다. 당시 분위기상 말릴 수도 없었지 않은가? 이렇게 일본이 계속 피해 보상과 사과를 요구하는 것이 한 편으로는 얄밉기도 했지만 조정으로서는 마땅한 대책이 없었다.

"이 사태를 어떻게 해결해야 하겠소?"

대원군은 새로 임명된 대신들을 앞에 놓고 의견을 물었다. 그러나 묵묵부답, 아무 말이 없었다. 모든 것이 십 년 전 그대로였다. 십 년이 지나 재집권한 아버지 대원군이 최소한 무슨 달라진 방법론이라도 있을 것으로 은연중 기대했던 고종은 완전 실망하고 말았

다. 이렇게 마땅한 대책이 없을 경우, 명분만 앞세운 강경론이 나올
수밖에 없는 것이다. 하여튼 강경론이 대세가 되면 일단 그 집단은
망해간다고 보면 틀림없다. 최하, 고종은 그것을 잘 알고 있었다.
초창기 십여 년 동안 아버지 밑에서 수습 국왕으로 지겹도록 보아
왔던 광경 아니던가!

"무력으로 진압하여야 할 것입니다."

"이번 기회에 저들을 완전히 몰아내야 합니다."

힘도 없는 자들이 저마다 목에 핏대를 세우고 허울 좋은 강경론
을 설파하고 있었다. 분위기가 그렇게 흐르자 결국 움직여야 할 사
람은 대원군밖에 없었다. 그렇다면 지금 한양의 요소에 배치되어
있는 청군의 힘을 빌릴 수밖에 없었다. 대원군이 청군의 대장을 만
나서 청군의 의사를 타진해 보기로 결정이 났다. 즉, 대원군이 의중
도 모르는 상대의 진영 속으로 들어가도록 결정이 났으니 이런 바
보들의 결정이 또 어디 있을까? 그런 바보들을 참모라고 옆에 앉혀
놓고 의견을 물으니 그런 바보 같은 의견이 나올 수밖에… 결국, 그
들을 고용한 대원군이 모든 결과의 책임을 뒤집어쓰게 될 것이다.

바로 그때, 청국에 영선사로 다녀온 김윤식, 어윤중 등이 청국의
대장을 만나볼 것을 건의하였다. 날을 잡아 청군의 대장 마건충을
만나기로 약속을 한 후, 청군의 진영으로 들어갔다. 대원군을 호위
하던 군사들은 진영 밖에서 청군의 수색을 받고 무기를 모두 내려
놓았다. 생각 깊은 별감 하나가 청군에게 대들었다.

"경호를 담당한 군사의 무기를 내려놓으라는 것은 타당하지 않
소. 천려일실(千慮一失)이라 하지 않았소?"

청군의 장수 하나가 통역을 통하여 별감에게 말했다.

"당신네 나라를 도우러 온 사람들에게 이 무슨 예절에 벗어나는

행동이오? 싫으면 들어가지 않아도 좋소. 밖에서 대기하시오.”

아무도 별감을 편들어 주는 사람은 없었다. 분위기에 눌린 별감도 결국 무기를 내려놓고 대원군을 따라서 진영 안으로 따라 들어갔다.

“잘 오시었소. 합하나리. 만나고 싶었습니다.”

청군이 조선에 진주한 이유는 민왕후의 요청도 있었긴 하지만 궁극적으로는 조선에 들어가 형세를 읽고 청국에 가장 유리한 쪽으로 행동하기 위해서 온 것이지 결코 민왕후를 구하기 위해서 온 것은 아니었다.

“일본국이 조선에 대해 막대한 배상을 요구하고 있소. 이들에게 따끔하게 본때를 보여야 할 것 같소.”

대원군이 자리에 앉은 마건충에게 건의하자 마건충이 일어나면서 큰 박수를 쳐댔다.

“좋습니다. 그렇게 하시지요.”

의외로 쉽게 끝나는 회담이었다. 청국대표에게서 박수가 나왔으니 말이다. 그러나 그건 대원군의 제의에 찬성한다는 박수가 아니라 대원군의 운명을 바꾸는 박수 소리였다. 갑자기 청국 병사들이 우르르 몰려들어 미리 준비한 포승줄로 대원군을 포박하였다. 같이 들어온 조선 병사와 통역 관리들은 청국군에 의하여 멀찌감치 밀쳐져 대원군의 포박 현장을 멀리서 바라보며 씩씩거리고 있을 수밖에 없었다. 그들 주위를 에워싼 청국군의 칼과 총 앞에서 아무도 꼼짝할 수 없었다. 별감이 크게 외쳤다.

“합하나리. 이건 경우에 없는 짓이옵니다!”

별감의 외침을 들었는지 대원군이 버럭 소리를 질렀다.

“이게 무슨 짓이오?”

대원군이 놀라고 화난 목소리로 마건충에게 소리를 질러댔으나 마건충은 들은 체도 안하고 밖으로 나가버렸다. 이제 대원군을 포박하여 청국 군영에 억류하였으니 정권은 마권충의 손아귀에 들어간 것이나 마찬가지였다. 이제는 청국군이 이번 사태의 책임 관리자가 되었다. 힘이 있는 집단들이니 거리낄 것이 무어 있겠는가? 청국군은 즉시 왕십리 구식군대들 거주지로 쳐들어가 군란에 가담했던 군사들을 색출하여 난도질하고 체포하여 일거에 반란을 진압하였다. 주동자 열한 명은 사형을 시켰다. 왕십리 집집마다 곡성이 울려퍼졌다. 허무한 권토중래였다. 군란이 진정되자 즉시 민왕후가 궁으로 복귀했다. 청국의 힘을 빌린 것이었지만 어쨌든 권력의 핵심으로 복귀한 것이다. 대원군이 그동안 복구시켰던 모든 제도는 다시 재복구되었다. 복구에 재복구. 이래저래 밑에 있는 백성들만 헷갈리는 것이다.

민왕후의 후원을 입은 고종이 다시 나섰다. 여자의 후원 좀 받지 말고 좀 독자적으로 나설 수는 없었는가? 이 우유부단(優柔不斷)한 고종임금아! 그러나 고종으로서도 할 말은 있었으리라. 최고경영자라고 해서 매번 올바른 결정만을 내릴 수는 없지 않은가, 당신은 매번 그렇게 하는가…라고. 그럼 벌써 재벌이 되었고 전교 일등을 했을 것이다. 국가경영도 마찬가지 아닌가? 아무리 훌륭한 야구선수라고 해도 타율을 오 할을 넘기는 선수는 없지 않은가?

"일본이 막대한 배상을 요구하니 어떻게 처결하는 것이 좋겠소?"

며칠 전, 그 자리에서 대원군이 말했던 똑같은 내용의 말을 다시 고종이 말했다. 그러나 대신들의 말이 이전과는 달랐다. 합리적인 대안이랄까? 그러나 힘이 없는 자들에게 합리나 비합리나 무슨 차이가 있을까? 어쨌든 합리적인 결론이 나오기 시작했다. 임오년 군란의 배상금을 주요 주제로 하는 제물포조약과 조일수호조약이 두나라 간에 체결되어 손해배상금 오십만 원을 지급하기로 결정이났다. 이제 돈 들어갈 일만 남은 것이다. 돈만으로 일본의 욕심이막아질 수 있을까? 사고치고 다니던 군사들에게 전부 물어내라고할 수도 없었다. 저들이 군복만 입었지 거의 거지들 아닌가? 저들이 거지가 다 되도록 나라는 무얼 했단 말인가? 이번 사태에 애꿎은 사람도 많이 죽었지만 사실은 죽어야 할 사람도 죽은 것이다. 어쨌든 아무런 결정도 내리지 않았던 대원군의 정권보다는 차라리나은 것이다. 차선도 잘 하면 최선 못지않은 결과를 가져올 수 있지않은가? 그러나 고종은 대원군과 확실하게 차별화된 행동이 한 가지 있었다. 과거의 잘못된 점을 개선하고자하는 의지다. 고종이 의정부에 명을 내렸다.

"전국의 척화비를 당장 뽑아내도록 하라!"

76

정변

'태산이 무너진 것이다!' 나쁜 점괘를 믿는 사람에게는 나쁜 점괘는 확실하게 실현된다. 결국 막판에 그놈의 점괘가 맞아서 태산이 무너진 것이다. 삼십삼 일간의 천하였다. 대원군은 천진으로 압송되어 청국 군영에 유폐되었다. 김윤식, 어윤중 등이 대원군의 영구 억류를 청국에 요청하였다. 몇 년이 걸릴지는 아무도 모르는 일이었다.

그 사이 조선에서는 청국과 일본이 각축전을 벌이고 있었으나 군사를 먼저 파견한 청국이 기선을 제압했다. 기선 제압의 목표는 무엇인가? 무엇 때문에 그 먼 거리를 이동하여 조선 땅까지 왔을까? 뜯어 먹을 것이 없었다면 아마 한 명도 오지 않았을 것이다. 청국의 관리들과 군의 지휘관들이 본색을 드러내기 시작했다. 조선의 모든 권리를 하나씩 탈취해 나갔다.

그러나 어쨌든 민왕후의 작전은 성공했다. 한양 대신들과의 심부름을 담당했던 이용익을 앞세우고 무사히 궁궐로 돌아올 수 있었으니 더 이상 바랄 것이 없었다. 돌아오자마자 민왕후는 왕세자의 건강과 기복을 위한 무당 푸닥거리를 계속했다. 그리운 푸닥거리… 다시 듣고 싶었던 풍악소리가 대궐에 퍼져나갔다. 이제야 왕후의 마음이 조금 진정되는 것 같았다. 심리적인 안정을 찾을 수 있었다. 어찌됐든, 민왕후에게 우호적인 청국의 군대가 주둔을 하고 있는 한, 국정은 안정적으로 운영될 것이다. 청국의 대장 마건충이 노리는 것은 바로 그러한 것이었다. 즉, 민왕후의 골치 아픈 문제를 해결해 주고 이권을 얻어내는 것! 마건충은 드러내 놓고 조선을 속국이라고 부르기 시작했다. 저들도 대원군을 억류한 사실에 너무 고무되어 이제 실수할 일만 남은 것이다.

개화파의 젊은 지식인들이 모여 청국의 행동을 규탄하기 시작했다. 조선을 속국이라고 표시한 방을 남대문 밖에 붙이는가 하면 청국 군대의 횡포에 조선 백성의 피해가 속출했다. 청국의 요구에 의하여 조선의 각종 채굴권과 영업권이 청국인에게 넘어가고 청국 상인들이 대거 몰려와 상권을 장악하자 조선 상인들이 궁색해졌다. 조선의 젊은이들이 나서지 않을 수 없었다. 이미 여론은 반청 일색이었다. 여론의 지지가 없다면 난리가 일어날 수가 있겠는가? 임오군란도 여론의 열광적인 지지를 받았었는데… 여론이란 것이 도대체 무엇인가? 좋은 건가 나쁜 건가? 여하튼 개화당이라고 지칭되는 젊은 무리들이 하나둘 모여들기 시작했다.

"청국의 상인들이 국경 무역을 독점하여 우리 조선 상인들이 무너지고 있소. 의주와 개성의 송방 상인들 말에 의하면 청국의 물건들이 시전에 판을 점령하여 우리 농민들의 물건을 밀어내고 있다고 합니다."

"큰일이오. 이제 조선은 청국의 땅이나 다름없게 되었소. 아무리 사농공상(士農工商)이라고는 하나 상업이 무너지게 되면 조선의 백성은 더 가난해지게 될 것이오. 속국이라니 참, 말이나 되는 소리요?"

관청에 나가는 자들이 퇴청하는 시간쯤 되면 젊은 선비들이나 기술을 가진 중인들이 삼삼오오 모여들었다. 주제는 언제나 조선의 앞날에 대하여 걱정을 하는 것이 일과였다. 그리고 값싼 곡주가 서너 순배 쯤 돌았을 때에는 예의 과격한 말들이 쏟아져 나오기 시작했다.

"이러다가 조선이 진짜로 청국의 영토가 되는 것 아니오?"

"청국이 조선의 돈을 다 긁어 가면 조선은 무얼 먹고 살란 말이오."

미래가 보장되지 않으면 젊은이들이 과격해진다. 과격해지면 판단력이 떨어지는 것은 당연! 이제 다 떨어진 판단력으로 현 시국을 절단을 내든가 반전시킬 새로운 대안을 찾아야 할 차례인데…

"일본국의 병사들을 죽이고 저들을 쫓아냈던 임오년의 군란은 정말 잘못된 것이었소."

임오년의 변란이 도마 위에 올랐다. 일인들, 저들이 다 돌아와서 다시 정착한 사실은 까맣게 잊었는가? 변란 중 일본이 피해를 본 것이 부각되면 일본이 피해국 내지는 좋은 나라라는 심정적 동질감이 생기게 될 것이다. 이 젊은이들이 지금 그런 길을 가고 있었다. 이런 순간에는 항상 대장이란 자가 나타난다. 그리고 대장이란 자는 반드시 선동적인 내용의 말을 날려야 멤버들에게도 존경을 받고 저들의 소속감도 강화시킬 수가 있는 것이다. 김옥균이 나섰다. 이런 대장은 임명직이 아니다. '저절로' 직이다. 이미 여러 순배의 곡주로 판단력이 마비되었으니 감정을 건드려 주는 발언이 나올 차례였다.

“일본공사를 만나서 속내를 파악한 뒤에 행동에 옮겨야 할 때가 온다면 행동에 옮겨야 할 것이오.”

자못 이성적인 발언이었으나 ‘이성’으로 위장한 ‘감정’이었다. 발언의 핵심이 ‘행동’이었으니까! 그런데 또 행동이냐? 이 머리에 피도 안 마른 젊은 것들아! 그렇게 당하고도 깨닫지 못하는 조선의 젊은이들아! 누란지세(累卵之勢)의 조선을 너희들이 어디로 끌고 가려 하는가? 외무아문에서 새로 설치한 박문국에서 근대 최초의 신문, 『한성순보』 발행을 주도했던 박영효가 나섰다.

“아직은… 행동할 때가 아닌 것 같소. 일본공사관의 태도도 불분명하고 거사 따위를 거론할 때가 아닌 것 같소.”

지극히 합리적 판단력을 가진 박영효의 말에 모두 입을 닫았다. 궁궐 내시부에 소속되어 있는 신세대 환관 유재현이 말했다.

“그런데, 조만간 박영효 판윤께서는 한성부에서 광주유수로 발령이 날 거라는 소문이 있소.

“뭐요? 이 자들이… 나를 물 먹이려고 좌천시키는 것이오.”

박영효가… 뚜껑이 열렸다. 좌장 김옥균이 나섰다. 김옥균이 좌장이 된 이유는 그의 과단성 있는 성격 때문이었다. 이런 일에 딱 필요한 성격이다. 바로 사람 죽이는 정변일 말이다.

“이미 우리들의 움직임이 저들의 감시망에 잡힌 것 같소. 차라리 잘 되었소. 박판윤께서는 광주로 내려가서 거사 시에 동원할 수 있도록 신식군대를 양성하시오. 그리고 윤웅렬 대감도 북청에서 장정 오백 명을 훈련시키고 있다고 하니 이들을 합치면 큰 힘이 나올 것이오.”

장정들의 훈련은 김옥균이 일본에 유학하고 있는 서재필 등의 사관생도를 귀국시켜서 훈련을 맡기기로 결정하였다. 천여 명의 훈련받은 인력이 계획대로 준비가 된다면 거사를 성공시킬 수 있을 것이다. 대장 김옥균이 구체적인 거사계획과 일정을 말했다.

"일본군의 협조와 무력이 꼭 필요할 것이오. 다케조에 공사와 약속이 되는 대로 일을 추진할 것이니 각자 맡은 바에 따라 충실히 준비를 하여야 할 것이오."

이제 뭔가 일이 체계가 잡혀가고 있으니 앞으로 큰 사단이 일어날 것이었다. 본국으로 갔다가 돌아온 다케조에 공사에게서 연락이 왔다. 그동안 김옥균 일파의 거사에 대하여 거부감을 보여왔는데 뭔가 입장이 달라지지 않았을까 예상한 김옥균 일행이 일본공사관으로 향했다.

"어서들 오시오. 본국에서 귀 개화당의 거사에 대해 적극적으로 지지하라는 명을 받고 왔소. 자금과 군사를 내 줄 것이니 계획을 말해보시오."

그동안 계속 의논만 하던 일이 드디어 성사가 되는 순간이었다. 김옥균이 입을 열었다.

"오는 12월 4일, 우정국에서 낙성식이 있을 것이오. 거기서 수구파의 대신들을 불러 처단할 것이오. 그런데 만약 청국군이 공격을 해 오는 경우, 중과부적(衆寡不敵)이오. 아무리 청국군 절반이 철수를 했다고는 하나 우리 쪽 인원이 부족할 것이오."

"그 점은 염려 마시오. 우리 일본군은 가장 훈련이 잘 되어있기 때문에 개화당 군사들이 외곽만 맡아 주시면 우리는 안에서 최후 방어선을 구축할 것이니 안심하시오. 우리 일본군은 일 당 십의 용사요."

너무 기고만장(氣高萬丈)하다는 느낌도 들었으나 그들이 빌려준 일화 삼백만 엔을 보고는 믿지 않을 수 없었다. 더구나, 거사 후 일본군은 청국군에 대한 방어만 담당하고 국내 정치에는 일체 간여하지 않는다는 파격적인 조건이었다. 파격적인 조건에는 뭔가 음모가 있게 마련이다.

드디어 거사일 아침, 고종의 이름으로 처단할 자들의 집에 사람을 보내 입궐을 종용하자 대신들이 죽음의 문으로 하나둘씩 들어왔다. 살생부의 순서가 죽음의 순서는 아니었지만 거의 대부분 명단에 오른 자들이 우정국 문턱에서 칼을 맞고 죽어나갔다. 살생부에서 금을 긋던 무사들이 임무가 거의 다 끝나가자 고종의 집무실로 쳐들어갔다.

내시 유재현으로부터 거사 소식을 전해 듣고 벌벌 떨고 있었던 고종은 칼을 들고 찾아온 무사들이 고종 앞에서 단 칼에 유재현을 베어버리자 입을 다물지 못하고 그 자리에 얼어 붙어버렸다. 유재현은 거사의 사실을 고종에게 전했다 하여 밀고자로 낙인찍혀 현장에서 처단된 것이다. 고종과 민왕후는 무사들의 호위에 순순히 응하여 경우궁으로 모셔져서 두 겹 세 겹의 호위를 받게 되었다.

이윽고 개화당의 혁신정강이 발표되고 조각이 이루어졌다. 모두 고종의 전결을 받아 움직였다. 전결을 하여주지 않을 수 없었다. 공포분위기이니 무슨 일인들 못 하겠는가?

77

방심

경우궁에 유폐된 고종과 민왕후에게 은밀한 전언이 당도하였다. 청국군으로부터의 전언이었다. 개화당의 지지자로 위장하여 잠입에 성공한 심상훈이 경우궁으로 들어온 것이다. 이런 것 하나 제대로 지키지 못하고 무슨 정변을 한다고…

"중전마마, 곧 청국군이 움직일 것이옵니다. 그러나 이곳은 공격로가 너무 좁아 청국군이 움직이기가 수월치 못한 관계로 창덕궁으로 거처를 옮기심이 좋을 듯하옵니다."

즉, 창덕궁으로 옮기는 것을 신호로 하여 공격을 개시하겠다는 말이었다. 이미 민왕후 최측근의 인사들인 민태호, 민영목 등이 개화당의 칼에 맞아 죽었고 군사권을 가진 한규직, 윤태준, 이조연 등역시 칼을 맞고 절명한 상태였으므로 가까운 감영 군사나 진에 주둔하고 있는 조선군을 동원할 방법은 없었다. 움직일 수 있는 군사는 청국군 밖에는 없었다. 눈치 빠른 민왕후가 고종을 계속 설득하였다.

"전하. 여기를 빠져나가는 방법은 단 한 가지, 청국군이 우리를 구출하여 빠져나가는 방법 밖에는 없사옵니다. 어서 속히 개화당 사람들에게 여기에서 못 있겠다고 하여 주십시오.”

고종이 민왕후의 청을 받아들여 창덕궁의 환궁을 주장하였다. 그러나 김옥균은 수비가 용이하지 않다는 점을 들어서 이를 반대하며 경우궁 옆의 계동궁으로 거처를 옮기도록 하락하였다. 그러나 목적지는 그곳이 아니었다. 장소가 넓어서 청국군이 사방에서 공격해 오기 좋은 창덕궁이었다. 고종이 그날의 결과를 민왕후에게 알리며 말했다.

“개화당 사람들이 천진에 있는 아버님을 환국시키겠다고 합니다. 뭐가 어떻게 돌아가는지 원…”

그 말을 듣자 민왕후의 얼굴이 백짓장처럼 하얗게 질렸다. 민왕후가 정신을 가다듬고 나서 고종에게 말했다.

“전하. 대원군이 귀국하면 저는 죽은 목숨이나 다름없습니다. 그냥 조선 땅에 계시는 것도 위험한데 더구나 권세까지 틀어쥔다면 전하와 나는 허수아비로 전락할 뿐만 아니라 목숨까지 위태롭게 될 것입니다. 속히 창덕궁으로 거처를 옮겨 달라고 채근하십시오. 오늘이 지나면 모든 것이 기정사실화 될 것입니다.”

민왕후의 채근에 못 이겨 고종이 다시 김옥균과 일본 경비대장들에게 창덕궁으로의 이전을 강력히 주장하였다. 김옥균이 고종에게 말했다.

“전하. 창덕궁으로 옮기시면 청국군의 공격을 막을 수가 없사옵니다. 그냥 그 자리에 계시다가 때를 보아서 옮기시는 것이 좋겠습니다.”

“경우궁이나 계동궁은 원래 내가 있던 곳이 아니라서 거처하기가 매우 불편하오. 정 요구를 들어주지 않으면 왕명으로라도 옮길 것이오."

고종이 우정 창덕궁으로 거처를 옮기는 목적을 김옥균에게 말할 수는 없었다. 그러나 만약 그때, 궁을 옮기지 않고 그냥 있는 자리에서 청국군의 습격에 대항하여 격퇴시켰다면 역사는 매우 달라졌을 것이다. 그리고 개화당의 주도로 아마 조선은 일찍이 근대국가로 탈바꿈 하였을 것이다. 그러나 이때 일본공사 다케조에가 나섰다.

"어디로 옮기든 무슨 상관이겠소? 이미 정권을 장악했고 우리 막강한 일본군이 강력하게 지키고 있는데 무슨 상관이오?"

하여튼 일본이 항상 말썽이다. 조선의 운명에 별의 별 피해를 다 준 것이 일본이다. 이런 일본과 동업을 하고 있으니 이 사업이 제대로 성공할 수 있겠는가? 더구나 경험도 부족한 어린 사람들로 구성된 개화당원들이 말이다. 아마 다케조에도 그 또래였을 것이다. 일본공사의 강추에 따라 고종과 민왕후의 거처가 창덕궁으로 결정되자 이 소식이 공격 준비를 마치고 기다리고 있었던 청국군 진영으로 날아들었다.

다음 날 새벽, 완벽한 준비를 마친 청국군이 창덕궁으로 몰려들었다. 외부 경비를 맡은 조선군의 친군영 일천 명은 청국군의 강력한 공격 앞에 중과부적으로 무너졌다. 조선군이 무너지는 것을 목도한 일본군은 총 한 방 쏘지 않고 만약을 대비하여 그려 놓았던 퇴각로를 따라 순식간에 빠져나갔다. 청국군 중 아무도 그런 일본군의 뒤를 쫓지 않았다. 임오년 군란의 군병들이 홍분하여 마구잡이로 일본군을 살해하던 그런 전철을 밟지 않은 것이다. 역시, 개화를 먼저 했던 청국은 문제가 일어났을 때 상황을 이해하는 능력이 조선보다 한 발 앞선 것이다. 최후의 방어선을 맡은 개화당 장사들과

사관생도 오십여 명이 격렬하게 저항을 하였으나 저항선은 곧 무너지고 말았다. 대부분의 장사들이 최후 저지선 앞에서 총과 칼에 맞아 죽었다. 홍영식, 박영교 등과 사관생도 일곱 명은 고종을 호위하며 지키다가 고종을 청군에 넘겨 준 뒤 피살되었다.

창덕궁이 뚫렸다는 보고를 받은 개화당원과 조각에 명단을 올린 자들이 일제히 내빼기 시작했다. 뒤도 안 돌아보고 말이다. 김옥균, 박영효, 서재필 등 주요 핵심 인원들은 일본으로 망명하고 국내에 남은 개화당의 잔당들은 수구파들에게 쫓기다가 피살되었다. 삼일천하다. 그래도 임오년 대원군의 천하는 삼십삼 일 천하였다. 역시 나이를 먹은 대원군의 정권이 열 배는 더 오래 버틴 것이다. 그러나 그게 무슨 소용이 있으랴? 실패한 정변이라면 피장파장아닌가? 정변이 성공했던 날, 밤을 새워가며 만들어 고종에게 결재를 받아 시행했던 엄청나게 많은 정강 정책들은 모두 쓰레기 더미 속으로 사라져갔다. 다 국왕 명의의 전교들인데 말이다.

그런데, 전교 14개 조항의 제일 장이 대원군의 환국을 조속히 실시하라는 것이었다. 개화파와 대원군은 정 반대의 입장을 가진 정파 아닌가? 어떻게 이런 일이 가능했을까? 그 이유는 개화당이 대원군 및 왕가의 인맥들과 손을 잡았기 때문이었다. 왕대비의 조카인 홍순형이 공조판서(3일짜리이긴 하지만)를 제수 받았고 대원군의 서자인 이재면도 중용되었으며 영의정으로는 고종의 종형인 이재원이 임명되었다. 즉 개화파와 말이 통하고 왕통을 이어받은 이들과 손을 잡고 정권을 만들었던 것이다. 이래저래 고종과 민왕후가 대원군을 경원할 수밖에 없는 정치적 환경이었다. 아니 대원군의 존재자체가 문제가 되는 것이다. 그가 존재한다면 그를 따르는 무리들이 저절로 생겨나게 되는 것이고 이는 즉 고종과 민왕후에게는 크나큰 위협이 아닐 수 없었다.

그러나 대원군에 대한 고종의 처신은 이런 정치적 입장과는 매우 달라보였다. 임오년 사태 직후부터 고종은 청국에 사신을 보내어 대원군의 환국을 꾸준히 주청하였다. 조선의 사신은 청국의 이홍장을 찾아가서 억류하고 있는 대원군을 풀어줄 것을 계속 요청하였다.

"귀국 조선의 국왕이 대원군의 귀국을 요청하였는데 이것이 진심에서 우러나온 것인가?"

이홍장이 조선에서 온 사신들에게 물을 때마다 사신들은 이렇게 대답하도록 훈령을 받고 건너 온 것이다.

"이는 국왕의 사사로운 정 때문에 나온 것입니다."

효자라는 명분도 살리고 국왕이라는 실리도 살리는 정책이었다. 갑신년의 정변이 모두 진압되고 이에 동조한 일본이 조선에서 쪽을 못 쓰고 잠잠해지자 청국의 내정간섭(內政干涉)은 도를 넘어서고 있었다. 오히려 정변 전보다 더해졌다. 이런 정변을 무엇 하려 했단 말인가? 본전도 찾지 못한 정변이었다. 고종의 고민이 깊어지기 시작했다.

"중전! 청국의 간섭이 나날이 심해지고 있소. 묄렌도르프 고문이 이제는 궁궐의 모든 대소사에 대해서도 처결을 하겠다고 나서고 있으니 이를 어찌하면 좋겠소?"

아쉬우면 찾는 사람이 민왕후였다. 그 만큼 주인의식을 갖고 조선을 생각하는 사람이 고종 주위에는 없었다. 단, 생부인 대원군이 있었으나 고종의 생각과는 너무나 판이한 생각을 갖고 있었으므로 도저히 고종의 의논상대가 될 수 없었다. 다행히 지금은 청국에 억류되어있지 않은가?

"앞으로 청국의 간섭이 날로 심해질 것은 뻔한 이치이옵니다. 조선이 저들의 군사력을 이용하고 있는 한, 저들의 간섭은 피할 수 없을 것이옵니다. 저들을 견제할 수 있는 나라는 미국과 러시아뿐이옵니다. 미국은 아직 조선에 대해 관심을 갖지 않고 있으니 러시아와 손을 잡고 청국을 견제하는 것이 타당하옵니다."

항상 보면 외교적인 노력으로 문제를 해결하려는 것이 당시 조선의 기본 상식이었다. 왜일까? 사실 천오백 명의 청국 군사들에 의하여 조선의 권세가 무너졌다. 조선이 마음만 먹으면 일만 군사라도 양성할 수 있었을 것이다. 백만 대군을 양성하자고 주장한 이율곡도 있었지 않은가? 그러나 그때에도 이 제안은 실현되지 않았다. 왜일까? 군사 일만 명만 궁궐 주변에 배치하였다면 조선에서는 어떤 정변도 일어나지 않았을 것이다. 민왕후의 조언을 듣자 고종이 벌떡 일어섰다.

"그렇소! 중전의 생각이 나의 생각과 일치하오. 내가 러시아 공사관에 사람을 보내어 나의 의사를 설명할 것이니 그리 아시오."

외교적 노력이 시작되었다. 조선에서 병사를 양성하지 않은 이유는 간단하다. 무력을 써서 남을 제압하는 따위의 행위는 인간의 근본에 부합되지 않는, 한마디로 말해서 올바르지 않은 행위이기 때문이다. 조선은 그런 나라였다. 죽을지언정 선비의 나라…

78

귀향

대원군이 삼 년 일 개월의 억류 생활을 마치고 귀국하였다. 고종과 민왕후의 조선조정이 러시아에 접근하여 청국을 견제하려는 전략을 청국이 탐지하고 고종의 정적인 대원군을 전격적으로 풀어주어 국내로 송환 시켰던 것이다. 절차탁마(切磋琢磨)로 때를 기다리며 중국 땅 천진에서 고립되어 삼 년 동안 뿌리가 드러난 노근란을 치던 대원군이 귀국한다는 소식이 전해지자 수 천의 백성들이 제물포 항구로 모여들었다. 엄청난 환영 인파였다. 개선장군이라도 돌아오는 것인가? 어리석은 민중들 같으니라고…

감옥에 유폐돼 있다가 갑자기 이런 환영인파를 보니 대원군의 판단력이 흐려질 수밖에 더 있겠는가? 잃어버렸던 그의 원기가 군중들을 보자 일시에 되살아났다. 운현궁에 당도한 대원군은 예전과는 다른 모습의 난을 치기 시작했다. 화분에 뿌리를 깊이 내리고 있는 당당한 모습의 난이었다. 드디어 난이 땅과 화분을 얻은 것이다. 직곡산장에서부터 그려왔던 뿌리가 드러난 난의 모습은 사라졌다. 지금… 고국에 돌아온 대원군은 승자와도 같은 마음이었다.

며칠 동안 열심히 난을 치던 대원군이 그리던 한지를 모두 윗목으로 물리고 편지를 쓰기 시작했다. 행동에 들어간 것이다.

"이 서신을 미국공사관에 전달하고 답신을 받아 오너라."

미국공사를 운현궁으로 초대하는 초대장이었다. 초대장은 다시 영국공사관으로 전달되었다. 그렇지 않아도 대원군의 등장으로 잔뜩 겁을 먹던 민왕후에게 이러한 사실은 즉각 보고되었다.

"전하. 대원군께서 미국 공사와 영국 공사를 운현궁에 초청하여 음모를 꾸미고 있사옵니다. 무슨 조처를 내리시지 않으신다면 더 큰 화를 당할지 모르는 일이옵니다."

"어떻게 하면 좋겠소?"

"운현궁에 자객이 들었다고 합니다. 이는 나를 모함하려고 합하께서 일부러 꾸민 자작극이 틀림없사옵니다. 그냥 있다가는 무슨 일이 벌어질지 모르는 일이옵니다. 외부인은 아무도 운현궁 내로 들여보내지 말도록 단단히 조처를 취해야 하옵니다."

대원군이 귀국한 직후, 운현궁 내에서 작은 소요가 있었다는 보고를 고종도 접하긴 하였으나 민왕후의 말대로 이것이 자작극이라는 증거는 아직 없었다. 직감일 뿐이었다. 그러나 귀국한 대원군의 운현궁에 다시 예전 측근들이 몰려들고 있어서 걱정하던 차에 대원군이 공식적으로 주 조선 공사관들을 초청하며 정치활동을 개시하고 있는 사태는 도저히 묵과할 수 없었다. 장기적으로 고종에게 위험한 일이 아닐 수 없었다.

"내, 운현궁을 즉시 폐쇄할 것이오."

"임오년 군란 때 주동했던 자들이 아직도 옥에 있사옵니다. 이들을 모두 제거하여 대원군에게 분명한 전하의 뜻을 보여야 하옵니다."

그때까지 옥에 갇혀있던 임오년 군란 주동자들은 하루아침에 모두 처형되었다. 사람의 운명이란 게 알 수 없는 것이다. 본인들은 이유도 모르고 졸지에 처형된 것이다. 왕십리에 다시 한 번 곡성이 울려 퍼졌다. 그리고 고종의 명에 따라 운현궁의 모든 대문에 다시 한 번 못질이 쳐졌다. 지난번의 못질보다 더욱 강력하고 튼튼한 못질이었다. 그리고 대문마다 출입을 감시하는 나졸들을 배치하여 왕명을 전달하는 자 외에는 아무도 출입을 하지 못하도록 조치를 내렸다. 귀국 환영치고는 참으로 거칠은 조치였다.

"내, 살다 살다 이런 봉변까지 다 당하는구나…"

아들에 의하여 꼼짝없이 집안에 유폐를 당한 대원군이 한숨을 쉬며 말했다. 이럴 양이면 천진에서 유폐를 당한 것과 무엇이 다른가? 종복이 그런 주인의 마음을 위로하며 말했다.

"유생 허유와 그의 친구들이 대원군 나리의 귀국을 대비하여 외부에서 나리의 명을 기다리고 있사옵니다. 너무 상심 마시옵소서. 앞으로는 서찰로 움직이심이 좋을 듯하옵니다."

천종복의 건의에 따라 대원군의 활동은 서찰 활동으로 결정되었다. 우선 극비 서찰이 청국군의 대장 원세개에게 전달되었다.

'작금의 조선 조정은 러시아와 손을 잡고 청국을 곤란한 지경으로 몰고 가고 있음을 대장께서도 잘 알고 계시리라 믿습니다. 이것은 국가간의 예절에 벗어나는 행동임을 나 대원군은 잘 알고 있소. 이러한 방법을 타개할 수 있는 방안에 대하여 허심탄회하게 의견을 말하여 주시면 나 대원군은 귀국의 어떤 의견이라도 적극 수용할 태세가 되어 있음을 알리는 바이오.'

고종을 폐위시키고 새로운 왕을 등극시켜도 찬성한다는 의견도 포함되어 있는 내용이었다. 대원군의 전략은 청국의 힘을 빌려 어떻게 해서든지 조정의 권력을 다시 한 번 탈환하자는 것이었다. 몇 년 전의 민왕후의 작전과 유사했다. 물론 청국도 자국의 이익을 위하여 움직이는 것이지 대원군의 편이라고 단정 지을 수는 없다는 것을 대원군도 잘 알고 있었다. 그러나 대원군에게 다시 기회가 주어진다면 동궁전 안에 감추어진 선대왕의 유지를 적극 활용하여 수 만의 군사를 양성하고 신무기를 대량 생산하는 정책을 쓴다면 부국강병(富國強兵)의 길이 그리 멀지 않을 것이므로 청국과의 무리한 결연도 일시적으로는 필요한 전략이라고 판단한 것이다. 대원군의 서찰을 받은 청국의 원세개는 즉시 본국의 이홍장에게 공문을 보냈다.

　　'조선의 대원군과 손을 잡고 대원군의 혈연 중에서 똑똑한 인재를 선택하여 새로운 왕으로 옹립한다면 우리 청국으로서는 금상첨화이옵니다.'

왕도 새로 옹립하고 대원군이라는 세도가도 수중에 넣는다면 청국으로서는 더 이상 좋을 수가 없다는 발상이었다. 청국과 대원군의 목표가 서로 접근하고 있었지만 사실 그 속을 살펴보면 동상이몽(同床異夢)이었다. 청국의 서찰이 유생 허유를 통하여 대원군에게 전달되었다. 대원군의 고민이 이제는 보다 구체적으로 진행될 수 있는 여건이 만들어지고 있었다.

　　'이 참에 고종을 폐위시키고 손자 이준용을 새 왕으로 등극시킨다면?

그렇게 된다면 다시 한 번 자신에게 기회가 올 것이고 자신이 모든 권력을 행사할 수 있는 섭정을 실시하면서 한편으로는 동궁전에 묻혀있는 선대왕의 유지를 활용하여 강력한 군대를 양성하고 그 힘으로 청국군과 일본군을 몰아내어 자주적인 나라를 세울 수 있는 것이다. 그럴 수만 있다면 어떤 희생을 치를 각오도 되어있었다. 그런 상상을 하니 가슴이 뛰기 시작했다.

'그래, 지난번과 같이 예상하지 않고 일어난 변란을 이용하여 정권을 쟁취하는 것보다는 내가 직접 모든 것의 계획을 세우고, 기회가 올 때 이를 실시한다면 임오년 군란의 때나 젊은 것들이 일으킨 갑신년의 정변 때보다 더욱 용의주도(用意周到)하게 일을 추진 할 수 있을 것이야.' 그런 생각을 하자 자신감으로 가슴속이 충만해짐을 느낄 수 있었다.

"이준용을 들라 하라."

대원군의 적장자인 이준용은 그의 아버지인 이재면이나 고종과는 다른, 강인한 성격을 지닌 손자로서 꼭 삼십 년 전의 자신을 보는 것 같았다. 자신의 분신과 같은 느낌이었다. 무릇 인성은 대를 건너서 발현된다고 하지 않았던가? 오랜 기간 동안, 유생 허유를 독선생으로 모시고 공부를 하여 최근 문과에 급제를 하고 규장각 대교가 되어 나타난 손자를 보자 대원군의 마음이 한없이 감개무량(感慨無量)했다.

"그래, 규장각 일은 잘 하고 있느냐?"

"예. 스승님께 배운 대로 모든 일을 성심성의(誠心誠意)로 하고 있사옵니다."

대원군이 잠시 이재면을 바라보다가 질문을 던졌다.

"견위수명(見危授命)이란 말을 아느냐?"

이준용이 한 순간의 거리낌도 없이 대원군의 질문에 답변을 했
다.

"나라가 위태로울 때 목숨을 아끼지 않고 온몸을 던져 나라를 구
하여야 한다는 뜻이옵니다."

공부를 제대로 한 것이다. 이제는 그의 내면을 들여다 볼 차례였
다.

"그래, 견위수명의 각오는 되어 있느냐?"

대원군의 적장자가 아닌 정치적 동지로서의 질문이었다. 잠시
생각에 잠긴 이준용이 머리를 들고 대원군을 똑똑히 쳐다보며 대
답했다.

"이제껏 배운 사서와 삼경이 모두 그렇게 가르쳤사온데 무엇을
망설이오리이까!"

좋은 선생을 두고 가르친 보람이 있었다. 새로운 인재가 가장 가
까운 곳에 있었던 것이다. 대원군이 뿌듯한 마음으로 손자에게 말
했다.

"네가 정말 훌륭한 생각을 가졌구나. 이제부터 너는 조선의 중심
이니라!"

79
견제

민왕후의 거처로 세자가 그의 스승 이완용과 함께 입시하여 그간의 공부에 대하여 보고를 드리고 있었다. 나이 열 살이 넘자 세자의 자태에서 어엿한 성인의 모습이 드러나고 있었다. 세자가 몸이 약한 가운데에서도 자신의 약점을 무릅쓰고 어머니의 명에 따라 공부에 열중하여 일정한 성과를 낸 것이었다. 어머니로서는 너무나 자랑스러운 순간이었다.

"그래 오늘 책례를 하였다 들었소. 무슨 책을 읽으셨소?"

"예. 통감을 모두 마치었사옵니다."

세자가 모친에게 책거리의 내용을 말하자 민왕후가 미소를 머금고 세자와 그의 스승을 번갈아 바라보며 말했다.

"세자가 통감을 마쳤다니 이는 참으로 잘 가르쳐준 스승의 공이옵니다."

세자의 스승 이완용에게 민왕후가 격려의 말을 하자 이완용이 대답했다.

"세자께서 워낙 성품이 곧으시고 영특하심이 중전마마를 닮으신 것임에 틀림이 없사옵니다.”

“그렇소? 하하하…”

아부의 말을 싫어할 사람이 어디 있겠는가? 세자의 스승 이완용의 말 한마디에 민왕후의 걱정도 눈 녹듯이 사라졌다.

“우리 세자께서 이제 전하의 뒤를 이어 이 나라의 주인이 되시면 세상에서 가장 튼튼한 나라, 세상에서 가장 부강한 나라로 이 나라 조선을 만드시어 세세토록 영광을 이어갈 것입니다.”

“그렇사옵니다. 이렇게 훌륭한 세자를 제자로 둔 이 사람도 큰 영광이 아닐 수 없사옵니다.”

책거리의 기념으로 송편과 경단이 나왔다. 실속 있는 책거리를 기리는 의미에서 속이 꽉 찬 송편을 먹으며 세 사람이 덕담이 오가고 있었다. 잠시 후, 김내관이 들었다는 보고가 민왕후에게 전해졌다. 민왕후가 세자와 그의 스승을 물리고 김내관을 가까이 앉혔다.

“그래. 운현궁의 사람은 확실히 포섭하였소?”

“예. 예전부터 알고 있던 하인 한 놈을 돈을 주고 포섭하여 단단히 다짐을 받아 두었습니다.”

“그래? 잘 되었소. 그러면 자네는 지금 즉시 병기창으로 가서 조별감을 만나시오. 아마 일에 쓰일 폭약은 충분히 줄 것이오.”

“예. 알겠사옵니다.”

떠나려는 김내관을 민왕후가 다시 불러 세웠다.

“언제 폭약설치가 가능하다 하오?”

“예. 다음 주에 대원군 내외께서 한 주일 동안 직곡산장으로 나들이를 할 것이라고 들었사옵니다. 그 정도 기간이면 충분할 것이옵니다.”

“알았소. 물러가시오.”

　이제 한 주일 후면 고종과 민왕후의 잠자리를 위협하는 대원군과 그의 큰아들 이재면 그리고 고종의 후임으로 거론되고 있는 이준용을 한꺼번에 모두 제거할 수 있게 된 것이다. 민왕후가 그동안 이런 때가 오기를 얼마나 기다렸던가? 큰 오빠인 민승호를 폭탄사고로 졸지에 잃은 후, 아직까지 원수를 갚지 못하다가 이제 중국에서 폭탄기술을 연수받은 영선사 출신 젊은이들이 자체적으로 우수한 폭약과 시한장치를 개발할 수 있게 되었다는 보고를 받고 원수를 갚기로 작정한 것이다. 대원군의 적장자인 이준용과 그의 아버지인 이재면이 아예 거처를 운현궁으로 옮겼다고 하니 저들이 대원군과 함께 무슨 공작을 벌이고 있는지 알 수 없는 노릇이었다. 불안의 싹은 미리미리 잘라내지 않는다면 잠자리가 편안치 않은 것이다.

　김내관이 민왕후의 명을 받고 급히 병기창으로 가서 조별감을 만나 상당한 분량의 폭약을 전달받았다. 대원군과 그 일행이 직곡 산장으로 떠났다는 보고를 받은 날, 김내관은 상감의 명을 전하는 서찰을 들고 운현궁을 찾았다. 상당량의 폭약을 수행 내시에게 들려 동행시켰다. 운현궁 하인 염씨가 김내관을 맞았다. 광 안으로 들어가 가져온 폭약을 염씨에게 전달하며 말했다.

　"언제까지 폭약 설치를 끝낼 수 있소?"

　"이틀이면 될 것 같습니다."

　"이재면과 이준용의 숙소에도 확실하게 설치하여야 할 것이오."

　"염려 놓으십시오. 여부가 있겠습니까?"

　김내관이 폭약을 전달하고 운현궁을 떠났다. 밤이 되자 하인 염씨가 전달받은 폭약을 대원군의 사랑채 요소요소에 설치하기 시작했다. 전해 받은 폭약을 모두 설치하려니 여간 시간이 걸리는 것이 아니었다. 힘도 많이 들고 땀이 났다. 가까스로 폭약을 미리 지시받은 지점에 설치하고 기폭장치를 연결하였다. 날이 밝아오자 다음 작업은 내일로 미루어졌다.

다음날 밤, 이재면과 이준용의 거처에 폭약이 설치되었다. 어제보다는 작업이 순조로웠으나 기폭장치를 설치할 시간적인 여유는 없었다. 겨우 폭약을 설치하고 다시 다음날 밤이 오기를 기다렸는데 그 날 저녁, 느닷없이 직곡산장에 일주일간 있을 줄 알았던 대원군과 일행들이 운현궁으로 되돌아왔다. 천종복의 건의로 너무 오랫동안 운현궁을 비울 경우, 민왕후의 의심을 살 수 있다는 말 때문이었다. 대원군 일행을 비롯한 이재면, 이준용이 모두 양주골 나들이를 마치고 운현궁으로 돌아왔으니 계획에 차질이 생긴 것이다. 대원군이 예정보다 너무 일찍 돌아와서 일이 어렵게 되었다는 보고가 민왕후에게 도달되었다.

"아직 이재면과 이준용의 거처에는 미처 기폭장치가 설치되지 않았사옵니다. 어떻게 하는 것이 좋겠습니까?"

김내관의 보고를 듣고 민왕후가 잠시 생각에 잠기더니 최종적인 결론을 내렸다.

"합하의 거처에서라도 폭약을 폭파시키시오. 대원군이 없으면 그까짓 이준용, 이재면이 어떻게 전하에게 도전을 하겠소?"

이준용을 고종 대신 새 왕으로 옹립시키려 한다는 첩보가 급하게 도착한 뒤였다. 민왕후의 명령이 운현궁 하인 염씨에게 전달되었다. 다음날, 자시가 지나고 축시가 되자 하인 염씨가 자던 방에서 일어나 대원군이 잠자고 있는 사랑채로 접근했다. 기폭장치의 상자에 달려있던 끈을 확인하고 염씨가 힘껏 잡아당긴 후, 미리 봐 두었던 경로를 따라 운현궁의 담장을 뛰어넘어 동대문 쪽으로 내달렸다. 잠시 후, 뒤에서 '꽈꽝!' 하는 폭음소리를 귓등으로 들으며 하인 염씨가 줄행랑을 쳤다.

"누구냐?"

대원군이 놀라 잠옷 바람으로 뛰쳐나왔다. 폭탄 소리가 틀림없었다. 폭발 소리를 듣고 천종복과 하인들 일행이 횃불을 들고 대원군 숙소로 몰려 나왔다. 대원군 사랑채의 마룻장이 폭발로 뜯겨져 여기저기 널브러져 있었다. 천종복이 마룻장 위로 펄쩍 올라갔다. 대원군을 바라보며 말했다.

"대감나리. 다치신 데는 없사옵니까?"

"없다."

대답을 하면서도 대원군은 연신 몸을 떨었다. 분명, 누군가가 폭약을 설치한 것이 틀림없었다. 이재면과 이준용도 잠옷 바람으로 달려왔다. 천종복이 하인을 시켜 조사를 명했다.

"집 주위를 샅샅이 뒤져라!"

잠시 후, 엄청난 분량의 폭약이 지붕 아래와 마룻장 밑에서 발견되었다. 그 모든 폭약이 다 폭발했다면 아마 지금쯤 대원군은 콩가루가 되었을 것이다. 다행히 적은 분량의 폭탄만 터졌다. 폭발이 그 정도로 그친 이유는 첫 폭발이 일어나면서 다른 폭약과 연결된 선이 파편에 의해서 끊어졌기 때문이었다. 대원군이 자신의 숙소에서 수거하여 마당에 쌓아 놓은 엄청난 분량의 폭약을 보고 이빨을 덜덜 떨며 말했다.

"고얀 년 같으니라구…"

필시 민왕후를 향하여 내뱉는 욕설임이 분명했다. 욕을 내뱉다가 대원군의 머리에 '아차!' 하는 생각이 들었다. 대원군이 하인들에게 외쳤다.

“재면이와 준용의 거처도 조사해보았느냐?”

하인들이 이재면과 이준용의 거처로 달려가서 엄청난 분량의 폭약을 발견하고 모두 제거했다. 폭약의 종류로 보아 조선의 병기창에서 제조한 것이 틀림없었다. 이는 즉, 민왕후가 이 모든 것을 계획하고 실행에 옮겼다는 것을 뜻했다. 잠시 후, 하인들이 주로 쓰는 헛간에서 나머지 두 개의 기폭장치가 발견되었다. 이것은 청에 영선사로 다녀온 기술자들이 조선 병기창에서 제조한 것이 분명했다. 민왕후가 대원군이 출타한 틈을 타서 엄청난 분량의 폭약을 설치하려다가 중간에 돌아오는 바람에 충분한 대비를 하지 못한 채, 일을 결행한 것이 불발된 것이다. 이는 필시 내부의 하인 놈의 소행임이 분명했다. 그날 밤, 폭파 현장에 나타나지 않은 염씨가 지목되었다. 그의 행적이 오리무중(五里霧中)이었다. 천종복이 책임을 느끼고 중얼거렸다.

“염씨, 이놈을 내가 반드시 잡아 없앨 것이다. 땅 끝까지 찾아가서 잡아야 할 것이야!”

80

자각

청국이 조선의 조정에 압력을 가하여 이권을 따내는 동안, 일본은 우세한 경제력을 이용하여 급전이 필요한 농민들에게 돈을 대부해주고 싼 값에 논과 밭의 소출을 매점매석(買占賣惜)한 후, 배편을 이용하여 일본으로 실어 날랐다. 조선과 일본의 물가 차이를 생각해 보면 엄청난 폭리였다. 그러나 조선에 흉년이 들어 품귀가 되어 곡물 값이 폭등하자 굶는 자가 속출하였다. 함경도 관찰사 조병식은 농민을 보호하기 위하여 방곡령을 실시하였다. 원산을 통한 대일 곡물수출을 금지시켰던 것이다. 이어 황해도에서도 대일 금수 방곡령이 선포되자 손해를 본 일본 상인들의 요구로 일본 공사가 조정에 항의하고 나섰다. 조정으로서는 중앙정부에서 일어난 사안이 아니었기 때문에 지방정부의 조처에 대해 알고 있으면서도 특별한 조치를 취하지 않았다. 일본 공사가 고종을 찾아와 지방에서 내려진 방곡령의 중지를 요구했다.

"우리 일본정부와 맺은 강화도조약을 위반하는 지방정부의 방곡령은 즉시 해제되어야 하며 이로 인하여 피해를 입은 일본 상인들의 손해를 보상하는 조치를 조선 조정은 즉시 취해줄 것을 요구합니다."

일본 공사의 강요에 따라 조정은 손해배상금을 물고 방곡령을 해제했다. 다시 조선의 양곡이 일본으로 수출되었다. 조선의 농민들도 일본 상인들의 폭리에 대해 잘 알고 있었다. 이런 정보가 농촌 사회에 널리 전해지자 농민들 사이에서 배일감정이 뜨거워지기 시작했다.

"조선 경제를 수탈하는 일본의 침략에 가만히 있을 수는 없다."

또 가만히 있을 수 없다는 여론이 나오기 시작했으니 이제 큰 사단이 다시 일어날 것이었다. 그 사단의 단초는 동학교도들 사이에서 가장 먼저 시발되었다. 처음에는 동학교의 교조, 최제우의 죄명을 벗겨줄 것을 조정에 요구하기 시작했다. 진정서를 써서 조정에 보내고 한양에 올라가 교조의 신원운동을 펼쳤으나 조정의 어느 누구도 책임을 지고 나서는 자가 없었다. 임오년 군란의 전철을 밟고 있었다. 사단은 일어났는데 책임자는 없다…. 외국인 특히 일본에 대한 배척의 기운이 농민들의 주요 화제로 채택되면서 동학운동은 민족 자각운동의 성격을 갖게 되었다. 오천 년 역사에서 조선 민족의 존재감과 정체성을 처음으로 느끼게 된 것이다. 아무도 조선을 도와줄 외부의 세력이 없다는 것을 동학교도들은 잘 알고 있었다. 가렴주구(苛斂誅求)를 일삼는 탐관오리의 숙청과 외국인 배격을 주장하자 전국의 농민들이 너도나도 동학에 가담하기 시작했다. 아무도 도와주지 않으니 직접 움직일 수밖에 없었다. 이때 고부 군수 조병갑이 걸려들었다. 전국에 탐관오리가 고부 군수 하나였

겠냐마는 탐학을 일삼던 조병갑이 걸려든 것은 그로서는 운이 나
쁜 경우였다.

"고부군으로 가자!"

전봉준의 부친이 대표자로서 동학교도들과 함께 고부군으로 몰
려가 조병갑에게 농민들에 대한 학정을 시정하여 줄 것을 요구했
으나 오히려 관원들에게 몰매만 맞고 돌아와 그 여독으로 죽고 말
았다. 부친을 잃은 전봉준이 사발통문을 보내어 서명운동을 하고
주요 동학교 지도자들에게 성명서를 돌려 거사를 할 것을 주장했
다.

'고부성을 격파하고 탐관오리를 숙청한 다음 전주를 점령하고
서울로 진격합시다.'

친구 손화중에게 찾아가 거사를 일으킬 것을 호소하였으나 동학
교의 신조에 따라 비폭력을 주장하는 그의 요구를 받아들여 육십
여 명을 이끌고 다시 고부군으로 조병갑을 찾아가 진정하였으나
죽도록 매만 맞고 돌아왔다. 임기가 다 끝난 고부군수가 토색질에
맞을 들여 군수 유임에 성공, 다시 재부임하게 되었다는 소식을 들
은 동학교도들은 원한과 분노를 이기지 못하고 이평면 말복장터에
모였다.

"이제 더 이상 매를 맞을 수는 없소!"

"옳소!"

장터에서 천여 명이 모인 자리에서 전봉준이 대장으로 추대됐
다. 전봉준이 천여 명의 농민을 이끌고 고부군청을 습격하여 옥에
갇힌 백성을 풀어주고 조병갑이 수탈했던 사천 석의 양곡을 가난
한 사람들에게 모두 나누어 주자 농민들이 환호했다. 혼란의 와중
에 가까스로 감영을 빠져나와 목숨을 건진 조병갑이 전주로 탈출

하여 조정에 보고를 올리자 조정에서는 장흥부사 이용태를 안핵사
로 임명, 계엄군을 이끌고 내려왔다. 나졸들은 만나는 사람마다 닥
치는 대로 패고 포승줄로 묶어 잡아들이자 민심은 폭발 일보 직전
이 되었다. 전라감영의 선비 하나가 탄식했다.

"일은 조병갑이 저지르고 이용태가 불을 지르는구나!"

전봉준이 대오를 갖추고 전국에 호령을 하자 농민군 수천 명이
몰려들었다. 모두 머리에 흰 띠를 두르고 죽창을 잡았으니 그 기세
가 하늘을 찌를 듯했다. 수천의 농민군이 인산인해(人山人海)의 물
결이 되어 관군을 격파하고 농민수탈의 근원이었던 만석보를 헐어
버린 뒤, 황토현에서 관군의 본진을 격파하고 전주성을 점령, 정부
에 대하여 협상을 요구하였다. 동학군의 활약에 놀란 고종과 민왕
후는 청국과 일본에 즉시 원병을 파견해 줄 것을 요청했다. 조정도
더 이상의 피해를 방지하고 또 일군과 청군이 상륙할 시간을 벌기
위하여 동학군과 '전주화약'을 맺고 휴전을 하게 되었다. 일단 미
봉책이나마 사태를 수습해보려는 의지를 보인 것이다. 동학군이
점령한 지역에서는 일단 동학군이 통치를 할 수 있게 되었다.

일본군과 청국군이 조선의 위급함을 접하자 급히 군대를 보내어
조선 땅에 두 나라의 대군이 진주하게 되었으니 이제 두 힘이 부딪
칠 일만 남은 것이다. 대원군이 나서지 않을 수 없는 상황이 되었
다. 동학군에게 밀서가 전달되었다.

'너희들이 대궐에 침범한 왜군을 몰아내지 않으면 어찌 이 나라
를 구원할 수 있겠느냐?

농민군이 가장 반감을 갖고 있는 일본의 세력을 언급하면서 하
루 빨리 한양으로 올라와서 저들을 몰아내라는 밀서였다. 그리고
평양에 주둔하고 있는 청국의 원세개에게도 밀서를 보내어 한양으

로 속히 진주할 것을 요구하였다.

　'일본에 붙어 매국하는 무리들을 제거하여 주시고 원병을 보내어 우리를 보호해 주시기를 기원합니다.'

　대원군의 생각은 이이제이였다. 다른 사람의 힘을 이용하여 지금의 적을 몰아내고 권력을 쟁취한다는 것. 그래서 상대방에게 그들의 적이라고 생각하는 자들을 몰아내어 정의를 실현하자는 명분론을 앞세운 밀서를 보냈지만 사실은 자신이 정권을 잡기 위한 하나의 방편으로써 저들의 힘을 사용하고자 하는 것, 그 이상도 이하도 아니었다. 속아줄까? 그러나 일본은 오랫동안 준비를 하고 조선에 들어온 상황이었다. 수많은 도상훈련과 작전계획을 가지고 들어온 일본군은 이번 기회에 어떤 수를 쓰더라도 조선 내에 확실한 교두보를 확보하기 위한 각오를 가지고 덤벼들었다. 당시 일본 내의 모든 여론은 정한론 일색이었다. 조선을 정복하여 일본의 식민지로 삼은 후, 대륙으로 진출한다는 임진왜란 때의 케케묵은 전략이 국가의 중심 시책이 되어 있었다.

　도대체 일본이란 나라는 왜란 이후 삼백여 년 동안 어떤 생각을 가지고 살았을까? 정신가치라는 것은 하나도 존재하지 않는 그야말로 동물의 논리만으로 살아온 나라… 이제 그런 동물의 정신을 가진 일본이 조선 땅으로 달려들고 있으니 조선이 당해 낼 재간이 있겠는가? 조선의 국가시책은 인본이 사는 나라이고 일본의 국가시책은 세계의 정복이다. 정신 대 물질의 싸움에서 정신이 이기는 것을 보았는가? 너무 물질가치만 추구하는 것도 문제지만 너무 정신가치만 존중하는 것도 문제다.

　"전주화약이 성립되었으니 양국 군대는 철병을 하는 것이 옳소."

고종의 요구에도 불구하고 양국의 군대는 철군할 기미를 보이지 않고 오히려 출병의 원인이 되었던 조선의 내정 개혁을 요구하기에 이르렀다. 일본이 청에 대하여 공동으로 조선 개혁을 요구하자는 제안을 먼저 청에 요구하였다. 그러나 이때까지 조선에 대하여 주도권을 갖고 있었던 청이 이런 요구를 수용할 리가 없었다. 다시 한 번 일본은 청에 대하여 조선의 내정 개혁을 요구했다. 안 들어줄 줄 뻔히 알면서 소위 말하자면 '명분쌓기' 다. 하수들의 상투적인 수법이다. 정치하수들이 '명분쌓기' 를 많이 하는 것은 이때 배운 솜씨인가? 일본은 청의 거절에 대하여 절교서를 두 차례 보내어 공격의 명분을 쌓았다. 영국과 '영일신조약' 을 맺어 제삼국의 간섭을 미리 방지하는 조치도 사전에 취하였다. 큰 전쟁 전에 외교적 조치를 미리 취해 놓자는 전략이었다. 그러고 나자, 일본은 본색을 드러내기 시작했다.

맨 먼저 한 일은 궁궐의 점령이었다. 영추문이 잠겨있자 일본군은 사다리를 놓고 담을 넘어 들어갔다. 경복궁 안으로 신식무기로 무장한 일본군이 밀려들어오자 조선군은 손도 제대로 못써보고 후퇴하였다. 일본군은 순식간에 어소인 즙경당으로 몰려가 고종을 연금시켰다. 조정은 한 순간에 일본군의 수중에 들어가고 말았다. 대원군도 일본이 이렇게 무참하게 나오리라고는 상상도 못하여 적이 놀랐다. 그런 후, 일본은 대원군을 초청하여 개혁 조정의 대표를 맡아줄 것을 요청했다.

"음… 이것이 기회인가? 독배인가?"

대원군이 알 수 없는 미래에 대한 불안을 느끼며 독배를 집어 들었다.

"기회는 만들면 되는 것이다."

말은 맞는다. 누가 그걸 모르는가? 그러나 이번의 기회는 자신의 힘으로 만든 기회가 아니었다. 일본에게 기회가 있는 것이다. 그걸 알면서도 대원군이 이 제의를 거절할 수 없었던 이유는… 동궁전 지하에 있는 선대왕의 유지를 자신이 확보하기 위해서였다. 일본 공사 오호도리와 함께 궁궐에 입시하여 고종을 만난 대원군은 만감이 교차했다. 금석지감(今昔之感)이 느껴지는 조우였다. 십이 년 전에도 이와 비슷한 일이 있었지 않았는가? 예순다섯의 부친을 보자 고종의 마음은 애처러움과 치욕으로 뒤섞여 무슨 말을 어떻게 뱉어야 좋을지 몰라 한동안 대원군을 멍하니 바라보았다. 영원한 정적이자 영원한 부친이다. 드디어 정신을 수습한 고종이 입을 열었다.

"앞으로 모든 업무의 처결은 대원군 앞으로 하도록 하라."

81

제압

일본 해군이 아산만으로 들어오는 청군의 배를 기습하여 청의 육군 일천이백 명이 풍도 앞바다에서 총 한 방 쏴보지 못하고 익사했다. 방심하고 있던 사이에 일어난 일이었다. 미련한 청나라 같으니라구… 그러고도 무슨 전쟁을 한다는 것인지… 일본의 논리는 '조선과 청나라 사이에는 이미 조약이 폐기되었으므로 청이 군사를 동원하여 조선에 진주하는 것은 올바르지 않다' 는 논리였다. 무슨 해괴한 논리인가? 그러면, 일본군은 무슨 조약 때문에 지금 조선 땅에 진주한 것인가? 그건 그렇고… 비겁하게 선전포고(宣戰布告)도 없이 전쟁을 개시한 것이다. 일본과 상대할 때는 특히 조심하여야 한다. 수단 방법을 가리지 않고 뒤통수치는 것이 그들의 특기이니까…

기선을 제압한 일본군이 정식으로 선전포고의 절차를 밟은 후, 주저 없이 청국군을 치기 시작했다. 맨 먼저 오랫동안 성환에 주둔하고 있던 청국군 본부를 공격하여 격파했다. 이어 육로로 들어와서 평양에서 전투준비를 하고 있던 청국군 주력부대를 기습, 처부

수었다. 압록강 어귀의 해전에서도 청국군은 일본군의 상대가 되지 않았다. 늙고 병든 청나라는 이미 일본의 적수가 아니었다. 일본 해군은 산동반도의 위해를 점령한 뒤 유공도의 청 수군을 격파, 청의 전력은 거의 괴멸되다시피 하였다. 청의 주력인 북양함대가 전멸했으니 무슨 전력으로 싸울 것인가?

청나라 제독 정여창은 일본에 항복문서를 전달하고 군사 물자를 모두 내어준 후 자결하고 말았다. 책임을 질 줄 아는 군인이었다. 일본군은 요동반도와 발해만, 산동반도를 완전 장악, 청의 심장인 북경과 천진으로 진격할 태세를 갖추었다. 아무도 그들의 앞을 막을 수 없었다. 그러자 청에 진주하고 있던 서양의 여러 나라들이 들고 일어났다. 일본이 혼자서 청나라를 모두 먹어버리는 것을 그대로 볼 수만은 없었다. 영국과 러시아가 중재에 나섰으나 일본은 이를 거절하고 중립적인 미국의 중재를 받아들여 청국과 시모노세키 조약을 체결, 요동반도를 할양받고 청에 엄청난 배상금을 요구하였다.

러시아는 청과의 전쟁에서 승리한 일본의 급격한 팽창에 위기를 느끼고 프랑스, 독일과 함께 삼국이 연합하여 일본의 조치에 대해 간섭하는 외교전략 즉, 삼국간섭 동맹을 맺었다. 세 나라를 한꺼번에 상대하여 싸울 수 없었던 일본은 눈물을 머금고 요동반도를 중국에 반환하였다. 얼마나 아까웠을까? 아직 중국을 혼자 먹을 만한 시기는 아닌 것이다. 그러나 언젠가는 먹으려고 달려들겠지… 절치부심(切齒腐心)! 다시 달려들 것은 뻔한 이치다.

한 발 뒤로 물러선 일본이었지만 청일전쟁에서 승리한 일본은 조선 내에서 동학교도들이 배일을 외치며 다시 봉기하자 우세한 무기를 바탕으로 철저한 진압을 시작했다. 이즈음, 대원군은 손자 이준용을 시켜서 동학군 사령관인 전봉준에게 급히 사람을 보내어 조속히 한양으로 진격해 줄 것을 요청했다. 내용은 이미 몇 차례 보낸 것과 대동소이(大同小異)했다.

'지금 왜구가 대궐에 침범하여…'

그러나 지금 그들은 과거 왜구 수준이 아니었다. 최신식 무기로 중무장한 세계 최강의 군대였다. 언제라도 청국의 심장부로 쳐들어가서 점령할 수 있는 기량과 자만심으로 충만한 그들이다. 그러나 대원군의 국제 감각은 임진왜란 수준이었고 그 밀서를 전달한 이준용의 수준도 이와 다를 바 없었다.

동학군이 다시 일어났다. 일본군이 대궐을 점령했다는 소식이 결정적 봉기 이유였다. 그러나 관군과 일본의 연합군단에 대항하여 죽창과 정신력만으로 무장한 동학군이 상대가 될 수 있을까? 죽창과 대포의 대결이니 말이다. 이런 사례가 아마 이전에 또 있었지 않은가? 그렇다! 이십여 년 전, 병인년, 신미년에 조선군이 프랑스군과 미군을 맞아 강화도에서 전투를 벌일 때였다. 그때도 이와 비슷한 일이 벌어졌었다.

역사에서 교훈을 얻지 못하는 민족은 그 대가를 혹독히 치러야 할 것이다. 동학군은 관군과 일본군의 합동작전에 쫓기고 쫓기다 모두 일망타진(一網打盡)되었다. 우리 민족에게 주어진 자주, 자존의 결정적 기회가 사라진 것이다. 다시 또 이런 절호의 기회가 올 수 있겠는가? 만약 고종이 동학군과 정식으로 손을 잡고 일을 도모했다면 역사는 한참 달라졌을 것이다. 또 가정법인가? 너무나 아쉬워서 하는 말이다! 그러나 역사에서 가정법은 금물!

드디어 일본은 동학군을 격파하고 명실상부한 조선의 최고 세력으로 떠오르게 되었다. 조선은 완전히 일본의 손아귀에 들어간 것

이다. 겉으로는 독립국가였으나 일본의 영향권 아래에 들어가게
되었으니 속국이나 마찬가지였다. 이제는 일본의 상인들이 몰려와
마음대로 조선의 재물을 파격적인 싼 값으로 실어 내어갈 것이다.
조선과 일본의 물가 차이가 아마 다섯 배는 넘었을 것이니 조선은
일본인들에게 황금의 땅이 아니고 무엇이겠는가? 이러한 국내외
정세를 보고받은 대원군과 고종은 어떻게 처신을 해야 할지를 몰
라 갈팡질팡하고 있었다.

"중전. 러시아의 간섭으로 일본이 요동반도를 넘겨주고 퇴각하
였으니 이제 조선의 살 길은 러시아와 미국의 힘을 빌리는 것 밖에
는 방법이 없겠소."

"그렇습니다. 천하제일의 강국 미국과 남하를 원하는 러시아, 이
두 나라와 연결을 맺고 일본의 힘을 견제해야 할 것입니다."

조선의 그 어느 선비라도 당시에 그런 생각을 안 한 선비는 없었
다. 다 알고 인식하고 있는 내용에 대하여 누가 어떤 방법으로 행동
을 해야 할 것인가? 그것이 역사의 핵심이다. 갑오경장으로 일컬어
지는 친일내각이 출범하여 총리 김홍집 일파가 모든 권리를 행사
하였다. 대원군의 명목상 섭정이 다시 시작되었다. 그러나 개혁 주
체세력인 김홍집과 군국기무처가 모든 권리를 가지고 마음대로 국
정을 요리하고 있었으니 섭정이라고는 하나 사실상 할 일은 없었
다. 고종도 마찬가지… 모두들 미국, 중국, 일본 등에서 해외유학을
마치고 신학문과 제도를 학습하고 온 인재들이었으므로 이들이 일
본공사와 상의하여 국정을 책임지고 이끌어 갔다.

국왕의 일을 처결하는 궁내부가 신설되었고 국가 예산을 관장하
는 탁지부가 신설되었다. 모두 서양이나 일본의 제도를 본뜬 것이
다. 고종은 고종대로 권세를 잃고 민왕후는 민왕후대로 대원군은

대원군대로 이렇다 할 역할이 없어진 것이다. 그러나 대원군에게는 확실하게 확인해야 할 일이 있었다. 그것은 다름 아닌 동궁전에 숨겨진 선대왕의 유지를 확보하는 일이다.

편전회의를 마친 어느 날, 대원군이 동궁전으로 발을 옮겼다. 너무나 오랜만에 직접, 아무도 수행하지 않고 동궁전으로 발을 옮겼다. 일본군 병사들이 문과 통로마다 지키고 있었다. 조선 병사들은 외곽에서 근무하며 대기를 하는 모양이었다. 동궁전에 이르자 일본군 병사가 작은 출입문마다 두 명씩 지키고 있었는데 동궁전 안에서 인기척이 있었다. 비현각은 동궁이 공부하는 곳이고 자선당은 동궁의 거처이다. 세자의 나이 이제 스물이니 장성한 보령이 다 된 것이다. 헛기침을 하고 자선당으로 들어가니 상궁 하나가 급히 그의 앞으로 나와 머리를 조아리며 말했다.

"합하나리. 여기는 어쩐 일이시옵니까?"

"세자가 있느냐?"

"세자저하께서는 비현각에서 공부를 하고 있는 줄 아뢰오."

밖에서 인기척이 나는 것을 눈치 챈 세자빈이 급히 나오면서 대원군에게 절을 하며 말했다.

"합하나리. 여기는 어쩐 일이시옵니까?"

방금 전 상궁이 하던 말을 그대로 되뇌인다. 그렇다. 오늘이 난생 처음 대면인 것이다. 세자는 가끔 공석상에서 본 적이 있었다. 그러나 지근거리에서 대화를 나눌 기회는 없었다. 세자빈과는 지금이 처음 대면이다. 그들의 혼례를 볼 수 없었던 것이 그간의 대원군의 처지였다. 어떻게 자신이 할아버지라는 것을 첫 눈에 알았을까? 다시 똑같은 대원군의 대답이 이어졌다.

"세자가 있느냐?"

"세자저하는 비현각에서 공부를 하고 있는 줄 아뢰오."

대원군의 눈초리가 지하고로 통하는 입구인 마루장으로 집중되었다. 지금 그 마루장 위에는 모서리 서가가 놓여있었고 그 위에 아마도 세자빈이 읽다 그만둔 서책 같은 것이 몇 점 보였을 뿐, 특별한 변화는 없는 것 같았다.

'안심이다!'

지하고에 있는 선대왕의 유지는 지금 손자인 세자와 세자빈이 잘 지키고 있는 것이다. 금괴를 더 이상 꺼내올 필요는 없었다. 임오년 정변 때 이미 충분한 분량을 확보해 두었고, 당시 꺼내온 분량의 대부분이 아직도 운현궁의 깊은 창고에 보관되어 있었다. 대량으로 사용할 용처는 대원군에게는 아직 없었다. 이제 남은 것은, 젊은 동궁이 고종의 뒤를 이어 즉위를 하면 선대왕의 유지가 올바르게 쓰일 수 있도록 모든 것을 물려주어 대원군이 바라는 부국강병의 나라를 젊은 세대들이 잘 만들어 주면 되는 것이었다. 세자를 찾아가서 격려를 해야 할 것이다.

"비현각으로 가자."

세자빈과 상궁 서너 명이 바로 옆에 있는 비현각으로 발길을 옮겼다. 세자가 답답한 마음을 참지 못하여 가끔 평상을 부순다는 소리를 이미 들어서 잘 알고 있었으므로 그의 아픔을 할아버지의 입장에서 잘 달래주어야 할 것이었다. 세자가 평상 앞에서 책을 읽다가 대원군과 세자빈의 행차를 보고 급히 나와 머리를 조아렸다. 처음으로 가까이서 바라보는 세자의 얼굴이 그다지 밝아보이지 않았다.

"합하나리. 여기는 어쩐 일이시옵니까."

똑같은 질문으로 세 사람이 다 외우고 있었다는 것은 대원군이 행차가 의외라는 뜻이다. 못 올 데를 온 것인가? 어쩌다 할아버지가 손자를 만나는 것이 이리 부자연스럽게 되었단 말인가?

"세자가 요즘 공부하는 평상을 자주 부순다는 얘기를 듣고 이 할애비가 걱정이 되어 찾아왔습니다."

"황공하옵니다. 이제는 그런 일이 없습니다."

"그렇습니까? 그렇다면 잘 되었습니다."

"염려를 끼쳐드려 송구하옵니다."

"세자께서는 부디 자중자애(自重自愛)하세요. 조선이 최고의 나라가 될 때까지 수신제가(修身齊家)하시어 이 나라를 무실역행(務實力行)의 부강한 나라로 만들어 주세요."

아랫사람에게 말을 할 때도 반드시 존대어를 쓰는 것이 조선의 예법이다. 천하에 이런 나라는 없다!

82

내각

박영효가 돌아왔다. 갑신정변 때에 망명을 하여 미국, 일본을 거쳐 돌아왔으니 십 년 만의 귀환이다. 갑오경장이 실시되자 일본과 손을 잡고 행했던 갑신년의 거사가 재평가되어 그의 죄가 무죄로 판명되었으니 세상 오래 살고 볼 일이다. 일본 정부의 요직들과 폭 넓은 인맥을 갖고 있었던 박영효였으니 귀국하자마자 요직에 등용되었음은 물론이고 일본의 후원 아래 실권자로 부상한 것이다. 이렇게 된 이유는 그가 박규수의 추천으로 철종임금의 사위가 된 것에 있었으니 그의 귀국이 모든 사람들에게 주목을 받았음은 당연한 일이었다. 금의환향(錦衣還鄕)인가?

"미국의 제도를 본받아서 의정부를 폐지하고 내각제로 바꾸어야 할 것입니다."

이에 대하여… 이제까지 잘 하고 있었던 총리 김홍집이 반대하고 나섰다. 날아온 돌이 박힌 돌을 빼는 격이었다.

"이미 군국기무처를 통하여 모든 정부 조직이 완성되었으므로 미국식 내각제로 개편하는 것은 바람직하지 않을 것이오."

일차 갑오경장을 성공시킨 김홍집이 자신이 만든 제도인 군국기무처에 애착을 갖는 것은 당연한 일이었다. 격렬한 논리 싸움이 오갔으나 사실 따지고 보면 끝발 싸움이었다. 즉, ‘누가 권세를 장악하느냐’ 였다. 그럴 때에는 심판이 손을 들어주는 사람이 이긴다. 지금 심판은? 당연히 일본이다. 일본에 십여 년을 살면서 폭 넓은 인맥을 형성하고 돌아온 박영효가 권력투쟁에 판정승하였다. 의정부는 내각이라는 명칭으로 바뀌고 박영효가 김홍집을 대신하여 총리대신 서리로 등극하였다. 총리로 등극한 박영효는 김홍집보다 더욱 강력한 개혁을 실시하여 모든 제도를 근대 국가의 관료체제로 바꿨다.

자연스럽게 고종과 대원군의 역할은 소리 없이 사라지게 되었다. 국왕이 할 일이 없어진 것이다. 형식적인 결재뿐이었다. 이런 사태는 고종도, 대원군도 결코 바라는 바가 아니었으나 시대의 흐름을 거스를 수는 없었다. 그리고 비록 일본의 비호를 받고 개혁을 한다고는 하나 박영효의 개혁은 정치권의 광범위한 지지를 받고 있었기 때문에 왕가에서도 뭐라고 할 상황이 아니었다. 편전의 마지막 날, 대원군이 고종에게 말했다. 내일부터는 대원군이 나올 필요가 없어진 것이다.

“이제 국왕의 역할이 축소되어 아무 할 일도 없는 상징적인 존재가 될 날이 멀지 않은 것 같습니다. 이는 필시 많은 문제를 야기하게 될 것인즉, 전하께서는 이런 점을 심사숙고(深思熟考)하시어 처신하시기 바라옵니다. 조선과 같이 국력이 약한 나라에서 국왕의 역할까지 없어진다면 나라가 없어지기는 매우 쉬울 것입니다.”

오랜만에 올바른 소리를 한 것일까? 고종의 생각도 같았다. 그러나 대원군의 편을 들어주었다가는 그를 따르는 무리들에게 휘둘릴 것은 뻔한 노릇이었다. 대원군은 신하이자 부친이고 정적이자 경쟁자였다. 비록 정치적인 입장은 달랐으나 왕권이 축소되어가는 조선의 앞날이 걱정되기는 피차 마찬가지였다. 편전에 나올 일이 없어지니 대원군이 마지막으로 신하의 도리를 진언한 것이다. 이제는 운현궁에 머물 필요도 없게 되었다. 대원군이 마포의 아소정으로 거처를 옮겼다는 소식을 들은 고종이 민왕후를 찾아 조선과 자신들의 미래에 대해 걱정하기 시작했다.

"중전. 이제 조선의 앞날을 위하여 우리가 해야 할 일이 무엇이 있겠소?"

고종이 매일 민왕후를 찾아 내각에서 일어나고 있는 전후사정을 이야기하며 왕후의 지혜를 구하였으나 민왕후의 의견은 한결 같았다.

"전하! 힘이 없이 이루어지는 개혁은 사상누각(砂上樓閣)이옵니다. 언제 일본이 권력을 내어달라고 할지 누가 알겠습니까? 이제 남은 것은 미국과 러시아의 힘을 이용하여 조선의 지위를 공고히 한 후에 후일을 도모하는 것 밖에는 길이 없을 것이옵니다."

"그렇지요? 언제 일본인이 다시 대궐을 범할지 모르는 일이오. 여러 나라의 서양인들을 대궐 안에 상주시켜 저들의 행동을 견제해야 할 것이오."

민왕후가 러시아공사 웨베르를 왕비전으로 불렀다. 일본의 내정 간섭을 견제하기 위하여 숙소 근처에 미국인이나 러시아인을 배치하여 교대로 숙직을 해 주기를 요청하였다. 민왕후의 이런 행동이 일본을 견제하기 위한 목적이라는 것이 일본 공사관에 알려지자 젊은 일본인들이 흥분하기 시작했다. 더구나 웨베르의 처남 손탁과 건축가인 사바틴은 민왕후와 매일 만나면서 호텔을 건설한다,

경운궁에 새로운 건물을 설계한다 하며 바쁘게 돌아다녔다.

"다 된 밥에 재를 뿌리는 격이군."

이노우에가 탄식을 하자 『한성신보』 사장인 아다치가 들고 일어났다.

"우리가 요동에서 철수한 것도 러시아가 들고 일어나서 일이 그렇게 된 것이오. 이제 조선 땅에서 또다시 그런 기미가 보이고 있으니 일이 커지기 전에 대비책을 세워야 할 것이오."

"러시아가 조선에 더 접근하기 전에 속히 손을 써야 할 것이오."

"인아거일(引俄拒日)이라고 공공연히 떠들고 다닌다 하오. 일본을 제거하고 러시아와 친해지겠다는 것인데 이것이 실천된다면 우리가 이제까지 해왔던 노력은 모두 수포로 돌아가는 것이오."

해결책은 민왕후의 제거 밖에는 없었다. 힘이 있고 의지가 있는데 무엇을 주저하겠는가? 일본은 칼을 쓰는 것을 참 좋아하는 나라다. 오죽하면 저들의 국시가 '무사도'가 아닌가? 즉 칼로 모든 것을 베어버리겠다는 것이 국가의 숭고한 이념인 나라 앞에 지금 조선이 놓여 있다. 칼을 맞지 않고 지나갈 수 있겠는가? 대표자인 조선의 국모가 지금 그 대상으로 좁혀지고 있었다. 민왕후를 베어서 러시아와의 접근에 본때를 보이고 조선 왕실에 확실하게 겁을 주겠다는 것이 일본인들의 공통적 생각이었다. 특히 언론인, 미국 유학자 등 배운 자들의 생각이 더 확고했다.

이노우에 공사가 민왕후 제거 계획을 짜기 시작했다. 우선 민왕후 제거를 확실하게 책임지고 수행해 낼 똑똑한 인재들이 필요했다. 이런 일을 일반 병사나 정치 감각이 부족한 초급 장교들에게 맡겼다가는 한 순간에 일을 그르칠 수 있었다. 확실하게 일을 처리하려면 최하 사회적으로 확실한 판단력을 갖고 있으며 급박한 환경에서도 신속한 결정을 내려서 행동할 수 있는 사회지도자급의 학식 있는 자가 필요했다. 사람을 끌어 모으기 시작했다.

"민왕후를 제거하는 일은 우리 일본의 미래에 가장 중요한 일이 될 것이오. 이를 위해서 어떤 상황 하에서도 냉정하게 일을 처리할 수 있는 인재들이 필요하오. 여러분들이 바로 그러한 인재들이오. 계획된 대로 모든 일을 처리하여 실수가 없도록 대비해 주시오."

이노우에 공사가 거사 일에 동원될 일본인들 앞에서 일장 연설을 늘어놓았다. 인재의 정의가 무엇인가? 나라마다 다를 것이다. 다시 그의 당부가 이어졌다. 인재들 앞에 일본산 정종이 한 사발씩 주어졌다. 충무로 파성관은 이들 일본의 인재들이 매일 매상을 올려주는 장소였다. 약한 나라 왕후를 칼로 찔러 죽일 계획을 짜면서 말이다.

"다시 한 번 말하지만 이번 거사의 목적은 민왕후를 확실하게 제거하는 것이오. 괜히 흥분하여 궁녀나 기타, 다른 사람에게 신경을 쓰다가 일을 그르치는 자가 있다면 아예 지금 그만두는 것이 좋겠소."

경고성 발언이 나오자 모두들 숨을 죽였다. 외부에서 침입할 일본 군병력은 충분했다. 요는 민왕후를 제거한 후에 일어날 일들을 미리 예측하여 대비를 세우는 일이었다. 조선군 군사고문 오카모토가 말했다.

"민왕후의 정적인 대원군을 현장에 불러들여 모든 상황을 지휘한 것처럼 일을 꾸미는 것이 밖에서 보기에 자연스러울 것 같소."

"그것도 좋소. 허나 그것만으로는 설명이 부족할 것이오. 조선군을 민왕후 숙소 앞에다 배치한다면 자연스럽게 이들에게 책임이 돌아갈 것이오."

민왕후가 일본인 장교들이 훈련시키고 있는 신식군대인 조선군 훈련대를 곧 해산시킬 것이라는 소문이 돌았기 때문에 이것에 불만을 가진 훈련대의 짓으로 돌리기에는 안성맞춤이었다. 핑계거리 만들기였다. 그래도 과거 일본 국내에서 하던 짓에 비교하면 많이 발전된 편이었다. 핑계거리씩이나 만들고 있으니 말이다. 살인의 국제화인가? 저들이 과거 다른 성주를 공격할 때에는 핑계고 뭐고 수단방법을 가리지 않고 비밀리에 닌자들을 보내어 밤중에 몰래 침실로 쳐들어가서 죽이는 것이 매일 그들이 하던 일이었거늘 그 후손들이 어디서 배웠겠는가? 달라진 것이 있다면 그 후손들은 조금 국제화된 것뿐이다. 그 혜택을 우리 조선이 이제 받게 되는 것인가?

"이제 모든 계획이 완성되었으니 나는 본국으로 돌아가 내각에 보고를 할 것이오. 그리고 현장을 총지휘할 무관을 후임 공사로 추천할 것이오. 아마 미우라가 오지 않을까 생각되니 귀하들은 각자 맡은 바 임무를 충실히 수행해 주기 바라오."

이노우에 공사가 각본을 짜고 군사 동원에 전문가인 미우라가 발령을 받아서 공사관으로 부임했다. 이미 이노우에로부터 모든 상황을 전해 받은 미우라는 조선에 당도하자 만반의 준비를 갖추고 결전의 날이 오기만을 기다리고 있었다. 이제… 그동안 감추어 왔던 저들의 동물적 본색을 이웃나라인 조선인들에게 드디어 보여 줄 때가 가까이 온 것이다.

83

비밀

"춘홍아. 네가 어쩌다가 나의 소실이 되었느냐?"

마포 공덕리 정자의 이름을 '아소정'이라 지어놓고 대원군은 홀로 된 지 오래 된 춘홍을 요즈음에 소실로 맞았다. 그녀의 오래 묵은 소원을 들어준 것인가? 스스로의 일생을 뒤돌아보니 너무나 덧없어서 '나 자신을 비웃는다'라는 의미로 정자 이름을 '아소정'이라 짓고 운현궁에서 아소정으로 거처를 옮겼다. 특히 임오년 군란 때, 자신에게 모든 기회가 주어졌음에도 불구하고 욕속부달(欲速不達)로 일을 너무 성급히 하려다가 대업을 그르친 일은 두고두고 후회가 되었다.

"인생이 덧없구나. 내 나이 벌써 일흔다섯인데 언제까지 살 수 있을지 모르겠다. 남자 구실도 못하는 나에게 늘그막에 소실을 청하다니 네 운명도 참 기구하구나."

"아니옵니다. 소녀는 나리와 함께 있는 것만으로도 행복하옵니다. 갈 데가 없는 소녀를 거두어 주신 것은 죽어도 잊지 못할 은혜이옵니다."

　젊었을 때의 팽팽했던 피부는 이미 늘어져 육십이 가까운 할머니가 된 춘홍이 대원군의 가슴에 얼굴을 묻고 미소를 지으며 마음껏 행복을 느끼고 있었다. 궁조입회(窮鳥入懷)라, 갈 곳 없는 새를 어찌 내쫓을 것인가? 더구나 누구 때문에 갈 곳 없게 되었는가? 그런 춘홍이에게 너무나 미안하여 그녀의 묵은 청을 거절할 수 없었던 대원군은 다 늙은 그녀를 첩실로 맞아들인 것이다. 그리고 사랑하는 손자, 이준용과 함께 공덕리 아소정에 함께 기거하게 되었다.

　"내가 네게 몹쓸 짓을 너무 많이 시킨 것 같다. 조대감 일도 그렇고."

　"어느 조대감을 말씀하시는 것이옵니까? 조영하입니까 아니면 조성하…"

　"조성하대감은 네가 손을 쓴 것으로 알고 있는데 설마 조영하 대감도 네가 손을 쓴 것이냐?"

　대원군이 놀란 눈으로 춘홍을 바라보자 춘홍이 빙글빙글 웃음을 억누르며 말했다.

　"아니, 누구를 저승사자로 만들 일 있사옵니까? 조영하 대감은 갑신년 때 개화파 사람들에게 칼을 맞아 죽은 것이지 저와는 아무 상관이 없사옵니다."

　"그렇지? 그럼, 그렇구 말구…"

　"그런데 조성하 대감을 꼭 제거했어야 했던 이유는 무엇이었사옵니까?"

　대원군이 잠시 뜸을 들이더니 이내 입을 열었다.

　"너는… 이제 내 식구니라. 네게 숨길 일이 무엇이 있겠느냐? 실은 경복궁 지하에 지금… 정조대왕께서 남겨주신 엄청난 금괴가 숨겨져 있느니라."

"그렇사옵니까? 그렇군요. 이미 짐작하고 있었던 일이옵니다. 분량은 어느 정도가 되옵니까?"

"백 냥짜리 금괴가 수만 개가 보관돼 있느니라!"

"예?"

놀란 눈과 입을 닫지 못하는 춘홍이 한동안 할 말을 잊고 정지상태가 되자 대원군이 다시 말을 이었다.

"너의 서방 이장렴이 죽은 것도 그 비밀을 지키기 위해서였느니라. 알고 있었느냐?"

"예. 짐작하고 있었사옵니다."

"아무에게도 이 이야기를 해서는 안 되느니라. 이 이야기는 조선 천지에 너와 나, 그리고 천서방만이 알고 있느니라. 이것은 우리 조선이 다시 일어나야 할 때 요긴하게 써야 할 선대왕의 유지니라."

"알고 있사옵니다."

비밀을 다 털어 놓자 춘홍에 대한 미안감이 조금은 사라져 가는 것 같았다. 춘홍이 다시 말했다.

"부대부인께서 저에게 영세를 권하셨습니다. 저도 주교님께 나의 죄를 고해성사(告解聖事)하여 죽기 전에 이승에서 지은 죄를 깨끗이 씻고 싶사옵니다."

여자한테 사람을 죽이라고 시켰던 대원군이었다. 직접 지시를 내리지는 않았지만 춘홍이 눈치로 알아차리고 결행한 것이니 지시를 내린 것이나 진배없었다. 못할 짓을 시킨 것이다.

"그렇게라도 한다면 네 마음이 좋아지겠느냐?"

"그렇게라도 하지 않으면 제 마음이 편안치 않을 것입니다."

"미안하구나."

"나리께서 미안할 일이 무어 있겠습니까. 다 이 나라 조선과 상감을 위하여 한 일이옵니다."

한 이불 속에서 잠을 자는 두 남녀였지만 육체의 사랑이 아닌 정신의 사랑으로 맺어지는 그런 동침이었다. 그러나 오랜만의 평화는 두 남녀의 사랑을 질투하는가? 밤의 정적을 깨뜨리며 몰려드는 무모한 아귀떼들에 의하여 산산조각 날 것으로 예정되어 있었다.

"합하나리!"

방 밖에서 하인 한 사람이 다급하게 소리를 질렀다. 한밤중이다. 대원군이 퍼뜩 놀라 잠을 깼다. 반쯤 정신이 든 대원군이 대답을 했다.

"무슨 일이냐?"

대답과 함께 조선군 군사고문 오카모토가 방 안으로 쳐들어왔다. 춘홍도 놀라 잠을 깨어 주섬주섬 옷을 주워 입었다. 이어서 일본군 병사 대여섯 명이 그를 따라 들어왔다. 신발을 신은 채였다.

"합하! 지금 즉시 경복궁으로 나가서야 하옵니다."

"뭐라? 아니, 이 밤중에 무슨 경복궁이냐?"

"일전에 말씀드린 대로 민왕후가 어젯밤 현홍택 대장을 시켜 훈련대를 해산하라는 명을 내렸다 하옵니다."

"훈련대 해산과 경복궁에 가는 것과 무슨 관련이 있느냐? 혹시 상감께 위해를 가하려는 것이냐?"

대원군이 강력하게 나가자 오카모토 고문이 손을 흔들며 말했다.

"결코 그런 일은 없을 것이옵니다. 이번 거병은 대궐의 질서를 바로 잡고 일부 대신들의 인아거일 정책을 수정하려는 부득이한 조치이오니 대원위 합하께서는 반드시 참석을 해 주셔야 하옵니다. 이미 손자이신 이준용 대감도 대기하고 있사옵니다."

"그렇다면, 보증을 해 줄 수 있겠느냐?"

무엇을 보증해 준단 말인가? 상감의 목숨인가? 아니면 궁궐 내각을 제압하는 것을 말하는 것인가? 말하는 사람이나 듣는 사람이나 해석하기에 애매한 오리무중식 용어의 선택이었다. 잠들이 덜 깨어서 그런가?

"다시 한 번 묻겠다. 보증해 줄 수 있겠느냐?"

오카모토 차원에서 대답할 수 있는 문제가 아니었다. 뭘 보증하라는 건지도 잘 모른다. 거사날이 갑자기 결정되자 그냥 군사를 이끌고 달려 온 것뿐이었다. 대원군 호송은 자기 담당이었으니까.

"합하! 한 시가 급하옵니다. 모두들 합하를 기다리고 있사옵니다."

자신을 왜 기다리는가? 대원군을 위하여, 대원군의 편을 들어주기 위해 기다린다는 것인가? 그런 것이 아닌데도 그들은 꼭 그런 식으로 이야기를 한다. 그러니까 차후라도 그들을 만나면 절대로 저들이 말하는 그대로 이해하여 들으면 안 된다. 말하는 방향과 반대로 이해하면 차라리 그게 빠르다. 겉과 속이 다른 민족이지 않은가? 이럴 때 생각나는 사자성어는 바로 표리부동(表裏不同)! 그렇다! 일본인들에게 '딱!' 어울리는 사자성어다. 일본인을 위하여 만든 사자성어이니 모두들 잊지 말고 기억해야 할 것이다. 하여튼 저들의 준비는 다 마친 모양이다. 아마 안 간다고 떼를 썼다면 포박을 해서라도 데려갈 기세였다. 한두 명이 온 게 아니니까. 다 늙은 정치인이 아직도 쓸모가 있는가? 쓸모가 있다면 관 속에 가서라도 모셔올 자들이다.

"애들아. 합하를 가마에 모시어라!"

드디어 그들의 전공인 무력 사용 명령이 떨어졌다. 이런 것에는 도가 튼 민족이다. 네 놈이 우르르 전광석화(電光石火)처럼 달려들어 팔 다리 하나씩 잡고 밖으로 들고나가 대원군을 사인교 위로 잽싸게 올려놓았다. 오카모토와 말을 주고받으면서 미리 외출복을 입고 있었던 것이 그나마 다행이었다. 늙은 대원군의 몸무게가 얼마나 가벼웠을까? 가마꾼은 당연, 일본군이 담당했다. 한국인으로서 많이 출세한 것이다. 일본 군사를 가마꾼으로 채용하다니… 춘홍이 가마에 올라탄 대원군에게 다가와 귓속말로 속삭였다.

"뮤텔 주교에게 나리의 소식을 전하겠습니다."

앞으로 어떤 일이 일어날지 모르니 외국인들에게 미리 알려 두자는 것이다. 가마꾼들이 빠른 걸음으로 공덕리를 떠나 경복궁 쪽으로 향했다.

"멈추어라. 소피가 급하다."

대원군이 소리치자 손자 이준용도 눈치껏 가마를 멈추게 했다. 조전자전인가? 그렇다고 일어날 사건이 안 일어날 것은 아니지만 그 행동이 가상한 것이다. 캄캄한 마포, 아현 고개의 길가 풀 섶을 헤치고 나가서 최고 느린 속도로 소피를 보고 난 뒤, 다시 헛기침을 몇 차례 더 하던 대원군이 가마에 올라타자 오카모토가 소리를 질렀다. 조급증이 난 것이다.

"야, 이놈들아! 뛰어라! 뛰어!"

윗놈들 통박싸움에 졸병들만 죽어난다.

84
시해

광화문 앞에 당도하자 오늘 밤 궁궐을 공격할 일본군 부대가 대열을 갖추고 기다리고 있었다. 『한성신보』 사장 아다치 겐조가 모든 것을 지휘하고 있는 것으로 보아 그가 오늘 밤의 현장 책임자인 모양이었다. 오카모도가 멀리서 대원군을 앞세우고 약속 장소로 나타나는 것을 보자 아다치 사장이 반기며 말했다.

"수고하시었소. 일이 잘 풀릴 것 같소. 이제 공격 명령을 내려야 하겠군요."

"공격 시간은 다섯 시, 맞지요? 계획대로입니까?"

"그렇소. 각 부대에 명을 내렸소. 다섯 시가 되면 총성과 함께 진입을 개시할 것이오."

아다치와 오카모도, 궁정팀장 시바시로 등 삼십여 명의 특별 대원은 다섯 시가 되기를 기다렸다. 멀리서 어둠이 벗어지는 기척이 보였다. 새벽이 다가오니 초승달도 눈부시다. 이윽고 좌우 문을 담당한 부대의 군사들이 춘성문과 추성문 쪽으로 '앞에 총!' 자세를 하고 대열을 이루며 달려가자 광화문을 담당하는 부대도 대열을 이루고 문 앞으로 달려가기 시작했다. 부대 이동이 시작된 것이다. 광화문에 당도한 부대가 문 앞에 가까이 이르자 공격대형으로 벌어져 앉았다. 담당 지휘관이 광화문을 향하여 총을 발사했다. 이것을 신호로 전 부대원이 광화문의 정문수비대와 이층에 있는 경비 나졸들을 향하여 총을 발사했다. 이층의 나졸들 중 일부가 이에 응사하자 총알은 그쪽으로 집중되었다. 이층에서 총을 쏘던 나졸들이 다 쓰러지자 다시 일층의 문을 지키던 나졸들에게 총알이 집중되었다. 정문수비대 나졸들이 모두 자리에 쓰러지자 군사들이 일제히 문으로 이동하며 총을 쏘아대기 시작했다. 총을 준비하지 못했던 대부분의 조선의 나졸들은 속수무책으로 총알을 맞을 수밖에 없었다. 이것은 전투상황이 아니라 나졸 사냥이었다. 정문을 뚫고 이동하던 일본군 부대는 이윽고 근정전 밖에서 훈련대장 홍계훈 부대와 맞닥뜨렸다. 경계근무를 하던 홍계훈이 부대원을 이끌고 총소리가 나는 광화문 쪽으로 급히 뛰어나온 것이다. 수백의 제복을 입은 일본군이 어둠을 뚫고 궁성으로 들어오는 것이 보였다.

"서라! 이놈들이… 여기가 어디라고…"

홍계훈이 총을 쏘며 공격하자 뒤따르던 대원들도 공격을 시작했다. 광화문을 통과한 부대가 홍계훈에게 불의의 일격을 받고 급히 땅바닥에 엎드렸다. 나머지도 나무를 엄폐물 삼아 몸을 숨기자 잠시 후 일본군의 일제 사격이 시작됐다. 홍계훈이 총알 수십 발을 맞고 그 자리에서 고꾸라졌다. 다른 부대원들도 총을 맞고 쓰러지자 나머지 부대원들은 총을 버리고 재빨리 주위 전각 사이로 숨어버렸다. 조선군의 저항이 잠잠해지자 뒤에 처져있던 오카모토가 부하들에게 외쳤다.

"합하를 강녕전에 모셔라!"

　대원군과 손자 이준용을 강녕전에 내려놓고 부하들에게 단단히 감시토록 엄명을 내린 오카모토가 졸개 서넛을 데리고 칼을 빼어든 채 궁궐 깊은 곳으로 내달렸다.

　"건청궁으로 가자!"

　좌우로 흩어져 분산되었던 세 팀의 부대가 모두 건청궁 쪽으로 몰리는 동안 조선군의 저항은 거의 보이지 않았다. 일본군 부대가 몰려오는 것을 보고 모두 몸을 피하거나 미처 피하지 못한 나졸들은 총을 맞고 나뒹굴었다. 오카모토가 건청궁 쪽으로 다가가자 장안당에 난입한 서편 부대원들이 고종과 왕세자를 밖으로 끌어내고 있었다. 총소리에 놀라 뛰쳐나온 궁내부 대신 이경직이 이 광경을 보고 큰 소리를 치며 달려들었다.

　"비켜라! 이 무엄한 놈들…"

　이경직의 말소리를 알아듣지 못한 일본 무사 하나가 이경직을 뒤에서 칼로 내리쳤다.

　"억…"

　이경직이 그대로 고꾸라지며 쓰러졌다. 단칼에 치명상을 입은 것이다. 고종이 그 모습을 보고 새파랗게 질린 얼굴로 악을 섰다.

　"놓아라. 이놈들아!"

　고종이 부들부들 몸을 떨었다. 이도 덜덜 떨고 있었다. 옷이 찢겨진 것으로 보아 침소에 난입한 패거리들과 거칠게 다투었던 모양이었다. 장안당 난입 부대원들이 꾸물거리며 제대로 차리고 나오지 못하는 왕세자를 칼등으로 후려치자 왕세자가 비틀거리며 땅바닥에 쓰러졌다. 혼절을 한 모양이었다. 부대원 모두 제정신이 아닌 것이 몹시 흥분해 있었다.

　"네 이놈들…"

고종이 악을 쓰며 왕세자를 칼로 친 자에게 달려들자 칼을 든 자가 뒤로 주춤주춤 물러서기 시작했다. 그때 오카모토가 소리쳤다.

"저리들 비켜라!"

오카모토가 급히 달려들어 고종을 부축하며 부하들에게 지시를 내려 모두 집안으로 모셔 들어가도록 조처하고 나서 꾸중을 시작했다.

"내, 이럴 줄 알았다니까… 도대체 뭣들 하는 짓이오? 왕비는 잡지 않고 왜 이리 날뛰는 거요?"

날뛰는 줄은 아는 모양이다. 오카모토의 질책이 이어지자 지식인인 체하는 시바시로가 말했다.

"왕비는 이 옆 건물에 있는 것 같소. 동편 부대 팀장인 스즈키가 당도했을 것이오."

오카모토와 시바시로가 옥호루에 당도하자 시녀들 몇 명이 머리채를 잡혀 끌려나오고 있었다. 마당에는 조선병사 사십여 명이 무기를 내려놓은 채, 사열로 정렬하여 서 있었다. 일본 병사들이 이미 문마다 보초를 서고 있는 것으로 보아 내전을 이미 확실하게 장악을 하고 있음이 분명했다. 궁녀들이 계속하여 마당 아래로 내동댕이쳐지는 것으로 보아 궐내의 여자들을 모두 색출하고 있는 것이 분명했다. 오카모토와 시바시로가 옥호루의 건물 안으로 들어가자 스즈키가 충혈된 눈동자로 여자들을 하나씩 확인하고 있었다.

그때, 오카모토의 눈앞에 당황한 눈빛의 한 여인이 엉거주춤 서 있는 것이 보였다. 속옷 차림이었으나 복색이 다른 여인과 달랐다. 민왕후임을 직감한 오카모토가 스즈키에게 눈짓을 했다. 스즈키가 눈치를 채고 재빨리 달려들자 여인이 복도를 통해 달아났다. 스즈키가 달려가 뛰어들어 여인의 등을 발로 가격하자 여인이 바닥에 고꾸라졌다. 스즈키가 쓰러진 여인 위에 올라가 발로 여인의 등을 거세게 짓밟자 여인이 고통스러워하며 숨을 헐떡였다. 괴로움에 버둥거리는 여인에게 스즈키가 칼을 뽑아 있는 힘껏 등을 찔렀다. 잠시 후 칼을 뽑아내자 등으로 피가 솟구쳐 나왔다. 여인이 괴로움에 몸을 돌리며 가슴을 위로 향했다. 피가 뭉클뭉클 흘러나오자 여인이 손으로 가슴의 피를 막으려고 애쓰고 있었다. 스즈키가 잠시 멈칫 거리다 다시 칼로 가슴과 배를 여러 차례 찌르자 여인의 몸 여러 곳에서 피가 낭자하게 흘렀다. 여인의 비명이 신음으로 바뀌고 잠시 후 신음조차 들리지 않자 스즈키가 곁에 있는 오카모토에게 말했다.

"민왕후가 확실한 거요?"

"그런 거 같소."

확실하게 알지도 못하고 죽인 것이다. 잠옷을 입은 여인을 죽였으니 누가 누구인지 알 수가 있었겠는가? 그러자 저들도 조금은 일이 잘 못 될 수도 있지 않을까 하는 불안감을 느끼기 시작했다. 시바시로가 말했다.

"일단, 여기 있는 여자는 다 죽입시다."

역시 하버드 대학 출신이라 똑똑하다. 확실하게 처리하자 이거지? 말을 마치자 옥호루 안의 궁녀들이 모두 끌려 나왔다. 여자 밖에 없는 궁전이다. 왕비전이 확실한 것이다. 마당으로 끌려 나온 여인들은 나오자마자 일본 낭인패들의 칼 아래서 비명과 함께 도륙되었다. 아무런 무장도 없는 여인네들을 한꺼번에 살육한 것이다. 이것이… 한국인이 결코 잊어서는 안 될 일본 지식층의 본 모습이다.

"시신들을 한 곳에 모아라!"

궁궐팀장 시바시로의 명령이 떨어지자 일본군과 낭인패들이 합동으로 움직였다. 건청궁 동편 숲에다 시체를 모아 석유를 뿌리고 나서 불을 질렀다. 그런 다음 태우고 남은 시체는 땅을 파고 묻었다. 왜 땅을 파고 묻었을까? 그네들로서는 자랑스런 일을 한 것 아닌가? 떳떳하다면 증거를 인멸할 필요가 없었을 텐데 말이다.

"작전은 종료된 것 같소. 성공이오"

궁궐팀장 시바시로가 현장책임자 아다치 겐조에게 말했다. 아니, 오늘의 모임은 일본의 국가, 사회적 임무를 위하여 구성된 팀이니 국가, 사회적 지위를 정확하게 표시하여 표현하여야 할 것이다. 궁궐팀장이자 하버드대학을 졸업한 문인, 작가인 시바시로가 일본 유수의 언론인이자 『한성신보』의 사장인 아다치 겐조 대장에게 말했다.

"수고하셨소."

"고맙소."

"고종의 서명은 받으셨소?"

"초장에 받았소. 죽은 이경직의 후임으로 이재면을 궁내부 대신으로 임명한다는 서명과 모든 문제는 내각에서 처리한다는 서명이오. 이경직이 죽는 모습을 보고 겁을 먹고 즉시 서명을 하였소. 왕은 이제 내각의 일에 간여할 수 없게 되었소."

"잘 되었구려."

덕담으로 일이 마무리되자 아다치 겐조가 군사들에게 외쳤다.

"철수한다!"

아다치의 명령이 떨어지자 일본군 부대와 낭인패들은 썰물처럼 경복궁을 빠져나갔다. 대원군과 이준용을 강녕전에 남겨둔 채로…

85
수습

일본인들에게 졸지에 끌려 나갔다가 다시 침소로 끌려 들어
온 고종이 장안당에서 오도가도 못 하고 한참 떨고 있을 때 러시아
인 당직사관 사바틴이 조심스럽게 고종의 침소로 들어왔다. 아침
새벽, 총소리가 나자 재빨리 일어나서 사태를 파악하려고 동분서
주하고 있었는데 그 사이 일본군이 모두 물러간 것을 알고 급히 고
종의 처소를 찾은 것이다.

"전하! 안에 계시옵니까?"

부르며 들어오는 자가 경비대장 사바틴이라는 것을 알고 고종은
반가움에 소리를 질렀다.

"누구요? 사바틴? 어서 오시게."

"전하, 다치신 데는 없으시옵니까?"

"나는 다친 데가 없소만 민왕후가 걱정이오. 저들이 물러갔소?
아니면 아직 궁내에 있소?"

"물러간 것 같사옵니다. 민왕후의 안위는 아직 모르옵니다."

"뭐요? 빨리 옥호루로 가서 확인을 해 보시오. 아무래도 무슨 사단이 난 것 같소."

사바틴이 고종의 명령을 받고 옥호루에 급히 당도하자 옥호루에는 아무도 보이지 않았다. 여기저기 홍건한 피와 비린내가 누각 안에 가득한 것으로 보아 모두 죽어나간 것임이 분명했다. 잠시 후, 궁내부에 근무하는 이범진이 뛰어 들어와 사바틴을 보자 가쁜 숨을 몰아쉬며 물었다.

"중전마마는 어디 계시오. 아니⋯ 이런⋯ 설마⋯"

현실은 믿을 수 없을 정도로 참담한 광경이었다. 말을 잇지 못하는 것이 이미 중전의 죽음을 믿을 수밖에 없을 것 같다는 눈치였다. 이범진이 다시 사바틴에게 물었다.

"이거⋯ 아무래도 흉한 일을 당하신 것이 분명한 것 같소. 그럼 시신이라도 찾아야 할 것 아니오?"

"일단 여기에는 안 계신 것 같으니 밖으로 나가 목격자를 찾아봅시다."

머리 회전이 빨라서 감정에 치우치지 않고 상황을 빨리 파악하는 이범진이었다. 이범진과 사바틴이 옥호루를 나와 주위의 사람을 찾아다니자 담 밖에서 고개를 살며시 내미는 자가 있었다. 그 자가 이범진을 보자 다급히 달려왔다. 궁궐 경비대원 중 한 명이다. 이범진이 소리쳤다.

"무슨 일이 있었느냐?"

경비대원 이학균이 자신이 본 것을 얘기하기 시작했다.

"옥호루에서 궁녀 시신 여덟 구를 가져다가 저쪽 숲으로 가서 불에 태웠사옵니다."

"아이쿠!"

이범진이 그 자리에 쓰러졌다. 사바틴도 난감한 얼굴로 그 자리에 얼어붙었다. 민왕후의 사망이 확인되는 순간이었다.

"거기로 가자!"

불에 탄 자리에서 방금 전까지 시신을 태운 냄새가 진동했다. 그 옆에 땅을 파서 묻어 놓은 자리에는 흙을 파낸 자욱이 선명했다. 있다면 그 안에 민왕후와 궁녀들의 분골이 있을 것이 확실했다. 이범진이 사바틴에게 말했다.

"당신은 지금 이 길로 웨베르에게 달려가서 오늘 본 상황을 그대로 말하시오. 나는 상감께 달려가서 보고를 드려야 할 것 같소."

이범진이 사바틴에게 말하고 나서 급히 장안당으로 발길을 옮겼다. 사바틴에게서 사건의 전말을 보고를 받은 웨베르 공사는 그 끔찍함에 몸을 부르르 떨며 말했다.

"이런, 쳐 죽일 자들 같으니… 내, 이 사건의 진상을 반드시 캐고 말 것이다."

웨베르 러시아공사와 알렌 미국공사가 총성을 듣고 고종의 숙소로 달려오다가 사바틴을 만났다. 웨베르가 물었다.

"어떻게 된 것이오?"

사바틴이 몸을 부르르 떨며 말했다.

"끔찍한 일이 일어났습니다. 민왕후가 일인들의 칼에 찔려 시해되고 시신이 불에 태워진 것 같습니다."

웨베르와 알렌이 그 말을 듣자 그 자리에 얼어붙어서 한동안 말을 못하고 서 있었다.

"아니… 어떻게 이런 천인공노(天人共怒)할 일이 일어날 수가 있소?"

알렌이 신음하듯 탄식하자 사바틴이 말했다.

"분명 일인들이 의도적으로 꾸민 일이오. 더 조사를 해서 진상을 밝혀내야 합니다."

웨베르가 사건을 직접 목격한 사람들의 목격담과 진상을 정확히 기록하여 완벽하게 내용을 파악하고 나서 긴급 주한 외교공사 회의를 소집했다. 그 사이, 일본 군인이 대궐에 난입하여 민왕후를 시해했다는 소문이 삼천리 방방곡곡으로 퍼져나갔다. 미우라 공사가 이런 소문을 의식하고 먼저 입을 열었다.

"마침 회의 소집을 잘 하였소. 우리 일본인에 대해 악의에 찬 소문을 퍼뜨리는 조선인들이 있어 한마디 하지 않을 수 없소. 그러한 조선인의 말을 신임하느니보다 우리 일본 공사관의 공식적인 발표를 믿고 신임해주시기를 바라는 마음입니다. 우리 일본군에게 훈련을 받던 조선군과 입궐을 저지하려던 궁궐 시위대간에 충돌이 있어났소. 참석자 여러분들은 항간의 소문은 믿지 마시고 저희 발표를 경청해 주시면서 오늘의 회의를 진지하게 임해주시기 바랍니다."

미우라가 회의에 참가한 미국, 영국, 독일 등의 공사들에게 길게 서설을 늘어놓자 웨베르가 사건 진상을 조사한 자료를 배부한 뒤, 일어나서 말했다.

"엊그제, 전대미문(前代未聞)의 계획적인 왕비 살해사건이 일어났소. 이 사건을 목격한 사람은 조선인이 아니고 유럽인이오."

웨베르가 조사한 자료를 하나씩 읽어가며 진상을 자세히 설명해 나가자 미우라 공사의 얼굴이 벌겋게 달아오르기 시작했다. 외교 사절들이 일본 군인의 계획적인 행동임을 충분히 인식하는 모습을 보이자 미우라 공사는 자리를 박차고 일어났다.

"좀 더 알아보고 회의를 다시 열겠소."

미우라 공사가 나가자 러시아공사 웨베르는 더욱 충격적인 말을 털어 놓았다.

"대원군에게 죄를 뒤집어씌우기 위해 잠을 자고 있던 대원군에게 한밤중에 찾아가 강제로 납치한 뒤에 손자 이준용과 함께 강녕전에 억류해 두고 민왕후를 시해하였소. 마치 대원군이 모든 것을 지휘한 것처럼 보이게 하려고 한 것이오. 프랑스인 뮤텔 주교가 증언한 바요."

"그래서 대원군과 고종의 사이가 극도로 나빠졌군요."

"그렇습니다. 고종은 지금도 대원군을 의심하고 있습니다. 지난번 친일 내각에 참여한 일도 있고 해서 대원군으로서는 억울한 일이 아닐 수 없죠. 이 모든 것이 미우라 공사와 그 이전의 이노우에 공사가 꾸민 일이라는 결론입니다."

회의를 마치고 각국 공사들이 본국 정부에 결과를 보고하자 자세한 전말이 서구의 모든 언론에 크게 보도되었다. 일본정부가 당황하기 시작했다. 국제 여론이 완전히 일본의 의도적 살해로 굳어져가고 있었다. 생각했던 것과는 반대 방향으로 역풍이 증폭되고 있었다. 일본의 입장은 난처하지 않을 수 없었다. 국제적 여론에 못 이겨 당일 대궐에 난입했던 것으로 알려진 일본의 주요 인사들을 법정에 세울 수밖에 없었다. 성난 군중들이 여기저기서 들고 일어났다. 민심이 흉흉해져 곧 어떤 일이 터질지 모르는 불안한 나날이 계속되었다. 고종의 안위도 걱정이 아닐 수 없었다. 불안에 떨던 고종이 시종원경 이재순에게 일본군이 경비하고 있는 궁궐을 빠져나가 미국 대사관으로 도피하고 싶다고 자신의 속내를 털어냈다.

"여기 있다가는 언제 죽을지 모르니 빨리 여기를 빠져나가 미국 대사관에 도피해 있으면 안전할 것이오. 이젠 서양 통조림 먹는 데도 지쳤소."

독살을 두려워한 고종이 통조림 음식이나 연유 등 서양에서 제조된 음식만으로 식사를 하고 언더우드나 헐버트 등 반드시 서양인 선교사와 함께 잠을 자는 사태가 벌어진 것이다.

"예. 전하의 의지를 전하의 충성스런 신하들에게 전달하여 준비를 하겠나이다."

고종을 외부로 모시자는 비밀 결의에 대해 구식군대의 지도자들과 친미, 친러파 신하들이 적극적으로 움직였다. 많은 외국인들이 고종의 궁궐 탈출에 대하여 적극적으로 지지했다. 분위기는 형성되었고 행동만이 남았다. 구체적인 계획이 완성되자 드디어 결행만을 남겨둔 상태가 되었다. 그러나 거사 당일, 거사에 참가하기로 약속한 안경수, 이진호 등이 겁을 먹고 각각 김윤식과 어윤중에게 이 사실을 밀고하였다. 현장에 은밀히 출동하여 대기하고 있던 어윤중이 춘생문을 넘어 고종을 구출하러 담을 넘는 비밀행동대원들을 일제히 공격하여 이들을 모두 체포하여 사건은 발각되고 말았다. 일본공사는 이 사건을 '국왕탈취사건'이라고 내외에 크게 알리면서 러시아, 미국 등 외국인들이 배후에서 조종하였다고 대내외적으로 선전하였다.

"궁궐에 들어가서 본의 아니게 사고를 일으킨 우리 일본이나 무력을 써서 궁궐을 침입하여 임금을 납치하려고 한 서양인들의 행동에 무슨 대단한 차이가 있겠소? 그저 오십보백보 차이 아니겠소?"

일본은 이러한 논리로 히로시마 재판소에서 재판을 기다리고 있던 을미사변의 주요 관련자들을 증거불충분으로 전원 석방하였다. 이들이 도쿄로 귀환하는 날, 저들은 이미 일본의 국민적 영웅으로 떠오르고 있었다.

86

파천

"전하, 너무 늦어 죄송하옵니다."

궁녀 엄씨는 민왕후가 시해되었다는 소식을 듣고 기급을 하며 놀라지 않을 수 없었다. 이젠 곁에서 고종을 모실 사람이 자신밖에 없다는 것을 잘 알고 있었다. 급히 궁궐로 들어가려고 연락관을 보냈으나 소식이 없었다. 고종의 정신상태가 공황이나 다름없어서 고종 주변의 사람들은 엄상궁이 궁으로 들어온다는 전언을 고종에게 전달할 수가 없었다. 엄상궁은 근처 사가에 머물면서 궁으로 들어갈 날만 기다리고 있었다. 간신히 정신을 수습한 고종에게 겨우 입궐 소식이 전달되어 오랜 기다림 끝에 드디어 궁궐로 들어오게 되었다.

"왜 이리 늦으시었소? 내가 얼마나 기다렸는데요…"

고종이 울먹이며 말했다. 환한 얼굴로 다가오는 엄씨를 바라보며 고종이 반가움에 눈물을 글썽이고 있었다. 엄씨는 예의 밝고 명랑한 미소로 고종에게 다가서며 말했다.

"전하, 얼마나 놀라셨사옵니까? 이제는 마음을 놓으셔도 될 것이옵니다. 제가 목숨을 다 바쳐 전하의 곁을 지키겠나이다."

사근사근한 목소리와 말소리만으로도 마음이 편안해졌다. 십여 년 만에 보는 엄씨의 얼굴은 하나도 달라진 것이 없는 것 같았다. 그 점이 오히려 더 안심이 되었다. 예쁜 얼굴은 아니었으나 언제 보아도 편안한 동생을 보는 것 같은 그런 얼굴이었다. 엄상궁이 궁궐로 들어와 고종의 곁에 있어주니 고종의 마음도 한결 밝아지기 시작했다.

"그래, 바깥 세상은 어떻게 돌아가느냐?"

그동안 민왕후의 눈을 피하여 주로 바깥의 사가에서 살고 있었던 엄씨였기에 바깥 세상에서 돌아가는 이야기를 잘 알고 있을 터였다.

"예, 단발령을 강제로 실시하면서 지나가는 행인까지 붙잡아 놓고 마구 상투를 자르는 바람에 일본인들과 친일 내각 대신들에 대한 불만이 목구멍까지 차오르고 있었사옵니다. 무슨 일이 일어나도 크게 일어날 것이옵니다."

"쯧쯧쯧…"

고종이 혀를 차며 어이없어하자 엄상궁도 맞장구를 치면서 말했다.

"이건 개혁이 아니옵고 강제이옵니다."

"서투른 정치에 백성들만 죽어나는구나…"

박영효가 민왕후 시해 사건과 관련이 있다는 설이 나돌아 일본으로 망명한 직후, 김홍집을 중심으로 제삼 차 개혁이 추진되었다. 조선도 서양처럼 태양력을 실시하고 종두법 시행, 소학교 설치, 차별된 연호인 '건양'을 사용하게 되어 중국과 독립된 나라임을 내외에 선포하는 등, 급진적인 개혁이 일어나고 있었다.

그 중 단발령은 전국민들에게는 공포의 대상이 되었다. 즉, 누구든 상투를 틀고 있으면 가위를 든 관원들이 달려들어 그 자리에서 상투를 잘라내는 것이었다. 상투를 잘린 사람들은 자신의 목이 잘린 것과 같은 비통한 심정으로 그 자리에 쓰러져 울부짖으며 몸부림을 쳤다. '신체발부는 수지부모'라, 부모님께서 물려주신 몸의 일부인 상투를 잘라냈다는 것은 즉 조상과의 단절을 의미했으니 그 충격과 슬픔은 가히 상상도 못할 정도였다. 사람의 생각이라는 것이 그런 것이다. 자신이 믿는 바의 말도 안 되는 사소한 신념 때문에 목숨이 왔다갔다 하는 것이 사람의 세상이다.

그 정도로 어리석은 백성들을 통치하여야 할 고종은 얼마나 골치가 아팠을 것인가? 그러나 조선 백성은 결코 위험한 자들이 아니다. 임금이 솔선수범(率先垂範)을 보이며 잘 이해를 시켜주면 다 따라올 만큼 착한 사람들이 조선 백성이다. 고종이 원하는 개혁이란 바로 그러한 개혁이었다. 백성의 마음을 가장 잘 알고 있는 사람이 바로 임금 아닌가? 즉, 임금이 솔선하여 개혁을 주창하면 백성들이 따라오는 개혁, 그것이 지금의 조선에 가장 어울리고 부작용이 없는 개혁인 것이다. 그러나 지금 조선에서는 그런 개혁이 실시되고 있지 않았다. 고종의 마음도 준비가 되어있지 않은 상태였다.

"엄상궁. 언제 저들이 또 칼을 빼들고 여기로 쳐들어올지 모르는데 도저히 불안해서 살 수가 없소. 잠을 자도 항상 불안하여 잠을 잔 것 같지가 않소. 이를 어쩌면 좋겠소?"

"그렇다면, 여기를 빨리 빠져나가시는 것이 좋을 듯하옵니다."

"그러나 지난 번, 춘생문에서 일을 그르치는 바람에 많은 사람이 죽었으니 이 또한 쉬운 일은 아닐 것이오."

"갈 곳은 정하셨사옵니까?"

"러시아 공사관과 미국 공사관에서는 언제라도 들어오라고 하는데 미국 공사관은 지난번에 한 번 실패한 지라 아마 일본 군사들이 경비를 서고 있다고 들었소."

"그렇다면 러시아 공사관 밖에는 없을 것이옵니다. 오직 러시아 말을 하는 김홍륙에게만 심부름을 맡기시옵소서. 그리고 제가 오늘부터 길을 알아볼 것이니 절대 이 말을 아무에게도 알리지 마시옵소서. 지난번에도 너무 많은 사람이 알게 되어 누설이 되었다 들었사옵니다."

"그런 것 같소. 이번에는 절대 그렇게 하지 않을 것이니 잘 해 봅시다."

그날 이후, 엄상궁이 매일 아랫사람을 데리고 가마 두 채로 건춘문을 지나 사가로 통과하며 출입하자 건춘문을 지키던 조선 병사들과 일본군 병사들은 엄상궁의 통상적인 사가 출입으로 이것을 알게 되었다. 이 가마 안에 고종과 왕세자가 몰래 타고 나가는 것으로 계획이 짜여졌다. 여성스럽고 앙큼한 계략이다. 엄상궁을 가히 제 2의 민왕후라 부르지 않을 수 없는 점이다. 고종의 계략은 이미 실패하였으니 엄상궁의 계략을 믿어볼 수밖에… 거사 당일 아침, 고종과 엄상궁이 가마를 앞에 놓고 마지막 주의사항을 점검하며 준비를 마쳤다.

"전하. 가마가 멈출 때까지는 절대로 밖을 내어보시면 아니 되옵니다. 밖에서 사람이 열어 주기 전에는 절대 밖을 내다보지 말아주십시오."

"알았소."

당부를 하는 엄상궁이나 대답을 하는 고종과 왕세자의 얼굴이 긴장으로 굳어 있었으나 흥분이 되는 것은 어찌할 수 없었다. 역사를 돌려놓을 계기가 과연 마련될 것인가 하는 기대와 흥분을 억누르며 두 사람은 가마에 올랐다. 첫 번째 가마에는 고종과 엄상궁이 탔다. 두 번째 가마에 왕세자와 상궁이 타자 가마는 대궐문으로 달리기 시작했다. 가마가 건춘문 가까이에 이르자 가마꾼들이 더욱 속도를 내고 달려 나갔다. 새벽녘이라 졸음을 참고 경비하는 조선군 나졸 두 명이 건춘문 안쪽에 경비를 서고 있었다.

"엄상궁 마마요."

평소처럼 가마꾼 대장이 한마디 하자 졸린 눈을 비비며 나졸이 손짓을 했다. 나가라는 표시다. 건춘문을 빠져나오자 두 대의 가마는 바퀴를 단 것처럼 빠르게 달리기 시작했다. 정동에 있는 러시아 공사관까지는 삼십 분도 걸리지 않았다. 가마꾼들도 긴장을 했는지 발바닥이 탄내가 나도록 달렸지만 아무도 쉬었다 가자고 말하는 자가 없었다.

정동길을 가로질러 러시아 공사관 앞에 이르자 가마꾼들이 가쁜 숨을 몰아쉬며 만족한 표정으로 가마를 땅에 내려놓았다. 러시아 공사관에 숨어서 기거하고 있던 이범진과 이완용, 이윤용 그리고 웨베르 공사와 스페이르 신임 공사가 저 멀리서 다가오는 가마를 보고 일제히 달려 나왔다. 가마가 공사관 문앞에 서자 웨베르 공사가 가마문을 열어젖혔다. 고종의 놀란 얼굴이 웨베르의 눈과 마주쳤다. 드디어 탈출에 성공한 것이다. 역사가 바뀌는 순간이었다.

"어? 여기가 러시아 공사관 맞는가?"

가마를 열어젖힌 웨베르의 얼굴을 올려다보며 고종이 어리둥절한 표정으로 내뱉었다. 곁에 서 있던 이범진이 대답했다.

"예. 그렇사옵니다."

시간은 오전 열시였다. 너무나 긴장한 마음으로 간을 졸이며 기다리다가 드디어 가마에서 내리자 정신이 없었는지 고종이 잠시 비틀거렸다. 이윤용이 재빨리 달려들어 고종의 팔을 부축해 잡았다. 고종의 얼굴이 실감이 나지 않는 표정이었다. 웨베르 공사가 가까이 다가오며 웃는 낯으로 러시아어로 말했다. 조선인 김홍륙이 통역을 맡았다. 저들이 모두 시야에 들어오자 고종은 그제서야 마음이 놓이는 것 같았다.

"전하. 여기는 러시아 공사관입니다. 우리 러시아 황제의 청을 받아들이시어 이렇게 공사관으로 왕림하여 주신 것을 환영하옵니다."

"오. 웨베르 공사…"

"그리고 여기는 신임 공사인 스페이어 경이옵니다."

"그렇소?"

얼떨떨한 마음을 억누르고 고종과 왕세자 그리고 엄상궁이 저들의 안내를 받으며 러시아 공사관 안으로 들어갔다. 이제 왕과 왕세자 그리고 새 왕비 엄상궁 등 왕의 일가의 모든 파천이 완벽하게 끝난 것이다. 러시아 공사관에서 아침부터 미리 준비한 만찬을 맛있게 먹은 고종은 몸의 긴장이 풀어지는 것을 느꼈다. 통역 김홍륙이 러시아에서 가져온 특제 커피를 고종에게 올렸다. 커피와 만찬을 맛있게 먹고 난 고종에게 이범진이 건의했다.

"전하. 이젠 일본의 눈치를 볼 이유가 없어졌습니다. 전하께서 하시고자 하는 바대로 모든 것을 다시 시작하시옵소서."

잠시 긴장이 풀렸으나 이범진의 말을 들으니 갑자기 할 일이 많아진 것 같은 느낌이 들었다. 그러나 무엇을, 어디부터 어떻게 해야 할지 모든 것이 뒤죽박죽이 된 상황이었으므로 정리가 되지 않아 혼란스러움 그 자체였다.

"이대감. 나는 이제 그만 좀 쉬고 싶소. 을미년 흉사 이후로 하루도 잠을 편하게 잔 적이 없소. 내가 일어난 뒤에 다시 의논합시다."

87

제국

발 없는 말이 천리를 간다는 말이 이때 나왔는가? 오후가 되자 정동의 러시아 공사관으로 사람들이 몰려들기 시작했다. 고종과 왕세자가 러시아 공사관으로 피신하였다는 소식이 입에서 입으로 전해지면서 사람들이 임금을 만나려고 몰려들었다. 사람들이 몰려드는 줄도 모르고 고종은 침대에서 깊은 잠에 빠져 들었다. 꿈속을 헤매고 있는 고종은 바깥 세상에서 무슨 일이 일어나고 있는지 알 턱이 없었다. 그 순간 민왕후가 고종에게 크게 소리쳤다.

"전하! 지금 주무시고 계실 때가 아니옵니다."

"그렇지요?"

민왕후의 호령에 깜짝 놀라 자리에서 일어났다. 민왕후는 없었다. 그녀는 넉 달 전에 이미 죽은 것이다. 민왕후의 위패를 모신 빈전을 그대로 두고 자신과 아들 왕세자만 안전한 곳으로 피난 온 것이 너무도 미안하고 부끄러웠다. 이범진이 침실로 올라와 고종의 명령을 기다리고 있었다.

"민왕후를 보았소. 잠을 자고 있을 때가 아니라 말씀하셨소."

"그렇사옵니까? 맞사옵니다. 지금 총리대신 김홍집 이하 전 각료가 전하를 지키지 못한 것에 책임을 지고 사직서를 냈사옵니다."

"그렇소?"

한동안 말이 없던 고종이 정신이 돌아오자 조용히 입을 열었다.

"사직서를 전부 받아들이시오. 새로이 조각을 발표할 것이니 대기하시오."

"예. 전하… 그리고 창밖을 보시옵소서. 수많은 군중들이 전하와 왕세자의 파천을 축하하기 위해 모였나이다."

고종이 천천히 창가로 다가서자 수많은 군종들이 고종과 왕세자를 알아보고 큰 소리로 '만세!'를 불러대기 시작했다. 고종을 만나겠다고 협박하면서 일본공사 고무라가 급히 가지고 와 러시아공사관 앞에 세워둔 대포는 아랑곳 하지 않은 채 공사관 앞으로 사람들이 계속 모여들고 있었다. 기뻤다. 백성들이 고종의 결단에 대해 얼마나 가슴 깊이 환영하고 있는지를 고종은 너무나 잘 알고 있었다. 실로 오랫만에 느껴보는 자유스런 기분이었다. 고종이 2층 베란다에 다가서서 군중들에게 손을 흔들자 우레와 같은 함성이 터져 나왔다.

"전하 만세! 조선 만세!'

이 백성들의 가슴 속에 맺힌 소원을 제대로 올바르게 들어주는 것이 상감인 자신이 할 일이었다. 그리고 그것은 또한 억울하게 시해 당한 중전 민왕후의 소원이기도 했다. 이제 일본의 영향권에서 벗어나 비록 러시아의 도움을 받았지만 백성들의 꿈을 실현시켜 줄 수 있는 기회가 자신에게 찾아오고 있음을 느꼈다.

"김홍집 등 친일 내각에 참여하였던 자들을 모두 잡아들이시오."

고종이 예상외의 단호한 명을 내리자 이범진, 이윤용 등 공사관에 함께 있던 신하들이 깜짝 놀라는 얼굴이다.

"예? 뭐라고요?"

"저들을 역적 혐의로 모두 잡아들이시오!"

고종이 크게 소리를 지르자 그제서야 옆에 있던 신하들이 사태가 심상치 않게 돌아감을 느끼고 바쁘게 움직이기 시작했다. 고종의 명으로 사방에 방이 붙었다. 역적들의 죄상과 함께 체포령이 떨어지자 신이 난 백성들이 이들을 잡아들이기 위하여 떼를 지어 몰려다니며 소란을 떨었다. 궁궐 순검들이 고종의 명을 받아 김홍집과 정병하를 체포하여 경무청으로 끌고 가던 중, 성난 군중들이 이들을 알아보고 몰려들어 돌과 몽둥이로 때리고 짓밟아 죽여버렸다. 그동안 눌리고 밟혔던 백성들의 복수의 감정이 일시에 터져 나온 것이다.

탁지부대신 어윤중도 도망가다가 용인 근방에서 붙잡혀 군중들에게 매를 맞고 죽었다. 다른 대신들은 겨우 몸을 피해 일본으로 도망쳤다. 개혁을 앞세워 시대를 바꾸려 했던 조선의 혁명가들이 백성들의 손에 잡혀 길거리에서 맞아죽고 말았다. 개혁이란 것이 섣불리 조선 땅에 들어오면 이렇게 객사한다는 것을 보여준 것이다. 백성들과 동떨어진 개혁을 추진한 죄값치고는 너무나도 허무한 종말이었다.

"의정부를 부활한다."

고종은 김홍집 시대의 내각 대신, 의정부를 부활시키고 이범진, 이윤용, 박정양, 이완용, 이재순 등을 주요 대신으로 임명했다. 지난 십 년 동안 이렇게 하고 싶으셨을 터인데 어떻게 참았을까? 진작 이럴 수 있었더라면 애꿎은 김홍집, 어윤중 같은 인재가 길바닥에서 맞아 죽지 않아도 되었을 것인데…

일본공사관이 모든 세력을 잃었다. 쥐죽은 듯 고요해질 수밖에 없었다. 러시아 군함이 병사들을 가득 싣고 와서 제물포 앞바다에 정박하면서 고종의 개혁 조치를 도왔을 뿐만 아니라 미국을 비롯한 국제 여론이 조선의 조치에 대하여 완전 환영하는 성명을 발표하자 일본은 조선 땅에서 아무 것도 할 수가 없게 되었다. 국제적으로 고립이 되었다. 은인자중, 기회를 기다리던 조선인들이 드디어 들고 일어난 것이다. 청나라 사신을 모시기 위해 모화관 자리에 세웠던 영은문을 헐고 독립문을 세우기로 의견을 모으고 모금을 시작했다. 바야흐로 왕과 백성이 하나가 되어 나라를 바로 세우려는 기세가 높아지기 시작한 것이다. 서재필도 국가의 초청으로 미국에서 돌아와 중추원 고문에 임명되었고 곧이어 『독립신문』을 발간하였다.

"이제 우리 조정도 경운궁에 새 자리를 마련하고 새로운 나라를 세우는 것이 시대의 순리라고 생각하는데 의정부 대신들의 생각은 어떠하시오?"

고종이 일 년간 머물렀던 러시아 공사관을 나와 경운궁을 정궁으로 삼고 새로운 통치를 시작할 것을 말하자 이범진이 입을 열었다.

"새로 이전하는 경운궁에서는 우리 조선이 새 역사를 시작하는 마음으로 임금과 백성이 하나 되는 새로운 제국을 선포하시어 세계만방에 알리셔야 할 것이옵니다."

"그렇소. 우리 조선도 이제는 황제의 나라가 되어 러시아나 일본, 중국과 대등한 자격으로서 당당한 외교와 식견을 가져야 할 것이오. 그리고 자손만대에 영원히 남을 우리의 정신가치를 다시 한 번 바로 잡는 계기를 마련하여 후세에 길이 이름을 남길 떳떳한 조상이 되어야 할 것입니다.”

경운궁으로 고종이 이전을 하고 곧이어 ‘대한국’을 선언하는 고종의 칙령이 발표되었다. 조선은 이제 구시대의 상감을 모신 봉건국가가 아닌 황제를 모신 제국으로 다시 태어나게 된 것이다.

“우리 조선의 이름은 기자로부터 유래되었으나 기자가 있기 전 ‘환국’이 있었소. ‘환국’은 환인과 환웅이 다스리던 나라였소. 이제 우리 국가의 이름을 ‘대한국’으로 정하는 이유는 우리나라가 천제이신 환인과 환웅의 후손들의 나라라는 뜻을 내외에 밝히고자 하는 뜻이고 그 뜻을 영원히 기리기 위하여 우리나라의 이름에다 표시하여 공표하고자 하오. 또 새로운 연호를 실시하고 모든 제도와 문물을 근대적인 구조로 바꾸어 세계 속에 길이 빛날 영원한 제국으로 건설해 나갈 것이오. 이를 위하여 나는 하늘에 제사를 드리고 국조단군께 고하여 우리 ‘대한제국’의 미래가 영원하도록 기원할 것이오.”

‘한’이라는 글자는 한문이 생겨나기 이전의 글자로서 ‘환’과 동일한 글자이다. 고종이 대한문 앞에서 아들 순종과 함께 황제 즉위식과 황태자 즉위식을 올렸다. 곧이어 원구단에서 국조단군께 새 제국의 출범을 고하기 위하여 제사를 올리기로 결정했다. 원구단으로 가는 연도에는 백성들이 인산인해(人山人海)를 이루었고 대한문 앞 태평로는 불야성이 되어 수만의 인파가 몰렸으니 ‘환국’이래 가히 오천 년만의 축제가 아닐 수 없었다. 악사들과 소리패들의 풍악이 민락을 돋우니 군중들은 너도나도 흥이 나서 어쩔 줄 모르며 춤을 추었다. 이것이 모두가 하나 되는 영원한 제국의 탄생 모습이었으니 과거와 미래에 누가 이런 모양으로 국가를 경영할 수 있단 말인가!

"국조단군이시여… 우리 '대한'을 굽어 살피소서. 새로운 제국으로 태어나는 우리 '대한'이 영원히 이 땅에서 평화와 번영을 누릴 수 있도록 국조단군께서 도와주소서. 그리고 우리 백성을 괴롭히는 자들에게는 나의 목숨까지 바쳐 우리 백성을 끝까지 지킬 것을 하늘에 맹세하나이다…"

고종과 황태자 그리고 문무백관이 원구단에 제사를 올리고 돌아오니 새벽이 다 되었다. 다음날 정오에는 경운궁에서 황제와 황태자에게 문무백관들이 하례를 올림으로써 고종은 황제폐하가 되었고 왕세자는 황태자가 되었다. 그리고 민왕후에게는 명성황후라는 시호가 내려졌다. 이어서 한 달 후, 그동안 미루어왔던 명성황후의 장례식을 성대하게 치르고 황후의 예우로써 정식으로 국상기간을 가지게 되었다. 수만 명의 국민들이 명성황후의 가는 길에 애도를 표했다. 고종이 청량리 홍릉으로 떠나는 명성황후에게 자신의 대한 애틋한 마음을 담아 다음과 같이 조사를 발표하였다.

"궁전의 사변이 너무나 불측스러운 것이어서 만고에 있어본 적이 없는 일이었소. 황후의 원수를 갚지 못하고 거상기간이 지났으니 나의 이 슬픔을 어찌 말로 다 표현할 수 있으리오. 그래서 나의 슬픔은 끝이 없소…"

　대한제국 황제 즉위식과 명성황후의 장례식을 통하여 고종은 분열된 국론은 하나로 엮는 쾌거를 이루어냈다. 그동안의 개혁과 경장이 올바르다는 논리와 명분으로 치장되면서 급격한 변화를 추구하며 추진되었으나 전문 정치인인 고종황제의 방법과는 판이한 차이가 있었다. 고종은 '아관파천'으로 국가의 권세를 단 한 번에 움켜쥐었고 이어서 대한제국을 선포하고 명성황후의 장례식을 치름으로써 조선의 백성을 강하게 깨우치도록 하였고 저들이 수천 년 미몽에서 일어날 수 있도록 정신적 계기를 마련함으로써 제왕의 첫 임무를 수행한 것이다.

　고종임금에게 황제란 폭정으로 백성을 압제하고 이웃나라를 침략하면서 백성을 사지로 몰아넣는 자가 아니라 백성의 뜻을 하나로 모으고 국민의 복리민복을 위하여 힘써 일하며 또한 국가가 위기에 빠졌을 때 목숨을 바쳐 자기 백성을 지켜내는 지도자를 말함이었다. 새 황제가 그 모든 것을 실천해내리라는 것을 백성들이 잘 알고 있었으니 이것이 실로 진정한 황제의 모습 아닌가!

88

난동

고종이 대한제국을 선포하고 새로운 제국의 황제로 등극하는 동안 엄상궁은 고종과의 사이에서 제국의 새 열매를 탄생시켰다. 첫 아들을 얻은 것이다. 그녀로서는 정말 기다리고 기다리던 일이 아닐 수 없었다. 그러나 고종의 기쁨은 엄상궁의 그것보다 상상을 초월하는 것이었다. 새로 태어난 아들을 바라보며 고종이 싱글벙글하며 어쩔 줄을 몰라서 흥분하였다.

"경사입니다. 경사에요. 이제 우리 조선이 새로운 제국으로 탄생하였는데 엄상궁께서 이렇게 새 아들까지 낳아 주셨으니 내 인생에 이처럼 즐거운 때가 다시 없을 것입니다. 나라의 큰 경사입니다."

제국의 건설은 후세들을 위한 것이다. 고종은 제국의 신민인 후세를 낳아준 엄상궁을 한없이 따듯한 눈빛으로 바라보며 말했다.

"내가 그대의 도움을 받아서 가마를 얻어 타고 러시아 공사관으로 피신하여 오늘 날 이와 같은 경사를 가질 수 있게 되었으니 모든 것이 그대의 공입니다. 이제 나는 그대가 원하는 것은 무엇이든 다

들어줄 것이오."

"송구하옵니다. 소녀가 당연히 해야 할 일을 한 것이옵니다. 무슨 대수이겠사옵니까? 폐하께서 우리 제국을 잘 돌보시는 일에 저는 그저 손 하나를 보태었을 따름이옵니다."

"그래도 소원을 말해 보시오. 내 꼭 들어줄 것이오."

"소원이 있다면… 제가 대한국의 여성들을 위하여 학교를 하나 짓고 싶은 마음이 있사옵니다."

"학교라 하시었소? 내가 당장 대장원경에게 명을 내려 알아보라 할 것이니 그대는 걱정을 놓으시오."

고종이 대장원경 이용익을 부르라 명을 내리자 엄상궁이 말을 받았다.

"그나저나, 이 아기를 할아버지인 대원위 대감께 인사를 시켜야 할 것 같사옵니다. 어떻게 하오리까?"

엄상궁이 그 말을 하자 고종의 낯빛이 한순간에 흐려졌다. 고종이 한동안 아무 말도 하지 않고 침묵으로 일관하자 말을 잘 못 꺼냈나 싶은 생각에 엄상궁이 다시 다른 말을 꺼내려는 찰나, 고종이 입을 열었다.

"그 이야기라면 내게 맡겨 두시오. 지금 대원군 대감의 운현궁 대문마다 못질을 하고 순라꾼을 붙여서 아무도 들어가지 못하게 하여 놓았는데 만약 아기가 태어났다고 하여 엄상궁께서 아기를 데리고 들어간다면 주변 사람들에게 대원위 대감이 다시 황제의 신임을 받게 되었다는 등, 잘못된 신호를 주게 될 것이오. 그렇게 되면 운현궁은 다시 사람들로 들끓게 될 것이오. 운현궁 방문은 당분간 참는 것이 좋겠소."

"예, 알겠사옵니다."

고종의 걱정은 바로 그것이었다. 새로운 제국을 선포하고 황제로 등극하였다고는 하나, 주위 정세는 아무 것도 달라진 것이 없었다. 만약 고종이 대원군을 다시 신임하게 되었다는 잘못된 말이 일본 공사에게라도 전달된다면 저들이 대원군을 앞세워 다시 대거 진입할 것이고 새로 시작한 제국의 앞날에도 크나큰 암운이 되지 않을 수 없었다.

운현궁에 유폐된 대원군이 이런 사정을 모를 리가 없었다. 그러나 엄상궁이 새 아들을 낳았고 제국이 백성들의 전폭적인 지지를 받으며 힘차게 출범하는 이때에 혼자서 운현궁에 누워 시간만 보낼 수는 없었다.

"황제께서 이제 새로운 제국을 건설하시어 우리 대한을 튼튼한 반석 위에 세우셨으니 신하로서 더 이상 바랄 것이 없다. 그러나 내가 이미 중병이 들었으니 장차 이 일을 어찌하면 좋겠는가?"

약을 들이는 종복에게 대원군이 크게 한탄을 하였으나 대원군이나 종복이나 달리 뾰족한 수가 있을 수 없었다.

"대감, 어서 약을 드시고 쾌차하시는 길만이 살 수 있는 길이옵니다."

"천서방, 이젠 저기 동궁전에 묻혀있는 선대왕의 유지를 황제폐하께 모두 전하고 새 황제께서 큰 뜻을 펴실 수 있도록 할 때가 된 것 같네. 그렇게 하는 것만이 이 늙은 신하의 도리라고 보는데 마땅한 방법이 없구나. 방법이… 나도 이제 얼마 안 남은 것 같아…"

"대감, 약한 말씀 마시옵소서. 반드시 기회가 이를 터이니 이 약을 드시고 일찍 주무시옵소서."

천종복이 건네준 약제를 받아서 단숨에 마셔버린 대원군이 다시 자리에 누워 잠을 청하자 종복은 조용히 문을 닫고 밖으로 나왔다.

세월이 무심했다. 자신의 아들을 왕으로 삼기 위하여 의도적으로 조성하에게 접근하고 조대비와 밀약을 맺어 아들을 지존의 자리에까지 앉혔으나 그런 아들에 의해서 본의 아니게 내쳐져 지금까지 인정을 받지 못하고 평생을 살아온 자신의 처지가 처량하기만 했다.

"다 운명이로다. 덧없는 인생이로고…"

함께 일하다 불의의 사태로 죽어간 이장렴과 장목수를 생각하니 눈물이 저절로 흘렀다. 그믐달도 눈부신 밤이었다. 다음날 아침, 천종복은 아침 일찍 춘홍이 부르는 소리에 잠을 깨었다. 부대부인 민씨도 병중에 있어서 간호를 하기 위해 춘홍이 운현궁에 머무르고 있었다.

"천서방! 큰일 났네! 속히 나와 보시게!"

혹시나 간밤에 대원군의 신상에 무슨 일이나 일어나지 않았나 하는 생각에 가슴이 철렁 내려앉았다.

"알았소! 내, 속히 나가오."

천종복이 춘홍의 뒤를 따라서 대문 쪽으로 달려 나가자 아침 일찍부터 대원군이 의관을 정제하고 대궐로 들어가야 한다고 문밖으로 나가다가 나졸들과 실랑이를 벌이고 있었다.

"네 이놈들! 당장 저리 비키지 못하겠느냐!"

"아니되오!"

젊은 나졸 서너 명이 거품을 물고 용을 쓰는 노인 하나를 막지 못하여 힘에서 밀리고 있었다. 천종복이 달려들어 나졸들을 밀쳐내고 말했다.

"대감! 고정하시옵소서!"

"이놈들이 내가 상감을 만나러 가겠다는데 어찌 말릴 수가 있느냐! 내가 내 아들도 못 만나는 법도가 세상 천지에 어디 있다더냐?
당장 비키거라!"

대원군의 호령에 나졸들은 꿈쩍도 하지 않았다. 명을 단단히 받
은 모양이었다. 그 기세가 너무나 약이 올랐는지 대원군은 가지고
있던 부채로 나졸 하나의 머리통을 힘껏 후려갈겼다.

"어이쿠!"

불의의 기습을 받고 나졸이 놀라 쓰러지자 다른 나졸들이 대원
군에게 달려들어 다짜고짜로 포박을 하기 시작했다. 천종복과 춘
홍이 달려들어 나졸들을 제재하려 하자 대장으로 보이는 나졸 하
나가 종복에게 말리는 시늉을 하며 말했다.

"걱정마시오. 포박하여 폐하께 데려갈 것이오. 이런 방법 밖에는
없으니 차라리 잘 된 것 아니오?"

대원군을 포승으로 묶은 나졸들이 경운궁으로 들어가 고종의 처
소에 있는 경비대장에게 전후사정을 말하자 경비대장이 궁내부 대
신에게 고하여 대원군의 고종 알현을 성사시켰다. 고종이 포승줄
에 묶여 들어오는 부친, 대원군을 보고 찡그린 얼굴로 혀를 차며 말
했다.

"포승을 풀게 하시오."

포승줄을 다 풀어 주자 대원군의 마음은 억누를 수 없는 감정에
사로잡혔다. 도저히 목이 메어 아무 말도 할 수 없을 것 같았다. 이
렇게 해야만 자식을 만날 수 있게 된 자신의 처지가 너무나 한스러
웠다. 고종이 그런 대원군의 마음을 아는지 모르는지 질문을 시작
했다.

"무슨 연유로 나를 만나시려 했는지 모르오나 내 몹시 바쁜 일이
있으니 간단히 용건만 말씀하시오."

힘쓰고 애써 겨우 여기까지 찾아왔건만 아들의 태도는 지극히 사무적이었고 자신을 경원하는 태도가 뚜렷했다. 서러운 마음이 목까지 차올랐지만 겨우겨우 삼키고 대원군이 천천히 입을 열었다.

"폐하… 이태조께서 이 땅에 우리 조선의 터를 잡으시고 나라를 창건하신 이래 성군, 영왕께서 우리 조선을 통치하시어 오늘날까지 오백 년 대업을 유지하여 왔사옵니다. 이제 폐하께서 새로운 터전을 닦으시고 목하, 새로운 제국을 세우심은 실로 경하드릴 일이옵니다. 이는 오백 년 성군, 영왕들의 유지가 이제 이 땅에서 크게 피어난 것이오며 개벽천지의 천운이 이 땅에 도래하여 우리 대한국의 운명을 열어놓은 것이옵니다. 폐하께서는 이제 선대왕께서 물려주신 영광스런 유지를 받들어 주시옵고 옥체를 보존하시어 이 늙은 신하의 마지막 소원을 이루어 주심을 간곡히 부탁드리오니 부디 저의 이 말씀을 간과하지 마시고 기억하여 주시기를 앙망하나이다."

대원군의 발언 요지는 동궁전 지하고에 보관되어 있는 선대왕의 유지를 이제 폐하께서 직접 인수하시어 새 제국을 반석 위에 올려놓는 일에 써달라는 유언이자 당부였다. 그러나 그와 같은 말을 대원군으로부터 전해들은 고종이 과연 그런 뜻으로 정확히 이해하며 들었을 것인가? 주변에 신하들도 있었으니 그 정도쯤 이야기를 해도 영민한 그의 아들은 잘 알아들었을 것이라고 대원군은 굳게 믿었다. 다소 장황스러운 대원군의 지루한 발언에 짜증이 난 고종이 자리에서 벌떡 일어나며 말했다.

"알았소. 물러가 계시오."

89
유산

대원군이 사망했다. 그의 나이 칠십구 세! 한 시대를 열고 한 시대를 이끌어 갔던 시대의 인물이 새 시대의 도래와 함께 자리를 물려주고 사라진 것이다. 새로운 제국의 건설에 참여할 수 없었던 것은 그의 운명이었다. 그는… 자신이 열었던 시대를 마감하고 역사에서 사라졌다.

대원군의 유언에 따라 임오년 대원군 집권 때 동궁전 지하고에서 꺼내와 사용하고 남은 왕실 금괴 오백여 점이 고종에게 전달되었다. 물론 동궁전 지하고의 비밀 출입구를 상세히 그린 도면과 고종을 생각하며 그린 각종 낙그림, 그리고 고종의 어렸을 때에 남긴 기록 등 수많은 자료들이 함께 전달되었다. 내장원경 이용익이 대원군이 남긴 엄청난 유산인 금괴를 전달받자 깜짝 놀라 고종에게 달려갔다. 전혀 예상을 하지 않았던 일이 발생한 것이다.

"폐하! 대원위 대감께서 폐하께 남긴 유산의 규모가 상상을 초월할 정도로 엄청납니다."

"뭐요? 뭐가 엄청나다는 거요?"

“예. 다름이 아니옵고 금괴가 무려 오백 점이 넘사옵니다.”

“금괴가? 아니 그것이 다 어디서 났단 말이오?”

“자세히는 모르오나 아마도 선대왕들로부터 전해 받은 것이 아닌가 생각되옵니다.”

“그래요? 그거 참 잘 되었구려… 나라를 위해 아주 요긴하게 쓸 수 있을 것을 생각하니 마음이 좋구려. 게다가 엄상궁의 소원을 제대로 들어주지 못하여 미안했는데 잘 되었소. 금괴 열 개를 즉시 여학교를 지을 수 있도록 학부대신에게 전달하여 주시고 학교를 하나가 아니라 여러 개 지을 수 있도록 하라고 명을 내려 주시오.”

“알겠사옵니다. 그런데… 나머지 금괴는 어떻게 처리하는 것이 좋겠습니까?”

“음… 천천히 생각해 보기로 합시다. 하하하… 부친께서는 역시 비범한 데가 있으십니다. 안 그렇습니까?”

돈이 들어가면 누구의 입에서든 칭찬이 나오게 마련인 것이다. 잘못된 말이 전달될까봐 대원군의 장례식에도 참가하지 못하여 양식 있는 선비들과 여러 신문의 논설이나 기사로 비난을 받고도 참아야 했던 고종이었지만 장례가 끝나고 부친이 남겨준 금괴를 받자 어쩔 줄을 몰라 좋아하고 있었으니 자식이란 것도 다 헛것이다. 돈에 관한 것이라면 역시 부부끼리 의논할 수밖에 없는 것이 인지상정. 엄상궁과 고종이 커피잔을 앞에 놓고 마주 앉아서 행복한 고민을 하고 있었다.

“엄상궁! 대원위 대감의 금괴를 어찌 처리하면 좋겠소?”

“예. 세상일이란 알 수 없는 것이오니 우선 작은 항아리 단지 열두 개를 마련해서 각 단지마다 금괴 이십 개 씩을 넣어 창덕궁 후원에 묻어 두시고 후일을 대비하시옵소서. 이 일은 아무도 모르게 하셔야 하옵니다.”

“그야 물론이지요.”

“그리고 또… 의화군께서도 장성하시었사오니 이참에 미국에 유학을 보내시어 외국의 문물을 공부하실 수 있도록 하시는 것이 좋겠습니다.”

“그렇소? 좋은 의견이오. 당장 시행하도록 하십시다.”

다음날, 고종이 이용익과 김내관을 불러 작은 항아리 열두 개를 준비하게 한 후 금괴를 넣었다. 단지 뚜껑을 덮은 뒤, 고종이 친히 일일이 다니며 단지를 묻을 자리를 지정하였다. 날이 저물자 김내관과 내시부 직원들이 삽과 곡괭이를 가지고 와서 땅을 파기 시작하였다. 창덕궁 후원 깊은 곳의 땅을 파낸 자리에다 조심스럽게 항아리 열두 개를 내려놓고 다시 흙을 덮어 원래대로 감쪽같이 해 놓았다. 그리고 파낸 자리를 지도에다 정확하게 표시를 해 두었다. 자, 축, 인, 묘, 진, 사, 오, 미, 신, 유, 술, 해 이렇게 가까운 순서대로 표시를 한 후… 모든 일을 끝냈다. 전 과정을 손수 감독을 하며 일을 마친 고종이 이용익에게 말했다.

“자네는 이 지도를 나머지 금괴와 함께 보관하여 절대로 잃어버리지 않도록 하여야 한다. 알겠는가?”

“예!”

창덕궁 깊은 후원에 열두 개의 금괴 항아리를 묻어놓고 나니 마음이 뿌듯해졌다. 이제는 새로운 제국의 건설에 매진하면서 나라의 힘을 굳건히 하는 것이 순서였다. 고종이 연일 대신들을 쪼아댔다.

“외국인에게는 어떤 특권도 주어서는 안 될 것이오.”

고종은 모든 외국인들의 투자와 개발은 의정부의 확실한 감독과 결재에 의해서만 추진되도록 하였다. 그러나 사태는 엉뚱한 데서 터지고 있었다. 독립협회의 회장이었던 안경수가 몇몇 지인들을 규합하여 극단적인 모임을 준비하고 있었다.

"고종을 폐위시키고 황태자를 새 황제로 모신 다음 입헌군주국을 세워야 할 것이오."

"그렇소. 우리도 이제 영국이나 일본처럼 입헌군주국으로 체제를 바꿀 필요가 있소."

대한제국을 설립한 지 일 년도 못되어 체제 개편의 격렬한 의견들이 쏟아져나오기 시작했다. 자유를 획득한 민중들의 움직임이 활발했다. 특히 매 주 열리고 있는 독립협회의 토론장에서는 고종과 그가 추진하는 새로운 정책에 대하여 강력한 비판이 계속 터져 나왔다.

"이대감! 어찌 이런 주장들이 마구 쏟아져 나오는 것이오? 우리 대한이 이제 새 제국을 선포하고 황제가 된 지 얼마나 되었다고 이런 주장을 하는 것이오?"

독립협회의 회장을 지내면서 독립문을 건설하는 데에 가장 앞장섰던 이완용에게 고종이 물었다. 이완용의 입장이 매우 난처해졌다.

"예. 저들의 주장에는 과격한 점이 많습니다. 이제 저들을 통제하여야 할 필요가 있을 것입니다."

"그렇소! 이번 사태에 대하여 나는 단호하게 대처할 것이오. 경무청에 지시를 내려 전 독립협회장인 안경수를 체포하라 이르시오."

안경수에 대한 체포령이 떨어지자 그는 재빨리 일본으로 망명을 하여 체포는 불발되었다. 그러나 황실에 대한 도전은 그치지 않았다. 이번에는 황태자를 독살하려는 음모가 있다는 것이었다. 법부대신 이범진이 급히 고종을 찾았다.

"러시아어 통역인 김홍륙이 황태자의 커피에 독을 타라고 사주한 정황이 포착되었습니다."

"뭐요?"

김홍륙은 귀임한 전 러시아공사 웨베르와 고종을 연결해 준 통역관 아닌가? 고종이 신임하는 신하로서 비록 출신은 북청 물장수로 러시아를 드나들며 러시아어를 배워 통역관이 되었지만 황태자를 죽여야 할 이유가 없는 자였다.

"진상을 자세히 알아보고 보고하시오!"

그에게 독직이나 뇌물 등 약간의 사적인 문제가 있어 삭탈관직을 했고 이미 유배지에 내려가 유배되어 있는데 어떻게 황태자의 커피에 독을 탈 수 있었겠는가? 고종이 법부대신에게 말하자 이범진이 다시 말했다.

"부엌 하인 중 한 사람이 김홍륙의 친구로부터 커피에 무엇인가 집어넣으라는 지시를 받았다 하옵니다."

"그게 정말이오?"

"예."

"그래서 어떻게 했소? 독약을 전달받았다는 것이오?"

"독약을 전달받지는 않았으나 즉시 궁내부에 알려 법부에서 조사를 한 바 모든 것이 사실로 드러났사옵니다."

"이럴 수가…"

김홍륙은 황태자 독살 음모의 주모자로 억울한 누명을 쓰고 사형을 받았다. 고종의 총애를 받았다는 이유로 모든 사람의 질투를 한 몸에 받았던 러시아어 통역 김홍륙은 자신의 권세를 너무 믿었다가 모두의 질시를 받고 역사의 무대에서 사라졌다. 그러나 독립협회 문제만은 간단히 끝나지 않을 것 같았다. 사람이 너무 많이 모여 있는 것이다.

90

토론

종로 광장에서 일요일마다 열리는 토론회에는 독립협회 사람은 물론 의정부의 대신들도 대거 참여하였다. 대신들도 이 토론회에서 무슨 이야기가 오고 가는지 알아야 할 필요가 있었기 때문이었다. 대한제국을 선포하고 나서 주변의 무허가 건물을 철거한 뒤, 주변 길을 넓혀 놨더니 사람들이 많이 모이게 된 것이다.

"외국에 의존하지 않고 관민이 협력하여 황권을 공고히 하여야 할 것입니다."

"외국인들에게는 어떠한 특권도 주지 말고 광산, 철도, 벌목 등 개발과 차관, 파병은 각부 대신과 중추원장이 합동으로 서명하지 않으면 시행을 할 수 없도록 하여야 할 것입니다."

"전국의 국가 재산은 탁지부에서 일괄하여 관리하고 외국인이나 회사가 임의로 손대지 못하도록 하여야 합니다."

근대적 국가의 제도와 문물이 토론되고 의견조율 되고 있었다. 중추원을 국민의 대표기관으로서 의회의 역할을 하는 기관으로 거듭날 수 있도록 하자는 의견도 나왔다. 젊은 토론자인 이승만, 홍정

후 등은 재정이나 병권을 러시아의 간섭에 맡기는 것은 국가적으로 즉시 없어져야 할 대표적 폐단이라고 역설하면서 러시아 군사고문과 재정고문 등을 즉시 출국시켜야 한다고 주장했다. 관민공동회에서 의논된 내용이 정리되어 여섯 가지로 압축되고 '헌의육조'라는 이름으로 고종황제에게 전달되었다.

"여기의 '헌의육조'가 협회에 참가한 모든 사람들이 다 합의를 하고 올린 주장이오?"

고종이 박정양에게 묻자 박정양이 대답했다.

"독립협회를 비롯하여 조정 대신들도 찬성하는 바이옵니다. 그러나, 모든 결정은 황제폐하께서 결정하실 일이옵니다."

고종이 잠시 생각에 잠겼다. 이들의 요구는 한마디로 말해서 군주인 자신의 권한을 줄이고 민간 대표들의 권한을 확대하라는 것이었다. 외국에서도 이와 비슷한 제도를 이미 시행하고 있다는 것은 잘 알고 있었다. 이제 우리 민족에게도 때가 되었는가? 황제인 자신이 전면에 나서지 않더라도 이들을 믿고 나라를 맡길 수 있을 것인가? 그러나 나라의 운명을 놓고 도박을 벌일 수는 없었다.

"협회의 대표자들을 들어오라 하시오."

모든 것은 직접 확인을 하고 결정을 내리는 것이 책임자의 자세라고 생각했다. 얼마 안 있어 독립협회의 주요 직책을 맡은 인사들이 경운궁으로 들어왔다. 고종이 그들에게 커피를 대접하며 말했다.

"잘들 들어오셨소. 서박사는 미국인 신분이지요?"

서재필은 갑신정변 후, 미국으로 망명하여 조지워싱턴 대학에서 세균학을 전공하여 박사 학위를 취득하고 국가에서 초대받아 중추원 고문으로 귀국한 의료인이었다.

"그렇습니다. 미국에서 시민권을 취득하고 한국으로 들어왔사옵
니다. 이제 우리도 서구식 통치체제를 받아들일 때가 된 것 같사옵
니다."

"그렇소? 미국은 다른 나라와 달리 국왕이 없는 나라라고 들었
소."

"예. 미국은 대통령을 선출하여 그 임기 동안 대통령이 책임을
지고 통치를 하는 공화정의 나라이옵고 영국이나 러시아, 프랑스
등 유럽의 나라들은 국왕의 통치하에 책임총리가 국가를 책임지고
있사옵니다."

"여러분들의 우국충정(憂國衷情)을 내 모르는 바가 아니나 그동
안 우리 대한은 급격한 개혁을 통하여 엄청나게 많은 희생을 치른
바가 있소. 이제 여러분들이 올린 '헌의육조'를 받아보니 때가 되
었다는 생각이 드는 것이 마음이 흡족하오. 내가 여러분들의 의견
을 받아들여 이것을 모두 수용하려 하는데 여러분들의 의견은 어
떠하시오?"

고종의 예상치 못한 전폭 수용의 제의가 발표되자 자리에 함께
있던 모든 사람들이 술렁이기 시작했다. 예상을 뛰어넘는 파격 제
의였기 때문이었다.

"폐하께서 저희들의 제의를 모두 수락하신다면 이 나라의 영원
한 성군이 되실 것이옵니다."

"좋소! 여러분들의 의견을 모두 수용할 것이오."

회의를 성공적으로 마친 독립협회 회원들이 모두들 만면에 희색
을 띠고 자리에서 일어섰다. 고종이 방을 나서는 서재필 박사를 다
시 불러 세웠다.

"서박사. 우리 의화군을 미국에 유학을 보내려 하오. 서박사께서

이 일을 좀 책임 맡아 주실 수 있겠소?'

"예. 좋은 생각입니다. 미국공사 알렌을 보낼 터이니 그와 의논하심이 좋을 듯합니다. 알렌 공사에게 말을 해 놓겠습니다. 나머지는 제가 다 알아서 하겠습니다."

독립협회의 주장대로 중추원을 의회로 개편하기로 하고 중추원 의원 오십 명 중 절반은 독립협회에서 선출하고 나머지 절반은 의정부에서 선출하기로 하고 인선 작업에 들어갔다. 그러나 사태는 엉뚱한 방향으로 전개되고 있었다. 독립협회의 독주를 그냥 보고 있을 수 없었던 조병식을 비롯한 반 독립협회 인사들이 고종에게 도저히 그냥 보고 있을 수 없는 상소를 올렸다.

"폐하! 지금 독립협회 회원들의 중추원 인선이 늦어지고 있는 이유는 협회 내에서 불측한 일이 벌어지고 있어서이옵니다. 다름이 아니옵고 협회에서 폐하의 황제 직위를 폐위시키고 미국과 같은 완전한 공화국가를 건설하려 하고 있사옵니다."

"뭐요? 어떻게… 약속되지 않은 일이 있을 수 있소?'

"확실한 증거가 있사옵니다. 저들이 이미 대통령과 부통령을 선출하였다 하옵니다."

"누구요? 대통령으로 선출된 자가 말이오."

"예. 대통령에는 박정양이옵고 부통령에는 윤치호 그리고 각부 장관은 모두 독립협회 회원이 차지할 것이라 하여 지금 서로 장관을 하겠다고 난리가 나서 시일이 늦어지고 있다 하옵니다."

"이럴 수가…"

참으로 어처구니없는 일이었다. 황제를 폐위시키고 대통령을 선출하여 공화정을 실시하겠다니 말도 안 되는 일이었다. 결코 사전 합의된 사항이 아니었다. 거기에 구체적으로 이름까지 거론되고 있으니 일이 많이 진척된 것임이 분명했다.

"이 일을 어떻게 한다?"

"즉시 협회를 해산시키시고 간부들을 반역으로 잡아들여서 저들의 공화정 의지를 꺾지 않으신다면 장차 이 나라에 큰 혼란이 닥칠 것이옵니다."

고종이 한동안 이러지도 저러지도 못하고 결정을 내리지 못하자 조병식을 비롯한 유기환, 민종묵 등 보부상연합회와 황국협회에서는 고종에게 계속 결단을 내려 줄 것을 요구했다. 고종이 마침내 입을 열었다.

"독립협회를 해산하고 주동자를 잡아들이시오!"

경무청은 독립협회의 이상재를 비롯한 간부 십칠 명에 대하여 반역 혐의로 체포하고 이들을 모두 투옥하였다. 윤치호와 안영덕, 최정덕 등은 가까스로 도망하여 체포를 면하고 일본으로 도피하였다. 협회의 주요 간부들이 체포되었다는 소식이 배재학당에 알려지자 그곳에 있던 학생들과 교사들이 경무청 앞에서 연일 시위를 벌였다. 이승만과 양홍묵 등 배재학당 학생들은 이들의 석방을 요구했고 각 신문들도 이들의 석방을 탄원하였다. 독립협회는 해산되었으나 만민공동회라는 이름으로 더 많은 사람들이 모여들었다. 황국협회가 이들을 무력으로 해산하려다 실패하자 사태는 걷잡을 수 없이 커져갔다. 몇 차례의 해산 명령이 그들에게 떨어졌으나 군중의 수는 더욱 불어났다. 이젠 이들을 풀어 주지 않으면 더 큰일이 일어날 태세였다. 고종이 다시 결단을 내렸다. 경무청장을 해임할 수밖에 없었다.

"경무청 책임자인 경무사 김정근을 해임하고 사건을 원점에서부터 다시 조사하라."

이들에 대한 재판이 다시 시작되고 고등재판소장에 중추원장 한규설이 임명되었다. 결국 이들은 무죄로 판결이 나고 모두 석방이 되었다. 그리고 독립협회 측의 상소를 받아들여 이들의 죄를 고소했던 조병식 일파는 무고 혐의와 함께 체포령이 내려 쫓기는 몸이 되었다. 그렇다면 조병식은 없는 이야기를 지어냈단 말인가? 근거가 없지는 않았을 것이다. 그러나 지금의 대세는 군중이었다. 군중이 지배하는 시대가 공화정이 아니겠는가? 고종을 폐위시키고 군중에 의한 정부를 세우자는 공화정의 불씨는 과연 사라진 것일까?

91

독도

중추원이 박영효를 일본으로부터 소환하기로 결의하자 집회에 모인 군중들이 열광적으로 지지의 박수를 보냈다. 이것은 군중심리(群衆心理)였다. 많은 군중들이 모여서 박수와 환호로 지지를 보내니 집회 참가자들은 전국민이 이 조치를 찬성하는 것으로 착각했다. 그러나 백성들은 박영효가 민왕후의 폐위 음모사건과 관계가 있을 것이라고 의심하고 있었으므로 박영효를 데려오라고 지지한 만민공동회의 결의에 대하여 부정적인 정서를 표시하며 그들의 존재와 결의에 대하여 거부감을 보이기 시작했다. 아직 백성들은 마음의 준비가 덜 되었던 것이다. 백성들의 마음에 관한 한, 고종이 천하제일(天下第一)의 그 방면 전문가이다. 그러나 집회 군중들이 그런 데까지 신경을 쓸 수는 없었다. 집회 현장에서 군중들이 여럿이 모여 연일 토론을 벌이니 그들의 생각은 기고만장하면서 점차 우중으로 변한 것이다.

만민공동회가 공개적으로 러시아에 대하여 압력을 가하자 러시아 군사고문단이 장교들을 이끌고 귀국하고 러시아 공사가 교체되는 사태까지 벌어졌다. 군중들의 주요 탄핵 대상이 러시아로 귀결되는 양상이 보이자 러시아가 미리 손을 썼던 것이다. 러시아가 이런 조치를 취하며 한 발 뒤로 물러서자 그동안 러시아로 몰렸던 비난이 수그러들었다. 그러나 대중들로부터 정서적 지지를 상실한 만민공동회는 서서히 공격을 당하기 시작했다. 집회장소에서 황국협회 회원으로부터 습격을 당하자 고종은 이들 단체간의 충돌을 염려하여 만민공동회의 집회를 금지시키고 이들을 해산시킬 것을 명령했다.

"군중들을 해산시키고 더 이상 집회를 열지 못하도록 하라!"

군대와 순검들이 집회를 위하여 모여 있는 사람들에게 몽둥이와 곤봉을 휘두르며 해산을 명령하자 이들은 흩어지기 시작했다. 과유불급인가? 무려 삼 년에 걸쳐서 일어났던 시민토론장이 사라져 버렸다. 중추원도 새로 구성되지 않았고 입헌군주제도 채택되지 않았다. '헌의육조'를 기억하는 사람은 아무도 없었다. 근대민주주의가 착근할 천재일우(千載一遇)의 기회가 사라진 것이다. 한바탕 오리무중 안개가 지나간 후의 결과는 아무 것도 없었다. 백가쟁명(百家爭鳴)의 시대, 허무한 한 판의 굿은 이렇게 끝났다. 마치 민왕후가 살아 있을 때 황태자를 위하여 매주 굿거리를 하던 것과 다름이 없었다. 굿판이 끝나니 황태자의 건강이 좋아지지도 나빠지지도 않았던 것처럼 이제 이들에게는 달라지지 않은 냉정한 현실만이 남게 된 것이다.

한국에 진출한 나라들의 이권쟁탈전이 본격적으로 시작되었다. 일본이 경부철도 부설권을, 프랑스가 경의선 철도 부설권을 얻어냈다. 물론 이익금 중 일부를 국가에 지급하기로 작정하였지만 그것은 하나의 구실에 지나지 않았다. 미국은 경인철도 부설권과 운산 금광채굴권을, 러시아는 압록강과 울릉도 산림벌채권을 획득하여 작업을 시작했다. 미국이 한양에 전기시설권을 확보하고 한미 합작으로 한성전기회사를 설립하여 경복궁과 덕수궁에 전등불을 설치하였다. 대한국 오천 년 역사에 처음으로 전등불이 들어오게 되었다. 놀라운 변화였다. 또한 미국 회사와 칠백만 원을 들여 급수 시설을 설치하기로 계약하고 시설공사에 들어갔다. 그러한 결과로 시내 한복판에 전차가 다니기 시작했다. 고종이 각종 개발계획을 접수하고 승인하는 과정에서 국토의 효율적 관리의 필요성을 인식하고 진작부터 추진해 온 울릉도 개발정책에 대해 관심을 갖게 되었다.

"울릉도 개발이주 계획은 현재 어떻게 진행되고 있소?"

조정에서 보낸 관리 우용정이 울릉도와 그 일대에 대한 조사를 벌이고 그 결과를 다음과 같이 대답했다.

"예. 인구가 남녀 합하여 도합 일천이백이 넘었사옵니다. 그리고 농경지가 사천팔백 두락이 넘었사오나 일본인 칠십여 명이 불법적으로 들어와서 울릉도의 나무를 마구 벌채해 가고 있사옵니다."

"이런 일이 다시 일어나지 않도록 하는 방안을 세워 놓았는가?"

"예. '울릉도를 울도로 개칭하고 도감을 군수로 개정한 건' 을 여기 제출하옵니다."

고종은 울릉도를 울도로 고쳐 부르게 하고 강원도 울진현에 속해 있는 울릉도와 그 부속도서를 묶어서 하나의 독립된 군으로 격상시켰다. 그리고 군청의 위치는 태하동에 정하고 관할 구역을 '울릉도 전도와 죽도 그리고 석도' 로 못 박았다. '석도' 라 함은 돌섬 즉 독도를 의미하는 것이었다. 고종 삼십칠 년인 1900년 10월 25일에 고종은 칙령 제 41호로 이 사실을 공포하였다. 우리 땅 독도를 지키고자하는 의지는 대한제국의 초대 황제인 고종으로부터 확인되어 역사적으로나 법률적으로나 확실하게 다져진 것이다.

"폐하. 안경수와 권형진의 문제를 어떻게 처리하는 것이 좋겠습니까?"

법부대신 이범진이 지난 날 고종의 폐위를 주장하다가 발각되어 일본으로 망명을 했다가 귀국한 전 독립협회의 수장 안경수의 처리 문제를 의논하고 나선 것이다.

"저들을 공정한 재판을 받게 해 주는 조건으로 일본으로부터 불러들였거늘 저들의 재판이 진행되는 것을 봐가며 처리하는 것이 올바른 방법 아니겠소?"

"폐하! 이번 사건은 그 성격이 좀 다르옵니다. 저들은 국내에서 반역죄를 짓고 이미 사형이 확정된 자들이온데 다시 두 번 재판을 받는 것은 법리상 올바르지 않사옵니다. 그렇게 되면 대한국의 국법이 일본법에 종속되는 결과를 가져오게 됩니다."

"그럼, 어떻게 하는 것이 좋겠소."

"이미 우리 쪽에서 확정 판결이 난 사안이므로 주저 없이 집행하는 것이 옳을 듯하옵니다. 이번 기회에 국법의 준엄함을 보여주시는 것이 제국의 권위에 흠결이 없을 것으로 사료되옵니다."

저들에게 사형을 집행하려는 의미는 국내에서 죄를 짓고 나서 외국으로 도피하였다가 외국의 힘을 빌려 귀국한 뒤, 국가의 형법질서를 무시하고 다시 새로운 판결을 받아내려는 시도로 여겨진 것이다. 그리고 이참에 일본에 대하여서도 국내법을 지키지 않은 자국인에 대하여 대한제국이 명백한 재판권이 있음을 보여주어야 한다는 여론이 있음을 보여주기 위함이었다.

"다른 대신들의 의견은 어떠하시오?"

"법부대신의 의견이 옳은 줄 아뢰옵니다."

"좋소. 국법을 즉시 시행하시오."

황제 폐위를 도모하다가 일본으로 망명하여 다시 귀국한 안경수와 권형진에게 신속하게 사형이 집행되었다. 이들의 귀국을 주선했던 일본공사관이 아연실색하였음은 두말할 나위가 없었다.

중신회의를 마친 고종은 내일자로 미국 유학을 떠나는 의화군의 작별 인사를 받았다. 올해 나이 스물세 살로 한창 혈기가 왕성한 나이였다.

"황제폐하. 이제 소인, 의화군은 미국으로 유학을 떠나고저 하오니 윤허하여 주시옵소서."

의화군은 형인 황태자 척과는 모든 점에서 달랐다. 특히 건강한 신체와 빠른 판단력 그리고 강한 독립심을 가진 왕자로서 왕가에서는 드문 호방한 성격이었다. 이런 사나이로 성장해 준 의화군이 고종에게는 여간 대견한 일이 아니었다.

"그래, 먼 길에 특히 몸조심하여라. 너의 몸은 너의 것이 아니니라. 국가와 민족을 위한 동량이 되어 내 곁으로 돌아와 나를 도와주기 바란다."

"부왕 폐하의 명을 명심하겠나이다."

"너를 수행하는 미국 공사관의 직원이 미국까지의 길을 안내할 것이다. 미국에서는 대학에 너의 입학을 주선해 놓았으니 신학문을 마음껏 배우고 올 것이다."

"알겠사옵니다."

"지난번에 동경으로 보낸 유학비 이천 원은 잘 보관하고 있느냐?"

"예. 은행에 잘 넣어 놓았사옵니다."

"그리고… 자… 받아라. 이것은 선왕께서 너에게 내리는 특별한 은사이니 받아서 잘 활용하기 바란다."

고종이 작은 가죽 가방을 의화군에게 건네자 의화군이 다가서서 고종에게 가방을 받아들고 살짝 열어보았다. 누런 금괴 두 덩이가 들어 있었다. 도합 이백 냥이 넘는 엄청난 액수였다. 의화군의 입이 귀밑까지 찢어졌다. 의화군이 호방하고 큰 소리로 고종에게 감사의 인사를 전하며 다시 한 번 크게 소리쳤다.

"부왕폐하! 감사하옵니다. 감사하옵니다!"

"그래. 미국에 가더라도 지난번처럼 절대 일본 공사에게 손을 내미는 일은 다시 하지 말거라."

"알겠사옵니다. 그 일은 정말 죄송하옵니다."

"알았느니라. 그리고… 특히 여자를 조심하여라. 이 아비의 당부니라…"

"예. 명심하겠사옵니다. "

다음날, 미국 공사관으로 임명을 받아 임지로 떠나는 직원과 함께 의화군이 제물포항으로 떠나자 고종의 마음은 울적해지기 시작했다. 이제 아들들도 이렇게 다 컸으니 자신의 날도 얼마 남지 않았다는 생각이 들었다.

"중전. 당신이 그립구려. 우리 제국의 앞날을 잘 지켜주세요…"

중전이 묻힌 홍릉까지 전차를 놓기로 결정한 고종은 다 큰 자손들을 만날 때마다 문득문득 중전 민왕후가 그리워지는 것이었다. 그도 이제 나이를 먹었는가? 소년 임금으로 등극하여 이제 어느덧 오십을 바라보는 중년의 황제가 되었으니 말이다.

92
격랑

"폐하. 프랑스 공사관에서 제국의 재정을 염려하여 오백만 원을 대부해 주겠다는 제의가 들어왔나이다."

탁지부의 재정을 맡고 있는 이용익이 최근 프랑스 공사를 만난 자리에서 이런 제의를 받은 사실을 조정에 보고하자 갑론을박이 일어나기 시작했다. 법부대신 이범진이 찬성하고 나섰다.

"비록 프랑스의 제의가 어떤 목적에서 나온 것인지는 모르오나 근본적으로는 한불 우호관계를 위하여 이런 제의가 이루어진 것이라고 생각됩니다. 이 자금으로 지금 흉년이 든 우리 대한국의 백성들에게 속히 식량을 구입하여 분배함이 마땅하옵니다."

"아니오. 비록 프랑스가 우호적으로 제공하는 자금이라고는 하나 일단 우리가 자금을 받고 나면 저들이 지위가 채권자의 위치로 격상될 것이옵니다. 우리가 저들에게 또 얼마나 많은 이권을 챙겨 주어야 저들이 만족할 것이옵니까? 아무리 국가 재정이 어려워도 이런 제의를 받아들인다는 것은 위험천만한 일이옵니다."

외부대신 박제순의 생각은 대한제국이 프랑스의 제의를 받아들이면 프랑스와 가까운 러시아의 입김이 더욱 거세질 것이고 그렇게 되면 일본 공사의 노여움을 사게 되어 외교적 입지가 좁아진다는 논리였다. 모든 나라와 중립적인 위치를 확보함으로써 지금과 같은 평화를 유지하고자 하는 제국의 기본적 외교정책과는 정면으로 배치되는 일이 발생할지도 모른다는 논리였다. 딴은 그랬다. 러시아와 일본이 조선반도에서 각축전을 벌이고 있는데 러시아는 반도 이북을, 일본은 반도 이남 땅에 영향력을 행사하고 있는 모양새를 갖추면서 각 나라가 자국의 이해관계에 따라 러시아 또는 일본 측에 우호적 혹은 적대적인 관계를 맺고 있는 것이 현재 제국의 중립국적 모양새였다. 고종이 원했던 원치 않았던 한반도는 이런 세력 관계 속에 위치하고 있었으니 조정 대신들도 각자 이런 배경을 갖고 토의에 임하지 않을 수 없었던 것이다.

"그럼, 어떻게 하는 것이 좋겠소?"

총리대신 윤용선이 입을 열었다.

"이 문제는 그리 급한 문제가 아니므로 차차 의논하기로 합시다."

뭘 차차 의논하자는 것인가? 안 받아들이자는 이야기를 그런 식으로 말한다. 정치인들은…

"그럼, 그렇게 하는 것이 좋겠소."

뭔가 결정을 내린 말투였지만 내용은 아무런 알맹이가 없는 말들이었다. 그러나 당장 급한 것은 백성들이 먹고 사는 문제였다. 고종은 백성들의 그런 문제에는 전문가 수준이었다.

"작년 가을, 농사가 흉년이 들어 금년에 곡식 값이 폭등하고 백성들이 굶는 자가 속출하고 있는데 이에 대한 방안이 없겠소?"

자신의 전문분야에 대한 안건이 나오자 고종의 특기가 발휘되기 시작했다. 눈빛이 방금 전과는 사뭇 달라졌다.

"일본 공사관의 항의로 양곡수출 금지령을 해제하였는바, 아직도 쌀값이 천정부지(天頂不知)로 오르기만 하고 있으니 앞으로가 더욱 큰 문제가 아닐 수 없습니다."

외부대신 박제순이 일본의 요청에 따라 어쩔 수 없이 수출금지령을 해제하여 앞으로 양곡값이 더 오를 것으로 예상된다는 보고를 올리자 조신들은 모두 깊은 걱정을 하며 한숨을 쉬고 있었다. 이때 이용익이 조심스레 앞으로 나섰다.

"일이 성사될지 아닐지는 두고 보아야 알겠습니다마는 양곡이 풍부한 안남에서는 쌀값이 폭락하여 양곡이 남아돈다고 하옵니다. 그렇지 않아도 내장원의 사람을 보내어 이를 알아보라 하였사온데 아직은 도착하지 않아서 결과를 알 수가 없사옵니다."

"어디요? 안남이오?"

고종이 반가운 눈빛으로 이용익에게 재차 물었다.

"언제 사람을 파견했다는 것이오?"

"예. 작년에 크게 흉년이 들어 올해 쌀값이 폭등할 것이라 예상하고 한 달 전에 일단 사람을 안남으로 파견하였사옵니다."

"혹시 돈을 가지고 가시었소?"

"예. 만약을 대비하여 금괴 두 덩이를 지참케 하였사옵니다. 내장원 사람 둘을 파견하였사옵니다."

"잘 하시었소. 꼭 쌀을 사가지고 돌아오게 되었으면 좋겠소."

"예. 저도 그렇게 기대하고 있사옵니다."

얼마 후, 이용익의 선견지명(先見之明)으로 안남미가 제물포항으로 쏟아져 들어오기 시작했다. 안남미가 들어오자 쌀값이 폭락하고 흉년의 문제는 일시에 사라지게 되었다. 사람들은 이용익의 충성심과 애국심을 높이 사게 되었으며 이에 따라 고종황제에 대한 백성들의 신뢰도 굳건해졌다.

조금은 부드러운 전략을 갖고 새로 임명된 파블로프가 러시아 공사로 부임하자 제국 정부는 러시아와 비밀협약을 맺게 되었다. 러시아가 거제도에 저탄장을 마련하고 반도 남쪽의 항구를 근거지로 확보한 것이다. 제국 정부는 일본의 국력이 나날이 강해지고 있음을 감지하고 러시아의 힘을 이용하여 일본을 견제하려는 의도를 갖고 비밀협약을 추진, 반도 남쪽에다 러시아의 근거지를 마련해 준 것이다. 힘의 균형을 이용한 국가생존전략이었다.

이미 대한제국과 일본의 국력 차이는 열 배를 넘어선 지 오래이므로 이를 따라잡는다는 것은 시간상으로는 도저히 불가능한 것임을 고종과 중신들은 잘 알고 있었다. 그러니 외교에 매달릴 수밖에 없었다. 그러나 외교란 힘을 전제하지 아니하고는 일시적인 미봉책에 지나지 않는 것이다. 황제와 중신들이 꿈꾸는 영세중립국은 침략적 제국주의 시대에는 존재할 수 없는 허구의 이상론이었다. 그러나 오늘도 그 허구를 쫓지 않을 수 없는 것이 대한제국의 현재 놓인 위치였다. 총리대신 윤용선이 고종에게 이런 움직임을 낱낱이 보고했다.

"일본공사관의 움직임이 심상치 않사옵니다. 영국과 일본이 상호방위조약을 체결하였다 하옵니다."

"방위조약을 체결하였다는 것은 만약의 경우에 영국이 일본의 편을 들어주게 되었다는 것 아니오?"

"결국 그렇게 돌아갈 것입니다. 또, 일본 제일은행에서 대한제국 내에서만 통용되는 지폐 발행을 신청했다고 들었사옵니다."

"그렇게 하는 목적이 무엇이오?"

"예. 일본 상인들이 제국 내에서 상거래를 할 때에 내장원에서 발행하는 백동전을 가지고는 거래를 할 수 없다고 결론을 내린 모양입니다. 백동전은 교환 가치가 전혀 없고 위폐가 너무 많아서 일본 상인들은 물론 우리 상인들도 받아들이지 않고 있사옵니다."

"백동전의 피해가 심한 것은 나도 잘 알고 있소. 어찌하면 좋겠소?"

"일본은행의 지폐발행을 일단 허가하시는 것이 지금의 경제혼란을 안정시키는 길이옵니다."

한 나라의 화폐를 다른 나라의 은행이 발행하게 된 것이다. 대한제국의 중앙은행 역할을 일본의 일개 시중은행이 대신하게 된 것이다. 그러나 다른 방법이 없었으니 허락을 할 수밖에 없었다. 근대국가로 나아가는 길이 황제 한 명의 영리함만으로 이루어질 수 없다는 것이 이런 경우를 두고 하는 말이다.

"폐하, 이런 말씀을 드리기가 조금 거북스럽사옵니다마는…."

한참을 망설이다가 겨우 입을 연 총리대신 윤용선이 뜸을 들이자 고종이 답답해하며 재촉했다.

"무슨 이야기요? 빨리 말하시오."

윤용선이 마지못해 입을 열었다.

"폐하, 내장원경 이용익을 처형하시옵소서!"

처 형

"아니? 처형이라니요?"

"예. 저희 중신들의 일치된 의견이옵니다."

"허허… 이거 참… 이유가 무엇이오?"

고종이 기가 막혀 입을 다물지 못하자 윤용선도 선뜻 말이 나오지 않는지 한참을 망설이고 있었다.

"예. 이용익이 황가에 대하여 심히 불경한 이야기를 하였다 하옵니다."

"불경한 말이라… 그게 대체 뭐요?"

"다름이 아니옵고 엄비마마에 대하여 이용익이 양귀비라고 불렀다 하옵니다."

"양귀비라니? 그런 요부를 어찌 엄비와 비교한단 말이오? 그 말이 사실이오?"

"예. 저뿐만 아니라 외무대신 박제순도 저와 똑같은 이야기를 들었다 하옵니다. 엄비마마의 조카 분께 직접 들었다 하옵니다."

"이럴 수가…"

엄비의 얼굴이 매우 아름답다는 아부의 말을 하다 보니 도가 지나쳐 양귀비라고 표현했던 것인데 양귀비는 나라를 말아먹은 경국지색(傾國之色)으로 널리 알려진 요부 아닌가? 엄비를 모독하려고 일부러 그런 말을 한 것이 아님을 고종도 잘 알고 있었으나 중신들은 이를 계기로 황가와 엄비를 모독한 이용익을 처형시키라고 들고 나온 것이다.

"알았으니 그만들 물러가 계시오. 이 문제는 내가 알아서 처결할 것이오."

중신들이 홀로 고종의 총애를 받고 있는 이용익을 질투하여 이런 문제를 들고 나온 것임을 잘 알고 있는 고종으로서는 마땅히 해결할 방법을 찾지 못하여 고민을 하지 않을 수 없었다. 엄비의 문제는 지금 엄황귀비로 격상되느냐 아니냐의 문제도 함께 걸려 있는 시기라 함부로 처리할 수 없는 문제였다. 중신들이 이런 고종의 마음을 간파하고 재자 강력한 건의문을 올렸다.

"폐하. 무릇 제국의 안위를 생각하신다면 이런 일은 속히 처단하심이 가한 줄로 아뢰옵니다."

고위 관리 열네 명의 연명부가 올라왔다. 즉시 이용직의 관직을 삭탈하고 재산을 몰수한 뒤, 사형을 시키라는 요구서였다. 이제 그를 제거하지 않으면 나머지 관리들이 일제히 물러나겠다고 으름장을 놓을 것이 뻔했다. 다른 일에는 그렇게 의견이 맞지 않던 조정 관리들이 이런 일에는 의견이 참 잘도 맞았다. 튀는 인재, 즉 낭중지추(囊中之錐) 하나만 제거하면 자신들이 모두 안전하게 되리라는 것을 그들은 너무도 잘 알고 있었던 것이다. 이런 전통이 대한제국에 존재하는 한, 나라의 발전은 물 건너 간 것 아닌가? 그러나 지금까지 그런 전통이 사라졌다는 증거는 그 어디에도 없다. 즉, 튀는

놈 한 놈만 제거하면 나머지 놈들이 잘 먹고 잘 살 수 있다는 그런 전통이 조선과 대한제국에 이어 대한민국에까지 이어오고 있으니 언제 일본을 따라잡고 제국의 부활을 꿈꿀 것인가? 그러나 고종에게는 힘이 없었다. 갓 태어난 제국이었으니 어린애와 같은 연약한 체력인 것이다.

"이용익의 재산을 몰수하고 조사가 끝나는 대로 사형을 집행할 것이다."

고종의 명이 떨어지자 그동안 일인지하 만인지상의 권세를 누렸던 이용익의 위치가 한순간에 나락으로 떨어지고 말았다. 이용익의 재산에 대한 조사령이 떨어졌다. 이용익이 고종에게 찾아가 억울함을 호소하였다.

"폐하! 저의 충심을 폐하께서 잘 아시고 있지 않사옵니까?"

"그렇소. 나도 경의 충심을 잘 알고 있소. 허나 모든 중신들이 저렇게 들고 나오니 나도 어쩔 수가 없는 일이오."

"폐하의 마음을 저도 잘 알고 있사오니 재산조사에 관한 내역을 제가 마련한 방식대로 처결하여 주십시오."

"알겠소. 경의 재산이니 경의 주도에 따라 모든 재산조사가 이루어질 것이니 그리 아시오."

이용익이 자신의 재산조사 방법과 내용에 대하여 구체적 정보를 제공하는 권한을 갖자 그는 갖가지 구실을 붙여 재산조사를 지연시켰다. 그만큼 그의 재산이 여기 저기 흩어져 있어서 조사관들도 애를 먹고 있었다.

"재산조사가 너무 지연되고 있는 것 아니오?"

이용익을 처단하라고 주청을 올렸던 대신들 사이에서 의견이 분분했다.

"이미 황제의 재가가 떨어진 것인데 무슨 걱정이 있겠소. 재산조사가 조금 늦어진다고 해서 상황이 달라지는 것은 아니지 않소?"

그랬다. 그가 처형되기 전에 그의 재산을 다 토해놓아야 한다는데에 대해 이견을 달 사람은 없었다. 재산조사가 어느 정도 마무리되자 이용익이 다시 고종을 알현하고자 경운궁을 찾았다.

"전하. 사형명령서의 발송을 조금만 연기하여 주시옵소서. 저에게 한 가지 생각이 있나이다."

"무슨 생각이오?"

"러시아 공사관으로 피신하려 하오니 그때까지만 잠시 연기를 하여 주시옵소서."

"러시아 공사관이라… 좋소. 그러면 지금 사형명령서가 아직 대궐 안에 있을 것이오. 내 즉시 이를 회수하여 며칠간 가지고 있을 것이니 그렇게 하시오."

사형수와 집행자 사이에 이 무슨 사이좋은 관계란 말인가? 이용익을 죽이려는 마음이 전혀 없었던 고종에게는 좋은 방법인 셈이었다. 고종이 사형명령서를 회수하자 이용익은 즉시 러시아 공사관으로 숨어버렸다. 대신들은 닭 쫓던 개가 된 것이다. 이렇게 되자 고종이 조금 다른 결정을 내렸다.

"이 문제는 그리 급한 문제가 아니니 차차 의논하기로 합시다."

얼마 전, 프랑스 자금 차입금 문제 때 총리대신 윤용선에게 배운 수법을 고종이 대신들에게 그대로 써먹고 있었다. 그러자 일부 관리들이 사표를 쓰는 등, 난리를 쳐댔지만 고종의 마음이 이미 돌아선 것을 알고 일부 관리들이 황제의 비위를 맞추기 시작했다. 이용익 사건에 대한 총리 윤용선의 과잉행동에 대하여 비난하는 의견과 상소를 올렸다. 이제는 총리가 궁지에 몰리기 시작했다. 총리가 자신의 과잉행동에 대해 책임을 지고 어쩔 수 없이 사직서를 쓰자 제삼의 의견, 즉 타협안이 제출되었다. 이용익과 총리 윤용선 모두를 원직으로 회복시키자는 안이었다. 이게 뭐야! 도대체… 나라의 어른들이 장난을 하는가? 결국 유야무야(有耶無耶)가 되어 모든 일은 없던 일이 되어버리고 말았다. 그 대신 이용익은 안남미 도입의 책임자로 임명되어 안남으로 파견하기로 의견이 정리되었다. 저희들도 서로 얼굴을 대하기가 조금은 껄끄러웠던 모양이었다. 안남미 도입의 영웅이 다시 안남으로 파견되었으니 그로서는 명예를 완전히 회복할 수 있는 계기가 되었다. 제물포에서 러시아의 순양함을 타고 러시아 해군기지가 있는 여순을 거쳐 안남으로 떠나는 이용익은 구사일생으로 살아난 지난 일을 생각하면서 가슴을 쓸어내렸다.

"앞으로는 튀지 말고 살자…"

고종황제의 전폭적인 지지가 없었더라면 아마 그는 이미 불귀의 객이 되었을 것이다.

94

전쟁

겨울철 얼지 않는 항구를 얻기 위하여 한반도로 진출하려는 러시아의 남하정책에 대하여 가장 민감하게 반응한 나라는 영국이었다. 만약 러시아가 중국의 동북항인 여순에 이어 한반도까지 완전히 손아귀에 넣을 경우, 영국은 중국과 일본에 대한 영향력을 완전히 러시아에 넘기게 되어 장차 아시아를 빼앗길지도 모른다고 생각했다. 영국의 이런 걱정을 가장 잘 알고 있는 일본이 재빨리 영국과 동맹을 요구한 것은 차라리 영국이 원하는 바였다. 영국은 내심 환영하며 즉시 일본과 동맹을 맺었다. 그렇지 않아도 청일전쟁 이후, 삼국간섭을 통하여 독일과 러시아가 중국 땅인 여순항에다 군사기지를 설립하고 러시아 횡단철도의 종착역을 건설하는 등 몹시 신경쓰이는 행동을 하고 있던 터라 이런 러시아의 움직임을 일본이 대신 견제해주기를 은근히 바라고 있었다. 그런데 일본이 러시아와의 전쟁불사 의지를 표시하고 나오니 이것은 영국으로서는 이이제이의 전략이나 다름없었다.

"러시아를 친다면 영국은 적극 협조할 것이오."

조약문에 서명을 마친 영국 대표가 일본 대표를 자극했다. 이에 일본은 러시아에 협상을 요구해 일본의 조선반도 진출을 용인해 줄 것을 러시아에 요청했다. 처음부터 들어 줄 수 없는 요구를 러시아에 한 것이다. 러시아는 일본의 이런 요구에 대해 오히려 일본이 한반도를 군사적으로 이용하지 말고 또 38도선 이북을 중립지대로 설치해 줄 것을 요구했다. 러시아가 말하는 중립지대라는 것은 말이 중립지대이지 한반도 절반을 완전히 러시아에 내어달라는 뜻이나 다름없었다. 협상은 처음부터 깨뜨리기 위하여 벌이고 있는 것 같았다. 평행선의 모습이었다. 두 도둑들이 남의 나라를 놓고 협상을 벌이고 있었으니 참으로 어처구니없는 일이 벌어지고 있었다. 그러나 그러한 소식은 그저 소문으로만 나돌고 있었다. 여하튼 처음부터 협상이 불가능한 회담이었다. 회담은 깨졌다. 이제 남은 방법은 힘을 통한 무력행사 밖에는 없었다. 호시탐탐(虎視耽耽) 틈을 노리던 일본은 러시아의 주력 함대인 여순 함대가 모항인 여순을 빠져 나와 태평양으로 대규모 훈련을 떠났다는 첩보를 입수하고 즉시 행동에 옮겼다. 일본은 열네 척의 전함을 이끌고 제물포항으로 들어왔다. 이제 아무 것도 모르는 러시아 짜르의 함대가 당할 차례였다.

"제물포항에 십여 척의 일본 함대가 도착하였사옵니다."

외부대신 박제순의 보고에 고종이 깜짝 놀라 다급하게 질문을 해댔다.

"진짜로 전쟁을 하려는 것이오?"

"그런 것 같습니다. 각국에서 이미 전쟁 중의 자국민을 보호한다고 하면서 군대를 파견하여 우리 제국 정부에서 이를 항의하였으나 어떤 나라도 군대를 철수하지 않고 있사옵니다."

"그렇다면 전쟁이 벌어질 것으로 본다는 얘긴데… 우리 대한제국은 어떻게 해야 할 것이오?"

뭐… 딱히 할 일이 있겠는가? 이젠 불구경이나 하는 수밖에… 이미 마산포로 일본군 일만 이천 명이 들어와서 기지를 세우고 러시아군을 압박하고 있는 것에 대해서도 딱히 대처를 할 수 없었던 것이 제국의 현실이었다. 이제 조선반도를 먹기 위하여 수십 년간 칼을 갈았던 일본의 총공세가 시작된 것이다. 조선반도를 손에 넣는다면 일본은 세계 열강국의 위치로 한순간에 올라설 수 있었으니 일본 조야가 단결하여 한 마음으로 조선 침략에 총력을 쏟고 있는 것이다. 국가목표가 뚜렷하니 국력이 하나로 쉽게 결집될 수 있었다. 그리고 그 결집처는 바로 한반도에서의 러시아와의 일전이었다. 총리대신 윤용선이 입을 열었다.

"어느 군대가 딱히 이길 것이라는 보장은 없습니다. 아시다시피 러시아 해군은 세계적으로 가장 훈련이 잘 된 해군이옵고 일본의 해군은 그보다 훨씬 약하다고 평가됩니다. 그러나 일본은 지리적으로 가까운 관계로 많은 육군을 동원할 수 있으니 아마 여순이나 만주에서 벌어지는 육전에서는 일본이 조금 유리하리라고 봅니다만 결국 해전에 모든 것이 달려있다고 생각합니다."

고종이 입을 딱 벌리며 생각했다. '내가 총리 하나는 잘 뽑았군…' 그러나 총리를 잘 뽑으면 뭐가 달라지는가? 내 나라 땅에서 남의 나라 군대들이 내 나라 땅을 놓고 목숨을 걸고 싸운다는 데에도 아무런 할 일이 없는 조정이다. 그런 딱한 심정은 고종 이하 모든 대신들이 함께 느끼고 있는 감정이었다. 외부대신 박제순이 입을 열었다.

"중립을 표시하여야 할 것입니다."

나름, 꽤나 전략적인 결론이었으나 중립을 표시하고 안하고가 무슨 대수인가? 남의 싸움에 말려들지 않겠다는 전략인데 그런 외교전술은 있으나 없으나 결과는 마찬가지인 것이다. 즉, 승전국이 한반도를 지배하게 된다는 것… 이것만이 현실이었다. 이런 국가적 운명을 모두 잘 알고 있었으나 심정적으로는 러시아가 이기기를 내심 바라는 것이 고종과 의정부 대신들의 마음이었다. 이런 발표는 겉으로는 엄정한 중립을 표시하는 것 같지만 내적으로는 일본에 대한 적대적 감정의 표시를 의미하는 것이기도 했다.

"좋소. 중립을 발표합시다."

일본군의 작전은?… 보나 마나 '선전포고 없이 기습적으로 상대를 쳐서 기선을 제압한 다음 선전포고를 하는 것' 아닌가? 청일전쟁 때에도 아산만 앞 바다에서 청의 함정을 선전포고 없이 기습하여 청의 군사 수천을 수장시키고 난 뒤, 선전포고를 하지 않았는가? 저들의 이런 수법을 이제 앞으로 얼마나 더 써 먹을 것인가?

일본의 함정이 조용히 정박하고 있던 러시아의 함정 곁으로 다가왔다. 아무런 정보도 갖고 있지 않았던 러시아 함정은 제물포 앞 바다가 국제 공유수역이라는 사실 하나만 믿고 방심하고 있었던 것이다. 일본 함정이 노린 것은 바로 그러한 국제적 신뢰였다. 자신들이 필요할 때만의 '신뢰'였고 그런 것이 필요 없다고 느끼는 순간 작렬하는 대포의 불꽃이 신뢰의 자리를 대신하는 것이다. 러시아 함선 두 척이 일본 함선이 너무 가까이 다가오는 것을 보고 경계 신호를 보내며 급히 자리를 피하자 일본 함선 아사마함이 러시아 함선의 진로를 가로 막았다. 일본 함선의 기세에 놀란 러시아 함선이 할 수 없이 배를 돌려 제물포항으로 귀항하자 러시아 영사관에 일본 함선으로부터 한 통의 전문이 도착되었다. 좋은 얘기는 아닐 것이다…

"제물포항을 떠나지 않으면 귀 함선을 공격할 것이다!"

이 전문의 뜻은 공해상으로 나와서 싸우자는 의미였다. 공해상으로 나가면 여순항으로 나갈 수 있는 통로가 열린다. 그러나 일본이 러시아 함선이 여순항으로 평화롭게 가도록 내버려 두겠는가? 러시아는 함선 두 척으로는 십사 대 이의 열세였다. 승리가 불가능한 작전이었다. 일본으로서는 자기네가 월등히 유리하니까 그런 전문을 보낸 것이다. 러시아 함대의 루든예프 대령은 고뇌의 선택을 해야 했다. 공해로 나가서 싸우다가 죽느냐 아니면 함선을 순순히 일본에 내어주고 항복하느냐였다. 선택은 군인들의 몫이었다.

"싸우다 죽는다!"

군인다운 명예를 선택했다. 다음 날, 러시아 함선 바략함과 카라예츠함이 인천 앞바다 팔미도 지역으로 나아갔다. 이것은 전쟁을 의미하는 행동이었다. 일본함과 러시아함 간의 피할 수 없는 함포전이 전개되었다. 때가 되자 양국 함선의 대포가 격렬하게 불을 뿜었다. 십사 대 이의 치열한 포격전을 러시아 함선이 감당할 수는 없었으나 잘 훈련된 러시아 함대는 배가 기울어가고 있음에도 불구하고 일본 함선 세 척을 부수어 작동을 못 하게 하고 함장 한 명을 폭사시켰다. 훈련이 잘 된 모범을 보여준 전투였다. 그러나 전세는 이미 기울어 러시아 함선은 더 이상 넓은 바다로 나아갈 수가 없었다. 여순항으로의 항해는 불가능했다.

"제물포항으로 귀항한다!"

공해로 나아가 모항으로 귀환하려던 러시아 함대의 의도는 무산되었다. 이미 많은 사상자가 난 관계로 더 이상 싸우는 것은 몰살을 의미했다. 루든예프 함장은 함선을 수장시키기로 결정하고 바략함을 바다 한복판으로 끌고 나가 배의 급수판을 열고 배를 수장시켰다. 그리고 일본군의 전리품이 되는 것을 막기 위해 나머지 배도 폭파시키고 육지로 나가서 적십자사의 배로 옮겨 타고 제물포항을 떠났다. 조선 반도 북쪽에 주둔하고 있던 러시아 군에게 공급하기 위하여 월미도의 창고에 저장되어 있던 엄청난 분량의 보리와 석탄은 일본군의 수중으로 넘어갔다. 제물포항은 일본군이 장악하였으며 프랑스, 이태리, 영국, 미국 등 다른 나라의 함정들도 모두 제물포항을 떠났다.

이어 일본의 연합함대는 주력함대가 비어있는 여순항으로 달려가 항구에 남아있던 러시아 함선을 모두 격침시켰다. 그리고 러시아에 대하여 정식으로 선전포고를 발표했다. 일본 육군은 천신만고(千辛萬苦) 끝에 러시아 함대의 기지인 여순항의 배후를 공격하여 육지에 구축되어 있던 러시아 포대와 남아있던 러시아 함대를 육지와 바다에서 포위, 섬멸하였다. 러시아 황제는 이 소식에 놀라 태평양 함대를 여순으로 발진할 것을 명령했다. 월미도 창고의 곡식을 빼앗겨 굶주리고 있었던 러시아 육군은 의주에서 일본군과 부딪쳐 패배하고 말았다. 기세를 올린 일본군은 곧이어 만주 봉천에서 러시아 육군 주력부대를 격파하고 수만 명의 러시아 군을 포로로 잡게 되어 육지에서의 전투는 일본군의 완전한 승리로 끝났다. 그러나 아직 전쟁이 끝난 것은 아니었다. 결승전이 남아 있었다. 러시아 황제, 짜르가 발틱 함대에 대해 출전을 명령했으니 이들 사이의 일전이 진정한 승부가 될 것이었다.

95

해전

러시아 발틱 함대가 남아프리카의 희망봉을 돌아 대마도 해역으로 진입한 것은 함대의 모항인 리예파야항을 떠난 지 구 개월만이었다. 일본과 조약을 맺은 영국이 러시아 군함의 수에즈 운하 통과를 허락하지 않아 러시아 함대의 주력은 할 수 없이 먼 길을 돌아와야 했다. 일본 함대 사령관 도고 중장은 오랜 세월을 기다릴 수밖에 없었다. 적이 너무 멀리 있으면 이런 점도 단점이다. 그동안은 전쟁이 끝난 것이 아니어서 서로 전승국이라고 주장할 수 있는 처지가 아니었다. 그 사이, 도고 제독은 여순 전투에서 입은 피해를 완전히 복구하고 함대원들에게 근접포격술 훈련을 맹렬히 시켰다. 생각하는 바가 있어서였다. 그리고 함선의 측방에 대구경 포대 대신에 소구경 포대를 집중 설치하고 화약을 가득 넣은 소형 탄약을 개발하여 전 함정의 측방에 배치하였다.

발틱함대가 먼 바다를 넘어서 오는 동안 요동반도의 러시아 요충지 여순이 완전히 일본의 손에 넘어갔다는 보고를 접한 발틱함대는 더 이상 여순으로 항해할 이유가 없어졌다. 이제는 러시아의 극동지역 함대 기지인 블라디보스토크로 입항하여 일단 쉬면서 사태를 파악하는 것이 목표였으므로 최단 거리를 잡고 전 함대가 열심히 블라디보스토크로 향했다. 도고 제독은 발틱함대가 대한해협을 지날 것으로 예상하고 진해 앞바다에서 그들을 기다렸다. 뭐… 졸병도 예상할 수 있는 그런 작전이었다. 천재적 작전이라고 저희들은 떠들겠지만… 러시아 함대가 지나갈 길이 거기밖에 더 있었겠는가?

마침내 러시아의 제 2, 제 3 태평양연합함대가 대한해협으로 진입했다는 소식이 급전을 타고 날아들었다. 이 지역을 초계하던 순양함 시나노마루가 러시아의 삼십팔 척 대함대를 발견하고 놀라서 도고 제독의 미카사함으로 보고를 해왔던 것이다. 이어 순양함 이즈모호도 같은 보고를 올렸다. 발틱함대가 출현한 것은 확실한 사실이었다.

"전 함대 출전이다."

양국 함정의 숫자는 비슷했으나 오랜 기간을 바다에서 헤매다 대한해협으로 들어온 러시아 함대는 피곤이 극에 달해 있었고 일부 러시아 함장은 긴 여행의 여독으로 이미 사망한 뒤였다. 러시아 함대가 이열종대로 서서히 접근했다. 이를 바라보던 도고 제독의 미카사호가 갑자기 발틱함대의 옆으로 전속력으로 파고들며 명령했다.

"전 함대 좌측으로 구십도 회전하라!"

예상치 못한 명령이었다. 이열로 진격해 오는 러시아 함대의 가운데를 파고들어서 근거리에서 적을 공격하자는 전법이었다. 소위 이순신의 학익진을 본따서 만든 고무래정(丁)자 진법이었다. 도고 제독으로서는 약간은 믿는 구석이 있었다. 선측부에 새로 설치한 소구경포의 위력을 활용할 수 있는 전법이었기 때문이었다. 그러나 이 전법은 즉각 러시아 함대의 반격을 받게 되었다. 위험천만한 전법이 아닐 수 없었다. 간단히 말해서 섶을 지고 불더미로 들어가는 '자살특공' 전법이다. 자신들의 함정을 상대방의 사거리 안으로 완전히 들이밀어 위험을 자초하는 전법이다.

도고 제독은 이순신장군의 광신자였다. 앞뒤 가리지 않고 무작정 '흉내내기' 였다. 그러나 이순신 장군이었다면 결코 그런 전법을 쓰지 않았을 것이다. 위험은 곧 현실로 입증되었다. 러시아 함대의 포격이 도고 제독이 지휘하는 미카사호에 작렬했다. 순식간에 십여 명의 사상자가 발생했다. 미련한 사람 같으니라고… 흉내낼 걸 내야지… 겁이 더럭 났으나 제독의 체면상 부하들 앞에서 이것을 표현을 할 수는 없었다. 악을 쓰는 수밖에…

"겁먹지 말고 응사하라!"

겁먹지 말라고 외친다는 의미는 엄청 겁을 먹었다는 증거다. 더 이상 무슨 말을 할 수 있겠는가? 이건 학익진이 아니라 '너 죽고 나 죽기' 전법이었다. 순양함 아사마도 러시아 포탄에 명중하여 전투 불능 상태가 되어 선단에서 빠지고 말았다. 초전은 그렇게 일본측에 불리하게 진행되었다.

그러나 서로 악을 쓰며 싸워야 하는 환경에 어쩔 수 없이 처하게 되자 일본의 소구경 포가 서서히 위력을 발휘하기 시작했다. 피로에 지친 러시아 함대는 항해하기조차 힘든 상태였다. 전투는커녕 빨리 블라디보스토크로 달려가서 쉬고 싶을 뿐이었다. 일본의 대장선이 이열종대의 러시아 함대를 뚫고 들어올 때만 하더라도 그저 그러려니… 하는 생각만으로 가벼운 응사를 했을 뿐이다. 만약 전투를 할 마음이 있었다면 열을 뚫고 들어오는 적국의 배를 초전에 박살내어 도고 제독은 대한해협의 물귀신이 되었을 것이다. 아무 생각 없이 가까이 올 때까지 그대로 놓아두다가 너무 가까이 접근하자 경고 사격을 가했던 것이다. 전투는 시간이 지나면서 점점 러시아 함대에게 불리하게 진행되었고 러시아 함대는 서서히 무너져갔다. 껍질만 남은 함대였다. 여하튼 이건 전술을 구사하는 전투가 아니었다. 이런 전투가 어떻게 전술적 전투라고 할 수가 있겠는가? 그냥 아무런 작전도 없고 전략도 없는 해상의 '백병전'이었다. 백병전에서는 아무래도 체력적으로 강한 군대가 유리할 수밖에 없었다.

러시아 기함 스보로프가 전투력을 잃었고 오슬랴뱌호가 승무원 육백 명과 함께 침몰했다. 이윽고 스보로프호가 일함의 어뢰를 맞고 폭발하며 구백 명의 승무원과 함께 침몰하여 현해탄에서 고기밥이 되었다. 상어들의 잔치날이다. 러시아 전함들이 하나, 둘 승무원들과 함께 바다 속으로 사라져갔다. 삼십팔 척의 대함대 중, 십구 척이 침몰되었고 세 척의 순양함이 필리핀으로 도망했으며 일곱 척의 함정이 일본 함대에 나포되었다. 오천여 명의 수병들이 바다에 수장되었고 육천 명의 포로가 일본땅으로 압송되었다. 무사히 도망하여 블라디보스토크로 귀항한 함정은 단 세 척뿐이었다. 이순신의 전략을 모방한 도고 제독의 해전은 완벽한 승리로 끝났다. 다행히 껍데기만 남은 러시아 해군을 만난 탓이었다. 그러나 이 해전으로 세계의 모든 군대가 러시아 해군 같다고 생각할 수밖에 없는 왜곡된 자신감이 일본인들의 기본 사고가 되고 말았다. 이 승전이 일본의 미래에 얼마나 큰 비극의 씨앗을 뿌리게 되었다는 것을 일본인들이 이제라도 알고 있을까? 아마도 영원히 이 해전을 기리며, 자축하며 도고의 미카사함과 그의 용맹함을 자랑할 것이다. 일본이 이런 정신상태에 놓여 있는 한, 언제라도 다시 깨질 수 있는 것이다.

"패장인 나를 이렇게 찾아와주어 고맙소. 당신이 나의 상대가 되어 내가 패장이 되었으나 나는 패장이 된 것이 부끄럽지가 않소. 왜

냐하면 당신은 영국의 넬슨보다 위대한 제독이기 때문이오.”

일본함대가 발틱함대를 어떻게 전멸시켰는지를 현장에서 보고 체험한 러시아 제독의 이름은 로제스트벤스키였다. 일본의 해군병원에서 포로로 잡혀 치료를 받고 있는 로제스트벤스키 제독이 자신을 찾은 도고 제독에게 이런 아부성 말을 늘어놓자 도고 제독이 겸손을 떨었다.

“영국의 넬슨보다 위대하다는 말은 받아들일 수 있으나 군신 이순신과는 감히 비교할 수가 없소. 나는 그의 하사관도 될 수 없는 사람이오.”

말 한 번 잘 했다! 백 번 맞는 말이다. 그런 점이 일본인의 장점이다. 일본인이라고 다 한 가지는 아닐 것이다. 그러나… 그런 말을 하는 도고는 자신의 분수를 아는 사람일까? 말에 속지 마라! 그의 마음 깊은 곳에는 자신이 군신 이순신보다 더 큰 사람이라는 의미가 내재되어 있다. 속 다르고 겉 다른 것이 일본인의 유전자다.

사실 이번 해전은 인간 대 허수아비의 전쟁이라고 정의할 수 있는 해전이었다. 즉, 함정끼리 몸통 부딪치기만 일어나지 않으면 이길 수 있는 해전인 것이다. 만약 러시아 함대가 죽기를 각오하고 로마 해전 이래 가장 오래된 전법인 함정끼리의 몸통 부딪히기만이라도 시도했다면 중량에서 밀리는 일본 함정은 대부분 격파되었을 것이다. 전쟁은 무승부가 되었을 것이고 일본도 대한제국에 그렇게 노골적으로 접근하지는 못했을 것이다. 이것이 이순신 함대와 일본 함대가 다른 점이다. 이순신은 수십 년간 준비된 강군을 깼고 도고는 허수아비를 깬 것이다. 아마 도고 제독도 일본 함대가 왜 그렇게 처절하게 승리했는지 지하에서도 아직 깨닫지 못하고 있을 것이다.

역사에 가정법이란 있을 수 없다는 것이 일본에게는 다행한 일인가? 그러나 지금 다행이라고 보이는 사건도 미래에 어떻게 발전 될지 모른다. 승리에 도취한 일본 지도자들의 마음속에는 이미 세계의 모든 나라는 러시아와 이에 준하는 허수아비 같은 나라들뿐이라는 신념이 강하게 각인되어 버렸으니 저들 지도자들의 잘못된 신념의 죄업은 앞으로 불쌍한 저들 국민들이 다 떠맡게 될 것이다. 세상일이라는 게 다 좋은 일만으로 구성되어 있는 일은 없다. 좋은 일 안에도 독약 같은 부분이 어느 구석엔가 숨겨져 있다. 그래서 겸손이라는 치료약이 필요하지만 지금 일본인에게 그런 치료약을 갖다 준다 해도 복용할 일본인은 하나도 없을 것이다.

대한해협에서 혼전을 벌이는 중, 한 척의 러시아 순양함이 용케 동해로 빠져나왔다. 대한해협에서 동해로 빠져나와 간신히 도피하던 러시아 순양함 돈스코이호는 결국 일본 어뢰정에게 발각되어 공격을 받았다. 배가 파손되고 더 이상 배를 운항할 수 없는 상황이 되었으나 울릉도까지 쫓겨와 겨우 저동항 앞바다에 당도했다. 배와 함께 전 선원이 물에 잠기려는 순간, 작은 배 하나가 노를 저어 육지로 향하고 있었다. 그 배에는 러시아 선원 세 명이 타고 있었다. 훗날 독도수비대를 결성한 홍순칠대장의 부친인 홍씨는 그 날 아침, 저동항 앞바다에서 몇몇 러시아 선원들이 작은 배로 옮겨 타고 저동항 근처의 육지로 상륙하는 것을 발견하고는 곧바로 그쪽으로 달려 나갔다.

"먹을 것을 좀 주시오."

러시아어를 알아듣지 못하는 표정을 짓자 그들은 만국공용어인 보디랭귀지로 배를 쓰다듬었다. 홍씨는 즉시 그 뜻을 알아차리고 그들에게 생선과 닭고기 등을 푸짐하게 내어주며 이들을 따듯하게 환대했다. 대장으로 보이는 선원이 주머니에서 금화 몇 개를 꺼내어 홍씨에게 주었다. 다른 선원 하나가 은으로 만든 주전자를 그에게 선물하였다. 이들은 주머니마다 금화가 가득 들어있었다.

'함장은 침몰하는 배와 함께 남아서 바다에 수장되었소.'

눈물을 흘리며 슬퍼하는 선원들의 말은 그런 뜻인 것 같았다. 홍씨는 그들로부터 놀라운 이야기를 들을 수 있었다. 침몰한 배 안에는 자신들이 갖고 있는 것과 똑같은 금화가 가득 들어있다는 표시를 하며 매우 억울해하는 표정을 지었다. 이 배는 러시아의 회계선으로 러시아의 니콜라이 황제가 극동에다 해군 기지를 건설할 막대한 자금을 싣고 항해를 하고 있었던 것이다. 발틱함대가 일본을 쳐서 이길 경우 일본과 극동을 통치하는 데에 필요한 거금을 싣고 항해를 하고 있었는데, 전투 중에도 마지막까지 전함들의 보호를 받으며 도피하던 중, 일본 어뢰정의 공격을 받고 끝까지 버티다가 어쩔 수 없이 배를 버릴 수밖에 없게 되어 침몰하고 만 것이다. 수조 원대의 금화와 보물이 배와 함께 수장되었다. 러시아 황제의 엄청난 보물선이 저동항 앞바다에 지금 수장되어 있는 것이다.

러시아를 격파한 일본에게는 이제 거칠 것이 없었다. 조선반도를 집어삼키는 데에 있어서 앞으로 약간의 외교적인 절차만 필요할 뿐, 목표와 방향은 이미 다 완성된 것이었다. 외교의 천재 고종이 이런 사실을 모를 리 없었다.

"이완용을 들라 하시오."

이제는 믿을 구석이 미국밖에 없었다. 이미 러시아 공사관은 폐쇄되어 일본인의 수중에 넘어갔고 영국은 일본과 조약을 맺고 있었으니 남은 것은 미국뿐이었다. 초대 주미공사를 지낸 이완용을 급히 부른 것은 미국 공사관으로의 또 한 번의 도피를 위함이었다.

“부르셨습니까?”

그동안 러시아 공사의 견제를 받아 전라도로 내려가 있으면서 관직을 떠나있던 친미파 대신 이완용을 고종이 육년 만에 부른 것이다.

“알렌 공사를 급히 만나서 이 일을 의논해 주시오.”

이완용이 다급해진 고종황제의 위기를 해결해 주어야할 사명을 떠맡게 된 것이다. 알렌 공사를 만나 고종의 의사를 전달하고 미국 공사관으로 도피할 수 있는 길을 열어줄 것을 알렌에게 요구했다. 얼마 후, 알렌으로부터 회답이 도착했다.

“우리 미국은 당분간 필리핀 문제에만 주력하기로 하였소. 이제 조선반도의 문제에는 더 이상 간여하지 않기로 하여 귀임을 할 수밖에 없는 처지가 되었소. 조만간 귀국을 하지 않을 수 없게 되었으니 그리 아시오.”

미국공사의 절망적인 대답에 이완용은 낙담할 수밖에 없었다.

“이제 황제폐하께 뭐라고 대답을 하여야 할지 모르겠소.”

고종황제에게 알렌의 말을 전할 자신이 없었다. 알렌과 함께 나온 언론인 헐버트가 이완용에게 말했다.

“방법이 없지 않을 것이니 나와 함께 황제를 만나보고 미국의 입장을 이해시킨 후, 방법을 찾아보기로 하십시다.”

육영공원 시절, 자신에게 영어를 가르쳐 준 스승인 헐버트의 발언에 다소 위안을 받기는 하였으나 더 이상 대한제국의 앞날에 도움을 줄 나라는 없었다. 그러한 사실이 확실해졌다는 것을 알게 된 것도 소득이라면 소득이었을까?

3권을 읽기 전에…

30년 후 꿈꾸어 보는 대한국의 모습은 이렇다. 본체인 대한민국, 북한신체제국, 만주연합체제국, 몽골공화국 이렇게 네 경제체제의 연합체가 나타날 것이고 대한국은 그 중심에서 제국을 이끌어가는 구심국가가 될 것이다. 그렇게 되면 우리나라의 인구는 약 5억에 육박할 것이고 세계 제1위의 정치, 경제대국이 될 것이다. 일인당 국민소득은 30만 불에 육박한다! 생각만 해도 가슴이 뛰지 않는가?

중국이 언제까지 저 많은 인구를 컨트롤해 가며 먹여 살릴 수 있을 것인가? 올림픽이 끝나자마자 여러 가지로 해결하기 어려운 문제들이 터져 나오고 있다. 일본? 명함도 내지 마라. 이웃 나라에 쳐들어가서 황후를 난도질하고 그런 자가 아직도 영웅으로 추대되며, 백주에 남의 묘지나 도굴하는 수준의 도덕성으로 어찌 국가의 체제를 유지할 수 있을 것인가? 그리고 그런 역사에 대해 한 번이라도 부끄러워했다는 기록을 발견할 수 있었는가?

일본침몰을 얘기하기 전에 먼저 우리는 일본이란 나라에 대하여 알아야 한다. 일본이란 나라는 총체적으로 국가의 존재 목표가 부존재한 나라임을 알아야 한다. 그렇다면 우리나라의 존재 이유는 무엇일까?… 일제가 한국침략 후, 가장 신경을 썼던 것은 한국정신의 말살이었으며 그 중 가장 중점을 두었던 것은 바로 한국정신의 진원지인 황실의 말살이었다.

국가라는 것은 국토, 국민, 주권의 3요소만으로 구성되는 것이 아니다. 그건 책상물림 학자들의 탁상공론(卓上空論)이고…

구한말 한국으로 들어왔던 외국인 선교사들이 이구동성으로 고백했던 말들이 있다. "이 나라는 참 이상한 나라…"라고… 그들 눈에는 국가 같지도 않고 근대적 체계를 가지고 있지 않음에도 불구하고 국민들은 하나같이 착하고 진실되고 호기심 많고 순종적이고 머리가 영특한 민족이라고….

그들이 본 것이 사실이라면 국가를 구성하는 힘은 헌법학자가 주장하는 '3요소' 가 아닌 '그 무엇' 이 있다는 얘기다. '그 무엇' 이란 바로… 국가를 유지시키는 정신가치 즉 '한국혼' 인 것이다. 조선은 개국하면서 그 한국혼을 주자의 인본주의 철학에서 찾았다. 고려는 불교의 정신가치를 받아들여 나라를 일으켰고 신라는 화랑정신을 중심으로 발전하였다. 고조선의 국시인 홍익인간까지 굳이 거론해야 하는가? 한국인은 국가를 개국할 때 국토확장 보다는 한국혼을 어디에 둘 것인가를 먼저 고민하였다. 이것이 국가를 만드는 한국인만의 방식이다. 세계 어디에 이런 방식이 존재하는가?

십 년을 기다려보고 이십 년을 기다려 보면 반드시 한국혼이 나타날 것이다. 그리고 고종황제가 준비한 비자금도 보이지 않게 효력을 발휘할 것이다.

　나는 지금, 삼십 년 전에 만들었던 '독도는 우리 땅'이란 노래를 생각해본다. 그 당시의 다른 히트곡들은 다 사라졌지만 이 노래만은 아직 쩽쩽 남아있다. 그 노래 속에 담긴 정신이 한국혼의 중심이 되어 살아 움직이고 있다. 일본이 망언을 할 때마다 우리가 강력하게 반발할 수 있었던 보이지 않는 힘의 중심에는 이런 노래가 있었고 이런 노래가 가지고 있는 '한국혼'이 있었기 때문이다. 그렇다면, 지금 제국의 부활을 주장하는 나의 논리도 시간이 갈수록 더욱 크게 빛날 것이 아니겠는가! 그리고 위대한 황제의 후예인 우리 후손들은 대대손손 번창할 것이다.

황제 ❷

초판 1쇄 인쇄일   2009년 12월 10일
초판 1쇄 발행일   2009년 12월 15일

지 은 이   문 영 (본명: 박문영)
만 든 이   이정옥
만 든 곳   평민사
        서울시 서대문구 남가좌2동 370-40
        전화: (02)375-8571(代) 팩스: (02)375-8573

평민사 모든 자료를 한눈에 —
http://blog.naver.com/pyung1976
이메일: pyung1976@naver.com

등록번호   제10-328호

ISBN   978-89-7115-546-2   04800
ISBN   978-89-7115-544-8   (전3권)

ⓒ문영, 2009

정 가   10,000원